Der Gesang der Nachtigall

© privat

Lucy Strange hat nach ihrem Studium als Schauspielerin, Sängerin und Geschichtenerzählerin gearbeitet, bevor sie Lehrerin wurde. Jetzt ist sie Schriftstellerin, hat einen preisgekrönten Blog und schreibt für diverse Magazine. Ihr bereits mehrfach ausgezeichnetes Debüt, »Der Gesang der Nachtigall«, erscheint jetzt als Taschenbuch.

Lucy Strange

Der Gesang der Nachtigall

Aus dem Englischen von
Nadine Püschel

CARLSEN

Für meine Eltern, Mary und Rick Strange

Das Zitat auf S. 5 stammt aus: John Keats. Werke und Briefe, Reclam Verlag, Stuttgart 1995, ausgewählt und übertragen von Mirko Bonné. Mit freundlicher Genehmigung des Verlags.

MIX
Papier aus verantwortungsvollen Quellen
FSC® C083411

Veröffentlicht im Carlsen Verlag
November 2018

Originalverlag: The Chicken House, 2 Palmer Street, Frome, Somerset, BA 11 1DS
Originaltitel: The Secret of Nightingale Wood

Umschlaggestaltung und -typografie: formlabor
Umschlagfotografie: shutterstock.com: ©Alex Malikov / ©Toltemara
Corporate Design Taschenbuch: bell étage
ISBN: 978-3-551-31784-1

»Wach oder schlafe ich?«

JOHN KEATS, »ODE AN EINE NACHTIGALL«

»Das Leben ist ein großartiges Geschenk –
nichts daran ist klein.«

FLORENCE NIGHTINGALE

1

Zusammen standen wir da und schauten zu dem neuen Haus auf – Vater, Mama, Nanny Jane, Piglet und ich. Es war groß und alt und an manchen Stellen ziemlich schief, mit sanft gewölbten Mauern und einem steilen, moosbewachsenen Ziegeldach. Auf dem Schild an der Toreinfahrt stand HOPE HOUSE.

»Es ist ein Neubeginn«, sagte Vater.

Mama sagte nichts. Sie starrte erst unser fremdes neues Haus und dann Vater stumm an.

»Komm, Piglet«, flüsterte ich dem Baby ins Ohr. »Wir gucken uns mal um.«

Ich drückte meine kleine Schwester fest an mich und ging um das Haus herum in den Garten, der weit hinten an dichten Wald angrenzte.

»Bleib nicht so lang weg«, rief Nanny Jane, unser Kindermädchen, mir nach. »Sei bitte in zwanzig Minuten zum Tee wieder da, Henry.«

Eigentlich hieß ich Henrietta Georgina Abbott, aber

ich wurde seit jeher Henry gerufen. Vielleicht hatten meine Eltern sich zwei Jungen gewünscht. Nun, da mein Bruder Robert gestorben war, hatten sie zwei Mädchen. Nur mich und Piglet.

Das war natürlich auch nicht ihr richtiger Name. Sie war in der schrecklichen Zeit letzten Sommer zur Welt gekommen. Mama hatte nicht über einen Namen für sie sprechen wollen, also hatte Vater sie als Roberta Abbott eintragen lassen – ein furchtbarer Fehler, aber jetzt war nichts mehr zu machen. »Roberta« brachte niemand über die Lippen, daher nannten wir sie Piglet, weil sie, nun ja, einem kleinen Schweinchen schon recht ähnlich sah. Ich mochte den Namen, denn er erinnerte mich an das Baby aus *Alice im Wunderland*.

An jenem Tag fühlte ich mich auch sehr wie Alice – wie ich so durch eine neue Welt spazierte, in der nichts zueinander passen wollte. Piglet und ich kamen an einem zerrupften Kräutergarten, einem mit Unkraut überwucherten Rosenbeet und einer verfallenen alten Laube vorbei und überquerten den weiten Rasen bis zu der Stelle, wo der Garten endete und der Wald begann.

Unter den Bäumen war es kühl und dunkel und es roch nach Dachs. Der Sommer war heiß gewesen, und die Blätter und Zweige unter meinen Füßen knackten wie Brennreisig. Mehrere zugewachsene Pfade schlängelten sich in die Dunkelheit des Waldes hinein. Ich blieb stehen und lauschte, hörte aber nichts als das leise

Pochen meines Herzens und Piglets wispernden Atem. Auf einmal fühlte sie sich schwer an und ich stellte fest, dass sie eingeschlafen war. Ich küsste ihr flaumiges rundes Köpfchen. »Putzige kleine Piglet«, flüsterte ich.

Ich betrat den nächstgelegenen Pfad und hielt dann inne. *Was, wenn ich mich verlaufe und nicht mehr zurückfinde?*, dachte ich. *Wenn die Schatten des Waldes mich verschlucken?* Über mir knarrten die Äste ganz sonderbar, und plötzlich stieg mir der Geruch von Rauch in die Nase.

Rauch. Der dicke, beißende Geruch, der mich in meinen Albträumen verfolgte.

Ich fuhr herum, stürzte zurück in den Garten und hielt mein Schwesterchen dabei so fest umklammert, dass es aufschreckte und einen Schrei von sich gab. Ich tätschelte Piglet und versuchte zu lachen, als sei meine unbeholfene, panische Flucht nur ein Spiel gewesen. »Alles gut«, sagte ich. Sie wimmerte wenig überzeugt.

Ich schaute zurück in den Wald und sah eine Rauchschwade durch die Bäume auf mich zuwehen.

Das sonnenbeschienene Laub zitterte vor Geheimnissen.

Am Abend half ich, Piglet zu baden, und las ihr vor, während sie strampelnd und brabbelnd in ihrem Bettchen lag. Sie mochte es, wenn man ihr vorlas; zumindest versuchte sie gern, an den Ecken des Buches zu kauen.

Ich streichelte mit der Fingerspitze über ihr kleines Stupsnäschen, und als ich bei der letzten Strophe von *Herr Kauz und Frau Kätzchen* angelangt war, fielen ihr langsam die Augen zu.

Sie verspeisten ein Mahl aus Quitten und Aal
mit ruffligem Besteck,
und tanzten zu zwei'n im Mondenschein
um das Hochzeitsfestgedeck …

»Gute Nacht, Piglet«, sagte ich und zog die Decke um ihr pummeliges Bäuchlein herum fest. Und dann sagte ich »rufflig«, weil es ein so lustiges Wort war und ich nicht wusste, ob es das wirklich gab. Ich zog die Kinderzimmertür leise hinter mir zu und ging nach unten zum Essen.

Nanny Jane und ich saßen fast zehn Minuten am Tisch, bis Vater sich zu uns gesellte. Wir hörten ihn oben mit lauter Stimme sprechen, dann wurde eine Tür zugeschlagen. Das alte Haus bebte und ich rechnete halb damit, Piglets Gebrüll von der Treppe zu vernehmen, doch sie wurde nicht wach.

Nanny Jane rührte in ihrer lauwarmen Suppe und wartete geduldig, ein Bild der Selbstbeherrschung mit ihrer makellos weißen Schürze und dem zu einem straffen blonden Dutt frisierten Haar. Ich fragte sie, ob sie das Wort »rufflig« kenne und ob es so ein Wort wirklich gebe, und sie sagte, das wisse sie nicht. Ich sagte, ich würde Vater danach fragen.

»Nicht heute Abend, Henry«, erwiderte sie.

Nachdem Vater sich gesetzt hatte, machte er sich ohne auch nur ein Wort zu mir oder Nanny Jane über seine erkaltete Suppe her.

»Kommt Mama zum Essen herunter?«, fragte ich.

Nanny Jane warf mir einen ihrer Blicke zu.

Vater schluckte, tupfte sich mit seiner Serviette den Mund ab und holte tief Luft. »Ich glaube nicht, Henry«, sagte er. »Deine Mutter ist sehr müde.«

Er wirkte mit einem Mal ebenfalls sehr müde und seine Augen funkelten ganz unnatürlich, als wären ihm die Tränen gekommen. Er senkte den Kopf und rieb sich die Stirn.

Ich überlegte, was ich sonst noch sagen könnte.

»Ich glaube, im Wald ist jemand«, sagte ich. »Heute Nachmittag im Garten war mir, als hätte ich Rauch gerochen …«

Vater schob seinen Stuhl zurück und stand auf. »Es war für uns alle ein langer Tag … Und ich habe keinen rechten Appetit.«

Er ging zur Tür.

»Vielleicht solltest du heute Abend einmal keine Geschichten lesen«, sagte er, ohne sich umzudrehen. »Du bist allmählich zu alt für Märchen, Henry.«

Ich hatte geglaubt, Vater sei zu Bett gegangen, doch das war ein Irrtum. Nach dem Abendessen folgte ich dem

Geruch seiner Pfeife zu einem Arbeitszimmer vorne im Haus, gleich neben der Diele. An allen Wänden standen leere Bücherregale, die vom Parkettboden bis an die hohe Decke reichten. Ich kam mir vor wie in einem verlassenen Buchladen.

Vater hatte begonnen, einige Kisten auszupacken, doch nun saß er in einem Ohrensessel neben dem erloschenen Kamin und rauchte seine Pfeife. Sicher hatte er mich hereinkommen hören, doch da er nichts sagte, sagte ich auch nichts.

Auf dem Boden warteten fein säuberlich gestapelte Bücher darauf, eingeräumt zu werden. Ich nahm Vaters schweres Wörterbuch zur Hand und blätterte erwartungsvoll durch die Seiten.

»Rufflig« stand nicht darin.

2

In der Nacht konnte ich nicht schlafen.

Gut eine Stunde lang saß ich in meinem Zimmer im Nachthemd auf dem Boden, packte meine Bücher aus dem Reisekoffer aus und stellte sie ins Regal. Zuerst ordnete ich sie in alphabetischer Reihenfolge: Louisa May Alcott, Frances Hodgson Burnett, Lewis Carroll, Charles Dickens ... Dann nahm ich sie alle wieder heraus und fing von vorn an. Diesmal sortierte ich sie nach Farbe der Buchrücken zu einem Regenbogen – in Blau, Grün, Grau, Schwarz ...

Meine Märchensammlung legte ich auf das Nachttischchen, da sie nicht zu meinen anderen Büchern gehörte. Mein Bruder Robert hatte sie mir zum zwölften Geburtstag geschenkt; fast ein Jahr war das nun her. Das Buch war voll von den schönsten Bildern, die man sich nur vorstellen konnte – Seite um Seite mit verwunschenen Wäldern, Unterwasserstädten und Königsschlössern. Je länger man sich die Bilder ansah, desto mehr entdeckte man darin – Bilder in Bildern, Welten in Welten.

Mein neues Zimmer lag an der Rückseite des Hauses, mit Blick auf den Garten und den Wald dahinter. Ich öffnete die schweren Vorhänge und stellte mich an das dunkle Fenster, doch mir sah nur mein eigenes Spiegelbild entgegen.

Ich hatte schwarze Ringe unter den Augen, und meine braunen Haare waren wild verstrubbelt. Vor einem Jahr hätte Mama gelacht und gesagt: »Du siehst aus, als hätte dich ein wild gewordenes Pony durch eine Hecke geschleift, Hen.« Sie hätte mich an sich gezogen und sanft an dem Krähennest herumgebürstet, bis mein Haar glänzte. Sie hätte mir einen Gutenachtkuss gegeben.

Ich blinzelte die Tränen weg und zog die Vorhänge hinter mir zu, um das Licht auszusperren.

Die Dunkelheit draußen vor dem Fenster war weit und tief, ganz anders als das dunstige Grau Londons bei Nacht. *Dieser Himmel gehört in mein Märchenbuch,* dachte ich. *Der Mantel einer bösen Königin, aus schwarzem Samt, bestickt mit Diamanten …*

Und dann sah ich den Rauch.

Er stieg als dünner Faden aus dem umschatteten Wald auf. Als ich die Augen zusammenkniff, sah ich ein winziges orangefarbenes Licht zwischen den Bäumen flackern. Ein Feuer. *Jemand hat in unserem Wald ein Feuer entzündet.*

Mein Herz verkrampfte sich wie eine Hand zur Faust. Ich dachte an all das welke Laub auf dem Waldboden, das brüchige Reisig. Ich stellte mir vor, wie das Feuer wuchs und sich ausbreitete, emporloderte und die staubtrockenen Äste über sich erfasste; sah es durch die Bäume auf Hope House zuwalzen …

Ich starrte das Feuer unverwandt an, bis meine Augen zu brennen begannen, doch es wuchs, loderte und walzte nicht. Es schimmerte. Es – *funkelte …*

Am liebsten hätte ich so getan, als hätte ich nichts gesehen, und mich mit dem Märchenbuch unter die weiche blaue Decke gekuschelt. Aber der Feuerschein hatte etwas Magisches, Magnetisches an sich, wie die Flamme einer Elfe.

Ehe ich darüber nachdenken konnte, was ich tat, schlüpfte ich in meine Stiefel und den Morgenmantel und öffnete die Schlafzimmertür.

Oben an der Treppe blieb ich stehen und lauschte auf Vaters Schnarchen, doch alles war ruhig. Vorhin war mir gewesen, als hätte ich den Motor eines Automobils gehört, und wie ich so in stockdunkler Stille dastand, fuhr mir auf einmal der Schreck in die Glieder – was, wenn die anderen ihre Sachen gepackt und ohne mich nach London zurückgefahren waren? Dann hörte ich entfernt die tröstende, leise Stimme eines Erwachsenen. Vater. Vielleicht konnte er ebenfalls nicht schlafen …

Ich tappte die Treppe hinunter und bemühte mich, ganz außen an den Stufen aufzutreten, dicht am Geländer, wo das Holz unter meinen Schritten nicht so stark nachgeben und knarren konnte. In Gedanken hörte ich Roberts Stimme vom oberen Ende flüstern: *»Du solltest doch im Bett sein,* Henrietta …« Mein Herz pochte schuldbewusst. Ich fragte mich, ob Nanny Jane wohl am Knarzen einer Treppenstufe erkennen konnte, welches Schuhwerk ein Kind trug.

Ich schlich durch die Diele in die Küche. Auf dem Tisch stapelten sich Kisten mit unseren Habseligkeiten aus London. Sie waren offen, als hätte jemand mit Auspacken begonnen und wäre dann fortgerufen worden. Ich sah die Weingläser aus Kristall und das hübsche, mit rosa Rosen verzierte Geschirrservice. Diese Sachen hatte ich seit dem vorletzten Weihnachtsfest nicht mehr gesehen, und ich konnte mir nicht vorstellen, dass sie so bald wieder benutzt würden. Solche Gepflogenheiten gab es bei den Abbotts nicht mehr.

Die Tür zum Garten war verschlossen. Links daneben hing eine Reihe von Haken an der Wand und an jedem Haken ein anderer Schlüssel. An einem war mit einem Stück Gartenzwirn ein kleiner Zettel befestigt, auf dem KÜCHENTÜR stand. Mit einem widerstrebenden Schaben drehte sich der Schlüssel im Schloss und die Tür schwang auf.

In dem schwachen Licht, das aus der Küche hinter mir

fiel, erschien der Garten in einem dunklen, grünstichigen Grau, wie auf dem Meeresgrund. Irgendwo hinter dem wuchernden Kräutergarten erkannte ich schemenhaft das wabernde, knarrende Schiffswrack der alten Laube. Vor mir schwebten einige halb geschlossene weiße Rosen; der Rosenstrauch selbst war in der Düsternis kaum zu sehen, sodass die Blumen wie gespenstische Quallen auf und ab wogten. Ich merkte, dass ich den Atem angehalten hatte, als wäre ich tatsächlich unter Wasser. Ich gab mir einen Ruck, holte tief Luft und betrat den Rasen.

Als ich durch den Garten lief, streckte sich mein Schatten nach dem geheimnisvollen Wald, der dunkel vor mir dräute wie eine vom Himmel gefallene Gewitterwolke. In der nächtlichen Luft lag der beißende Geruch eines Lagerfeuers. Mein Herz begann zu rasen. Ich redete mir ein, dass der Geruch nichts Furchterregendes an sich habe; so roch es auch im Hyde Park, wenn man im Herbst spazieren ging, oder in der Guy Fawkes Night oder an Halloween.

Wenn Robert hier wäre, dachte ich bei mir, *würde er sich nicht fürchten.*

Ich starrte in das schwarze Gewirr der Bäume vor mir, und meine Fantasie schickte albtraumhafte Kreaturen nach mir aus – geifernde Wölfe, wispernde Baumgeister, langfingrige Hexen … Alles in mir war nun quicklebendig vor Angst – meine Finger, meine Haut, meine Lungen …

Urplötzlich zerriss ein verzweifelter, nadelspitzer Schrei die Nacht.

Ich blieb wie angewurzelt stehen. *Eine Eule?* Aber es hatte fast menschlich geklungen …

Ich wandte mich zum Haus um – und unterdrückte einen Aufschrei.

Hinter einem Fenster im Obergeschoss bewegten sich hohe Schatten. Eine ganze Schar zuckender Silhouetten – drei Menschen – nein, vier! Wer um alles in der Welt mochte so spät in der Nacht dort oben sein? Vater, Mama, Nanny Jane und … *wer noch?* Wieder drang ein Schrei aus dem Fenster, die Schatten wirbelten hin und her, und dann folgte ein lang gezogenes, herzzerreißendes Wehklagen.

Es war keine Eule.

Es war Mama.

3

Ich rannte. Ich stürmte durch die offene Küchentür, durch die Küche und die Treppe hinauf – *Mama, meine Mama …*

Auf halber Treppe schnappte ich nach Luft und hielt inne. Stimmen erklangen – tief und ernst –, dann ging die Tür zu Mamas Zimmer auf und Vater trat heraus, gefolgt von Nanny Jane. Bevor die Tür wieder fest zugezogen wurde, erhaschte ich einen Blick auf eine wuchtige, schattenhafte Gestalt.

Nanny Jane machte ein verkniffenes Gesicht, aber kaum sah sie mich, setzte sie ein munteres Lächeln auf.

»Was ist los? Was hat Mama?«, fragte ich und versuchte, mein panisches Keuchen zu beruhigen.

Vater öffnete den Mund, um etwas zu sagen, doch dann schüttelte er nur den Kopf und ging an mir vorbei die Treppe hinunter.

»Was hat sie, Nanny Jane?«, wiederholte ich. »Kann ich zu ihr? Wer ist das in ihrem Zimmer?«

»Heute war alles ein bisschen viel für deine Mutter, Henry«, sagte Nanny Jane. »Sie ist durcheinander und etwas überspannt, weiter nichts. Aber jetzt schläft sie. Dein Vater hat einen Arzt gerufen, der ihr ein Mittel verabreicht hat.« Sie holte tief Luft und versuchte wieder zu lächeln. »Und du musst jetzt auch ins Bett, kleines Fräulein«, fuhr sie fort und bugsierte mich in mein Zimmer. »Was bist du so spät überhaupt noch auf? Warum trägst du deine Stiefel?«

Ich kam gar nicht dazu, ihr zu antworten oder noch mehr Fragen zu stellen. Mir nichts, dir nichts hatte sie mich ins Bett verfrachtet und die weiche blaue Decke um mich festgesteckt. Die Standuhr in der Diele schlug zur halben Stunde. *Zu welcher halben Stunde?*, fragte ich mich.

Wenn ich als kleines Kind nicht einschlafen konnte, setzte sich Mama immer neben mich aufs Bett und las mir im Kerzenschein aus einem Buch vor. Aber ich war kein kleines Kind mehr. Und Mama war krank – so krank, dass Vater mitten in der Nacht nach einem Arzt geschickt hatte.

Ich nahm mein Märchenbuch und blätterte bis zu Hans Christian Andersens Geschichte *Des Kaisers Nachtigall.* Das war Mamas Lieblingsgeschichte. Ich las von dem Kaiser von China, der sich eine Nachtigall in einem Käfig hielt, damit sie für ihn sang. Eines Tages wurde dem Kaiser ein Geschenk überreicht – eine mit wertvollen Edelsteinen besetzte mechanische Nachtigall. Sein neues Spielzeug entzückte ihn so sehr, dass er die echte Nachtigall freiließ. Voller Freude flog sie zurück in den Wald. Doch die Spielzeugnachtigall ging bald kaputt, und der Kaiser wurde schwer krank.

Die schönste Illustration kam am Ende der Geschichte – das Gemach des Kaisers im Palast. Das Himmelbett war in rote und goldene Stoffbahnen gehüllt, goldene Laternen hingen von der Decke, die Juwelennachtigall saß stumm in einem vergüldeten Käfig. Der Tod, der als Gerippe mit chinesischer Robe dargestellt war, stand drohend über den Kaiser gebeugt. Hinter dem Bett sah man ein großes, offenes Fenster, das auf die Hügel und Wälder jenseits der Palastmauern führte. In der Mitte des Fensters, knapp über dem Sims, schwebte mit schon halb gesenkten braunen Flügelchen die Nachtigall. Sie war zum Kaiser zurückgekehrt, um mit ihrem herrlichen Gesang den Tod zu vertreiben.

Ich erwachte in einem Knäuel aus Laken und Decken in einem fremden Bett. Es dauerte einen Augenblick, bis mir einfiel, dass wir umgezogen waren. Nach und nach tauchten die Ereignisse der vergangenen Nacht vor meinem inneren Auge auf – mein Ausflug in den dunklen Garten, Mamas unheimlicher Schrei, der Schatten des Arztes in ihrem Zimmer … Im Morgenlicht erschienen mir diese Schrecken wie der Nachhall eines bösen Traums: Kaum wollte ich in meiner Erinnerung tiefer schürfen, hatten sie sich schon aufgelöst. Die Vorhänge waren offen, und bald war das ganze Zimmer von grüngoldenem Sommerlicht erfüllt.

Ich beschloss, zum Frühstück Porridge zu essen, was ich als gewichtige Entscheidung empfand, denn in letzter Zeit hatte ich kaum mehr gefrühstückt. Der Umzug sollte ein Neubeginn sein, genau wie Vater gesagt hatte. Meine Tage sollten sich wieder verlässlich und gewöhnlich und echt anfühlen, und Porridge schien mir ein guter erster Schritt in diese Richtung.

In der Küche füllte Nanny Jane meine Schüssel bis unter den Rand und rührte dicken, goldenen Honig hinein. Ich nahm den Brei mit ins Speisezimmer.

Vater saß am Tisch und las einen Brief.

Wie dünn und blass er aussah. Seit Robert gestorben war, hatte er Ringe unter den Augen, die Wundmalen glichen. Er sah aus wie ein Mann, der durch eine Mangel gedreht oder auf einer Bank gestreckt worden war, doch wie stets war er makellos rasiert und elegant gekleidet, und sein dichtes schwarzes Haar war ordentlich gekämmt und gescheitelt. In mir wallte eine überwältigende Zuneigung zu ihm auf.

»Guten Morgen, Vater«, sagte ich.

Er erwiderte nichts, sondern griff nur nach der Teekanne und schenkte sich Tee nach, ohne den Blick zu heben. Der Tee schwappte über und breitete sich auf der weißen Tischdecke vor ihm aus, und ich reichte ihm eine Serviette.

»Oh! Guten Morgen, Henry«, sagte er.

»Guten Morgen, Vater«, sagte ich noch einmal.

Er wandte sich wieder seinem Brief zu, während er die Tasse an die Lippen setzte. Auf seinem Handrücken und dem Handgelenk spannte sich vernarbte Haut, wie eine Karte von Afrika. Neuerdings sah man viele Männer mit Narben – Andenken an den Großen Krieg, der im vergangenen November zu Ende gegangen war –, doch Vater hatte nicht gekämpft. Er war Ingenieur und hatte die Kriegsjahre überwiegend in den Häfen und Fabriken Großbritanniens verbracht; er hatte das Seine zum Sieg beigetragen, ja, aber nicht mit Waffen. Vaters Narbe hatte ganz und gar nichts mit dem Krieg zu tun. Ich versuchte, nicht an die Nacht zu denken, in der er sie sich zugezogen hatte.

»Ich mag unser neues Haus«, schwindelte ich. »Und den Garten. Und mein Zimmer ist sehr hübsch.«

Er nickte und zupfte an seinem Schnurrbart.

»Wie geht es Mama heute?«

Vater schwieg einen Augenblick, dann zog er seine Uhr aus der Tasche. »Der Arzt wird gleich noch einmal vorbeikommen, um nach ihr zu sehen.«

Er blickte wieder auf den Brief in seiner Hand. Sie zitterte. Nach einer Weile sagte er: »Es sieht ganz so aus, als … als müsste ich eine Zeit lang außer Landes reisen, Henry. Der Arbeit wegen.«

»Wohin?«, fragte ich mit pochendem Herzen. *Aber wir sind doch gerade erst hier angekommen …*

Vater gab keine Antwort. »Es tut mir leid«, murmelte er so leise, dass ich beinahe glaubte, es mir nur eingebildet zu haben. »Es tut mir leid. Ich glaube – ich muss tatsächlich gehen.« Er sah mich nicht an, und ich war nicht sicher, ob er überhaupt merkte, dass er es laut ausgesprochen hatte. Er faltete den Brief und steckte ihn in seine Jackentasche. Dann erhob er sich und berührte mich im Hinausgehen geistesabwesend an der Schulter.

Ich hörte ihn in der Diele telefonieren. Er rief etwas über Billetts, Eisenbahnen und Ablegezeiten in die Sprechmuschel. Dann ging er nach oben, um zu packen.

Irgendetwas stimmt da nicht, dachte ich. *Bei Vater oder bei Mama. Oder bei beiden.* Ich brachte keinen Bissen von meinem Porridge hinunter.

Um neun Uhr öffnete ich einem großen, dicken Mann in Tweedanzug und mit einer ausgebeulten schwarzen Ledertasche die Tür. Er hatte einen weißen Schnurrbart und buschige Brauen. Wären seine Glubschaugen und die vorstehende wulstige, bläuliche Unterlippe nicht gewesen, hätte er wie ein freundlicher alter Riese wirken können.

»Du musst die kleine Henrietta sein«, sagte er und

streckte mir seine Pranke hin. »Dein Vater hat mir gestern Abend alles über dich erzählt. Ich bin Doktor Hardy.«

Ich presste die Lippen aufeinander und schüttelte ihm fest die Hand (ich hatte Vater einmal zu Robert sagen hören, dass ein fester Handschlag wichtig sei). Die Hand des Arztes war feucht und schlaff, doch er drückte meine so grob, dass ich zusammenzuckte.

»Ist Mama …?« Ich kam nicht dazu, meine Frage ganz auszusprechen.

Doktor Hardy beugte sich zu mir herunter und sprach mit mir, als wäre ich fünf Jahre alt und nicht zwölf. Sein Atem roch nach Räucherfisch und abgestandenem Tee.

»Deiner Mami geht es nicht so gut, Henrietta«, sagte er, ohne den Griff um meine Hand zu lockern. »Sie braucht Medizin, damit sie sich ein bisschen ausruhen kann.«

Nanny Jane kam aus der Küche herbei.

»Doktor Hardy«, sagte sie knapp. »Ich bringe Sie nach oben zu Mrs Abbott.«

Gegen Mittag fuhr Vater fort. Als ich ihm einen Abschiedskuss gab, legte er die Arme um mich, doch es war, als sei ich gar nicht wirklich da. Er küsste Piglet und wechselte einige leise Worte mit Nanny Jane. Dann ging er zum Wagen.

Er gibt mir die Schuld, dachte ich zum vielleicht hundertsten Mal. *Er gibt mir die Schuld an dem, was in London passiert ist. Darum verlässt er uns.*

Wir lächelten alle – ein starres, aufgesetztes halbes Lächeln –, doch meine Augen brannten und meine Kehle schmerzte. Ich biss die Zähne fest zusammen und lächelte noch etwas mehr, um die Tränen zurückzudrängen. Nur Piglet sah unglücklich drein, aber womöglich hatte sie einfach Hunger. Sie hatte immer Hunger.

Am Ende der Auffahrt, neben dem Schild mit der Aufschrift HOPE HOUSE, bremste der Wagen kurz ab, bevor er auf die Straße einbog. Ich winkte, bis er außer Sichtweite war. Ich winkte, weil Nanny Jane winkte. Sie winkte auch mit Piglets Hand.

Mama war nicht aus dem Haus gekommen, um sich zu verabschieden, doch ich schaute hinauf, als wir uns zur Tür umwandten, und sah einen Schatten an ihrem Schlafzimmerfenster. Zwei weiße Hände waren an die Scheibe gepresst.

4

Nach Vaters Abreise verlor ich alles Zeitgefühl. Jeder Tag kam mir vor wie ein Sonntag. Stundenlang lag ich im Schatten eines riesigen Bergahorns im Garten auf einer Decke und las. Ich las immer wieder dieselben Bücher – *Alice im Wunderland, Der geheime Garten, Der Wind in den Weiden,* meine Märchen … Das waren die Bücher meiner Kindheit. Sie waren vertraut, sie boten Sicherheit. Ich wusste, wie sie endeten.

Die Nächte waren lang und einsam. Meine Träume wurden dunkler und schrecklicher: Ein grässliches Schluchzen, bisweilen auch ein plötzlicher durchdringender Schrei, suchte mich heim, bis ich zitternd und schweißgebadet vor Angst hochschreckte. Und der Geruch – immer dieser erstickende Rauchgeruch.

Ab und an tauchte Doktor Hardy auf und verteilte seine Pillen und Ratschläge.

»Na, na«, pflegte er zu sagen, während er mir ein Buch aus den Händen nahm. »Kleine Mädchen wie du, Henrietta, sollten nicht den lieben langen Tag Geschichten lesen. Du solltest etwas Nützliches lernen. Sticken zum Beispiel.« Dabei beugte er sich mit seinem Grinsegesicht tief zu mir herunter, und die glitzernden Spuckefäden zwischen seinen Zähnen schlugen mich vollkommen in Bann.

»Ja, Doktor Hardy«, sagte ich dann immer. Meine Stimme klang ausdruckslos und leer wie ein Buch, aus dem alle Seiten herausgerissen worden waren.

Mama sah ich nur selten. Sie blieb auf ihrem Zimmer. Seit vergangenem Sommer hatte sie gelitten, doch seit unserem Umzug und Vaters Abreise schien es ihr noch viel, viel schlechter zu gehen. Sie wirkte erschöpft, tief und bis auf die Knochen erschöpft.

Auf der Herfahrt von London hatte Vater mir erzählt, dass er, Mama und Robert vor meiner Geburt hier einmal in der Sommerfrische gewesen waren. Sie hatten in einem alten Leuchtturmwärter-Häuschen am Meer gewohnt. Nach Hope House zu ziehen hätte Mama helfen sollen, wieder gesund zu werden, aber sie wurde nicht gesund, sie wurde noch kränker. Es war, als verwandelte sie sich in ein Gespenst.

Vormittags spielte ich meistens mit Piglet oder schob sie in ihrem Wägelchen im Garten umher. Ich mochte unsere langsamen, verträumten Spaziergänge. Ich blieb auf den Wegen und hielt mich von den eigenartigen Schatten des Waldes fern.

Wenn es etwas zu tun gab, ging ich Nanny Jane zur Hand, oder ich besuchte Mrs Berry, unsere neue Köchin, in der Küche. Manchmal half ich ihr, Eier zu verquirlen oder Sahne zu schlagen. Sie freute sich immer, mich zu sehen, und machte mir Limonade mit Eiswürfeln und dicke, mit viel Butter und Himbeermarmelade bestrichene Scheiben von frisch gebackenem Brot, selbst wenn ich keinen Hunger hatte.

Mrs Berry redete in einem fort. Sie sprach von all ihren Verwandten und Nachbarn, als kennte ich jeden Einzelnen persönlich, und bald kam es mir tatsächlich so vor. Ich sagte nicht viel. Ich lernte, die Sorte Fragen zu stellen, die sie gern beantwortete.

Eines Nachmittags half ich Mrs Berry beim Brotbacken. Ich knetete den Teig, bis mir die Hände wehtaten. Mrs Berry ließ mich daraus kleine Laibe formen. Ich machte Zöpfe und Knoten und Blumen und Tiere.

»Was soll denn das hier sein?«, fragte Mrs Berry.

»Eine Schildkröte«, sagte ich.

»Es sieht eher wie eine zerquetschte Maus aus.« Mrs Berry lachte, und ich lachte auch. Als ich mir dabei das Haar aus der Stirn strich, schmierte ich mir Mehl über das ganze Gesicht. Darüber mussten wir noch mehr lachen. Und auf einmal, aus heiterem Himmel, vermisste ich Robert ganz fürchterlich. In meiner Kehle begann es zu brennen. Als mir Tränen in die Augen stiegen, wich ich vom Tisch zurück.

»Ich gehe nur mal kurz frische Luft schnappen, Mrs Berry«, brachte ich hervor und wandte mich zur Hintertür um. Ich musste fliehen.

Am Vormittag hatte ich das Buch, das ich gerade las – *Betty und ihre Schwestern* –, auf einer kleinen Wolldecke im Garten liegen lassen. Ich hatte es schon zweimal gelesen, aber es war eine gute Lektüre, wenn ich mich einsam fühlte. Ich wollte gern Bücher über Familien lesen. Dann malte ich mir aus, ich sei nur ein Kind in einer ganzen Schar zankender, kichernder Geschwister und hätte eine herrische große Schwester oder eine beste Freundin, die alles in die Hand nahm und für Ordnung sorgte. Hin und wieder, wenn ich sicher war, dass niemand mich hörte, sprach ich sogar mit dieser Fantasiefreundin. Manchmal war sie wie Bettys Schwester Jo – witzig und wild wie ein Junge und praktisch veranlagt. Ich hörte ihre warme, tröstende Stimme in meinem Kopf. Doch an diesem heißen, feuchten Nachmittag war die Person in meiner Fantasie anders – gänzlich losgelöst von mir, und viel echter. Und es war kein Mädchen, sondern ein Junge …

Robert.

Er lag im Schatten der alten Laube auf dem Rücken und sah in die wuchernden Geißblattranken hinauf.

Ich stand stockstill auf dem Rasen und starrte ihn an. Zuerst sah ich ihn wie durch Nebel – er war verschwommen, eher wie eine Zeichnung denn ein echter Junge, wie eine Illustration in einem Bilderbuch. Sein Haar war heller, und er wirkte jünger als damals, als ich ihn zuletzt gesehen hatte. Ich ging näher und kniete mich neben ihn. Am liebsten hätte ich die Hand ausgestreckt und ihn berührt. *Aber das träumst du doch nur,* sagte ich mir. *Das träumst du nur …*

»Schön ists hier, Hen«, sagte Robert. Ich sah, dass er eine Feuerbohne in der Hand hielt, und überlegte, ob er sie aus dem Küchengarten hatte. Er knabberte daran. »Ich glaube, ich leiste dir ein bisschen Gesellschaft. Wenn du nichts dagegen hast.«

»N-nein«, sagte ich zögernd. Ich versuchte zu lächeln. »Gern.«

Er stützte sich auf die Ellbogen auf, schloss die Augen und reckte das Kinn in die Höhe, als sauge er den Sonnenschein in sich ein. Das goldene Licht schimmerte auf seinem Haar.

»Ein herrlicher Ort«, murmelte er. »Hope House. Ein neues Kapitel, Hen. Hier gibt es Hoffnung für uns alle, meinst du nicht?«

Ich wusste nicht, was ich sagen sollte.

»Komm, wir schauen uns um«, sagte Robert, setzte sich aufrecht hin und schirmte mit einer sommersprossigen Hand seine Augen ab. »Willst du im Wald spazieren gehen?«

Ich schaute in die Wildnis am Ende des Gartens.

»Ich komme mit, wenn du willst – wenn du Angst hast …«

Plötzlich packte mich der Mut. »Ja«, sagte ich. »Gehen wir.« Doch dann hielt ich inne. Aus den höchsten Bäumen flatterte laut krächzend eine Wolke von Krähen auf. Etwas musste sie aufgescheucht haben. Die Blätter raunten im Wind. »Vielleicht ein andermal«, sagte ich und versuchte, nicht verängstigt zu klingen.

Robert lächelte nur, bevor er sich wieder im hohen Gras ausstreckte. »Der Wald ist morgen auch noch da, Hen«, sagte er.

Ich schüttelte den Kopf. *Das kann nicht Robert sein,* dachte ich. Ich schloss in der grellen Sonne die Augen, und als ich sie wieder aufschlug, war er weg.

Dafür war Nanny Jane da. Sie stand mit verschränkten Armen auf der Terrasse, machte ein seltsames Gesicht und starrte mich unverwandt an.

Rasch richtete ich mich auf, kehrte ihr den Rücken zu und ging zu dem Ahornbaum. Dort setzte ich mich auf die Decke, nahm mein Buch zur Hand und ließ meine Augen über die Zeilen wandern. Doch die Wörter waren nichts weiter als schwarze Muster, die keinen Sinn ergaben. Ich atmete jetzt schnell, in sonderbaren kleinen Keuchern. Verzweifelt starrte ich auf die Seiten, um mich in der Geschichte vor mir zu verlieren und meine eigenen Gedanken nicht hören zu müssen. *Es kann nicht Robert sein. Es kann nicht sein …*

Ich konnte nicht anders. In der Hoffnung, mein Bruder werde auf rätselhafte Weise wieder erscheinen, schaute ich zurück zur Laube. Er war nicht da, doch das Sonnenlicht tanzte auf dem trockenen Gras – es blitzte golden auf, genau wie sein Haar … Ich schüttelte abermals den Kopf und kämpfte gegen das Schluchzen an, das aus meiner Brust aufstieg.

»Robert ist tot«, sagte ich mir. »Er ist nicht mehr unter uns. Er ist letzten Sommer gestorben.«

5

Am selben Abend kam Doktor Hardy vorbei.

»Und wie geht es unserem kleinen Wonneproppen?«, erkundigte er sich und bückte sich dabei zu mir herab, sodass sein Atem mich streifte. Diesmal roch er nach Bratfett, nach rauchigem Schmalz, den verbrannten Stücken in einem Bräter.

Mit dem Wonneproppen meinte er nicht mich, sondern Piglet, die frisch gebadet und bettfertig an meine Schulter geschmiegt war. Er streckte einen fetten, lila Finger nach ihr aus und streichelte ihre Wange.

»Danke, gut«, sagte ich und legte sie über meine andere Schulter.

»Und selbst, Miss Abbott?« Er schaute mir in die Augen und bewegte seinen Kopf wie ein Schlangenbeschwörer hin und her. »Leicht gelbsüchtig, finden Sie nicht auch, Miss Button?«

»Ich denke, das kommt eher von der Sonne«, sagte Nanny Jane. »Sie war häufig draußen.«

»Aha«, machte der Doktor. »Na, herumgestreunt wird hier hoffentlich nicht. Keine großen Abenteuer, mein Fräulein – du brauchst doch schöne, ruhige Sommerferien.«

»Natürlich«, sagte Nanny Jane rasch. »Sie hat viel … gestickt, nicht wahr, Henry?«

Ich nickte dankbar. Piglet begann zu quengeln.

Schnell packte der Doktor sie mit seinen großen Händen und nahm sie mir weg. Es fühlte sich an, als habe mir jemand eine Handvoll Gedärm aus dem Magen gezogen. Fast hätte ich vor Entsetzen aufgejapst. Er hielt Piglet auf Höhe seines Gesichts.

»Was hast du denn, Kleines?«, gurrte er in einem widerwärtigen Ton. »Was hast du denn? Ach, du bist ganz und gar nicht glücklich, nicht wahr?«

Wenn es nach Doktor Hardy ging, sollte jeder irgendetwas haben. *Vielleicht kommt er sich dann wichtiger vor,* dachte ich, *wenn jeder krank ist.*

Piglets Gequengel schwoll zu einem Gebrüll an.

»Sie ist bloß sehr müde, Herr Doktor«, sagte ich mit meiner erwachsensten Stimme und nahm ihm Piglet wieder ab. Ich drückte sie an meine Brust, damit ich wieder atmen konnte. »Verzeihen Sie, sie müsste längst im Bett sein. Gute Nacht.« Und ich trug sie die Treppe hoch.

Piglets Schreien erstarb zu einem Wimmern. Ich legte sie in ihr Bettchen, deckte sie gut zu und gab ihr einen Gutenachtkuss. Sie murrte und strampelte noch ein bisschen, doch sie war müde. »Marienwürmchen, fliege weg, fliege weg!«, fing ich an zu singen und streichelte ihr flaumiges Haar. »Dein Häuschen ...« Aber vor dem Wort »brennt« stockte ich.

»Träum süß, Piglet«, sagte ich etwas verloren.

Ihre Augen fielen zu, und schon bald pfiff sie leise durch ihr Stupsnäschen und ihr Bauch hob und senkte sich gleichmäßig.

Wenige Minuten später kamen Doktor Hardy und Nanny Jane nach oben. Ich hörte Glasfläschchen und Metallwerkzeuge in seiner Tasche aneinanderklirren. Die beiden sprachen in gedämpftem, geheimniskrämerischem Ton miteinander. Sie gingen geradewegs in Mamas Zimmer und zogen die Tür hinter sich zu. Dann hörte ich, wie der Schlüssel im Schloss umgedreht wurde.

Klick. Zu. Kein Zutritt.

Besucher, Hausierer und Töchter unerwünscht.

Doktor Hardy blieb bis etwa zehn Uhr. Er sprach nicht mit mir, bevor er ging, und Nanny Jane, die mir eine Tasse Kakao gebracht hatte, als sie Gute Nacht sagen kam, verlor auch kein Sterbenswörtchen. Nun war es Mitternacht, und ich schlief immer noch nicht.

Warum sagte mir denn niemand etwas? Vater hatte uns verlassen. Mama war so krank, dass ich sie fast nie sah. Ich wollte helfen. Ich wollte etwas tun, *irgendetwas,* aber es war mitten in der Nacht und ich war ganz allein und ich war zwölf Jahre alt.

Ich sah aus dem Fenster in den mondbeschienenen Garten und den dunklen Wald dahinter.

Da war er wieder – der geheimnisvolle Rauchfaden, der aus den Bäumen aufstieg, die flackernde Elfenflamme, die ich in unserer ersten Nacht in Hope House gesehen hatte. In der Dunkelheit da draußen war jemand. *Jemand oder etwas.* Ich spürte das schon vertraute Locken – eine Stimme, die mich von irgendwo in den Bäumen zu sich rief.

In meinem Kopf hallten Doktor Hardys mahnende Worte wider: *Keine großen Abenteuer, mein Fräulein …*

Ich lächelte ein kleines, wütendes Lächeln.

Ich würde gehen.

Ganz hinten im Garten, wo die Wildnis begann, blieb ich stehen und starrte in das Schwarz. Dann holte ich einmal lang und tief Luft und tauchte in den dunklen Schlund des Waldes ein.

Unter der Blätterdecke verbreiteten Mond und Sterne etwas, das man nicht direkt Licht nennen konnte. Sie schienen nicht, sie versilberten die Dunkelheit, und so erzeugten sie gerade genug staubgrauen Schatten, dass ich mir einen Weg durch die Bäume bahnen konnte. Ich hielt mir eine Hand vors Gesicht, um nicht gegen niedrige Äste zu laufen, und zweimal spürte ich die klebrigen Fäden eines Spinnennetzes an meinen Fingern reißen. Der Rauchgeruch wurde stärker. In der Düsternis schimmerte von fern ein gelber Dunst, dem ich über dunkle, gewundene Pfade stolpernd folgte, bis ich endlich das Licht eines Feuers sah, das auf einer Lichtung vor mir flackerte.

Ich versteckte mich hinter einer Eiche und presste Hände und Wangen an die raue Rinde. Nichts war zu hören, nur das sanfte Knistern des brennenden Holzes. Es klang nicht wie die Sorte Feuer, die mich in meinen Träumen heimsuchte; es klang wie eine freundlichere Sorte Feuer, eines, über dem man Stockbrot rösten und sich die Hände wärmen konnte. Das war keine Elfenflamme, es war echt. Jemand war hier und saß im Wald von Hope House vor einem Lagerfeuer.

Langsam, ganz langsam spähte ich hinter dem Baum hervor. Genau in der Mitte der Lichtung war eine kreisrunde Feuerstelle. Am anderen Ende des laubübersäten Platzes, einige Meter hinter dem Feuer, stand ein kleiner Zigeunerwagen. Er war alt und baufällig und wirkte geradezu wie ein Teil des Waldes, als sei er aus dem Brombeergebüsch ringsum emporgewachsen. Womöglich war er einmal gelb gewesen, wie der Wagen des Kröterichs in *Der Wind in den Weiden,* doch überall blätterte die Farbe ab und legte das nackte, faulende Holz darunter frei. Hinter zwei winzigen, gesprungenen Fenstern waren schmutzige Spitzenvorhänge zugezogen. Am Fuß der

Holzstufen lag etwas, das wie ein altes Ruderboot aussah. Es war mit Erde gefüllt und mit Kräutern bepflanzt.

Mit einem Mal bewegten sich die Pflänzchen und zitterten sonderbar, als hätte eine unsichtbare Hand sie berührt. In dem dunklen Hohlraum unter dem Wohnwagen bewegte sich etwas. Etwas, das sich wand und rekelte, so dunkel wie die Dunkelheit selbst. Ein Augenpaar blinzelte – und erwiderte meinen Blick. Die Angst traf mich in die Magengrube, und ich wagte mich nicht zu rühren. Die Augen blinzelten noch einmal, und ein schlanker Schatten schlüpfte unter dem Wagen hervor. Es war eine Katze – eine struppige, kleine braunschwarze Katze. Sie huschte auf die Bäume zu, schwarz gegen die Beinahe-Schwärze des Waldes. Als sie sich von dem Licht des Feuers entfernte, konnte ich sie nur noch sehen, weil ich wusste, dass sie da war.

Im Feuer verrutschte ein Stück Holz, und über den laubbedeckten Waldboden ging ein Funkenregen nieder. Ich konnte mir nicht helfen – mit einem angstvollen Keuchen rannte ich hin und trampelte auf den Funken herum, bis sie erloschen waren.

»Wer ist da?«, fragte plötzlich eine Stimme, nur wenige Meter entfernt.

Ich stolperte zurück hinter den Baum. Das Herz schlug mir bis zum Hals.

Augenblicklich hörte ich die Stimme wieder, sie zischte aus einem der Fenster: *»Bist du das, Kater?«*

Der Kater miaute eine freche Antwort und wurde von der Dunkelheit verschluckt. Dann flog die Tür des Wohnwagens auf.

Hypnotisiert vor Schreck hielt ich den Atem an.

Ein gespenstisches Wesen trat auf die Lichtung hinaus. Die Schatten der mondbeschienenen Bäume erschufen einen Käfig aus Dunkelheit ringsum. Das Geschöpf breitete seine dürren Arme weit aus, und eine zerschlissene Decke öffnete sich wie die Flügelhaut eines urzeitlichen Reptils. Es starrte in die Dunkelheit, forschend, lauernd … Sein Gesicht wurde jetzt vom Feuer erhellt – das Gesicht einer Frau, weiß wie Knochen – wild, ausgemergelt und gefährlich. Ihr Haar war eine Mähne aus dicken, ineinander verkeilten Schlangen. Ich dachte an die Meerhexe aus *Die kleine Meerjungfrau.* Ich dachte an Medusa. Ihr steinharter Blick durchbohrte die Dunkelheit und erspähte mich dort an den Baum geklammert. Sie holte Luft – ein langsamer, heiserer Atemzug. Ich versteckte mich nicht. Ich stand nur wie gelähmt da. Ihr Kopf zuckte nach unten und ihre Ellbogen schossen in zwei knochigen Spitzen in die Höhe, sodass sie einer Spinne glich, die zum Sprung auf ihre Beute ansetzt. Ich öffnete den Mund zu einem Schrei, doch ich brachte keinen Ton hervor. Ihre Augen brannten sich in mich ein. Sie machte einen weiteren Schritt auf mich zu, bleckte die Lippen und zischte …

Und ich rannte.

6

Am nächsten Morgen beim Frühstück brachte ich kaum ein Wort heraus. Jedes Mal, wenn ich den Kopf wandte, sah ich einen dürren schwarzen Kater in den Schatten unter den Möbeln umherkriechen. Jedes Mal, wenn ich blinzelte, sah ich das Gesicht der Hexe, das sich in die Innenseite meiner Lider gebrannt hatte – ein schreckliches Gesicht, weiß vor Wut, zu einer böse zischenden Fratze erstarrt … Ich konnte nichts essen. Nanny Jane schaute immer wieder stirnrunzelnd zu mir herüber.

Da klopfte es an der Haustür, und wenige Sekunden später kam Mrs Berry ins Speisezimmer und gab Nanny Jane ein Telegramm. Die beiden Frauen wechselten einen vielsagenden Blick, den ich nicht hätte sehen sollen, das wusste ich. Nanny Jane öffnete das Telegramm und überflog es rasch, dann faltete sie es wieder zusammen und schob es unter einen Stapel anderer Briefe.

Ich starrte sie an. *Und?*

Sie sagte nichts. Sie schenkte sich Tee ein.

Schließlich fragte ich: »War das ein Telegramm, Nanny Jane?«

Sie sah mich an, als wolle sie sagen: *Du weißt ganz genau, dass es ein Telegramm war, kleines Fräulein.* Stattdessen erwiderte sie: »Es ist von deinem Vater. Seine Arbeit hat ihn nach Italien geführt und er glaubt nicht, dass er so bald wieder nach Hause kommen kann.«

Ich stockte und dachte nach. »Nach *Italien?*«

»Bis November.«

»Bis *November?*«

»Bitte sei kein Papagei, Henry.«

»Aber bis November ist es noch *Monate* hin. So lang kann er doch nicht von uns fortbleiben.«

»Er arbeitet, Henry. Er muss arbeiten ...«

»Was hat er sonst noch geschrieben?«

Nanny Jane verkniff den Mund. *Schluss mit Fragen.* Sie sprach es nicht laut aus, doch ich verstand es auch so. Was verschwieg sie mir?

Eine halbe Stunde später verkündete Nanny Jane, sie müsse ins nahe gelegene Dorf, Little Birdham, um Vater per Telegramm zu antworten. Ich winkte, als sie Piglets Kinderwagen die Auffahrt hinunterschob. Und während ich winkte, fasste ich einen Plan.

Sobald sie außer Sichtweite waren, machte ich die Haustür zu und rannte die Treppe hoch. Oben blieb ich kurz stehen: Vor mir lag mein Zimmer; zu meiner

Rechten befand sich der dunklere Bereich des Flurs, der zu den Zimmern meiner Eltern und dem Bad führte; zu meiner Linken ging es zur Babystube und zum Zimmer des Kindermädchens. Ich wandte mich nach links, huschte geradewegs zu Nanny Janes Zimmer und versuchte, die Gewissensbisse zu verdrängen, als ich den Türknauf drehte.

Die Tür öffnete sich auf ein kleines, helles Schlafzimmer, in dem es nach Lavendel und gestärktem Leinen roch. Ich hatte noch nie in Nanny Janes Zimmer geguckt, aber es wirkte angenehm vertraut. Das Bett war ordentlich gemacht, mit einer geblümten Tagesdecke über der weißen Bettwäsche; auf dem Kissen lag ein Buch von Jane Austen, *Stolz und Vorurteil*. Die weiß gestrichene Zwischentür zur Babystube stand offen.

Ich war wild entschlossen, Sherlock Holmes zu spielen, doch ich musste gar nicht lang suchen: Auf der Kommode, neben einer Haarbürste und Nanny Janes Kleingeldbörse, lag der Briefstapel und darunter Vaters Telegramm.

Meine Hände zitterten, als ich es entfaltete und die getippte Nachricht las.

Unterwegs für einige Monate Italien und dann Schweiz bis November STOP Erteile keine Genehmigung für Einweisung von Mrs A STOP Dr H soll sie vorerst weiter zu Hause behandeln STOP Melde mich wieder STOP

Ich musste die eigenartig abgehackten Sätze mehrere Male lesen, um ihren Sinn zu begreifen. Vaters Arbeit im Ausland würde mindestens bis November weitergehen. Er erteilte keine Genehmigung für Mamas Einweisung. *Einweisung wohin?* Ich erinnerte mich an Nanny Janes zusammengepresste Lippen und ihre geflüsterten Unterredungen mit Doktor Hardy.

Ich achtete darauf, alles genau so zu hinterlassen, wie ich es vorgefunden hatte, und zog die Tür hinter mir zu. Erst wallte Erleichterung in mir auf – dann das schlechte Gewissen. Es gehörte sich nicht, in fremden Zimmern herumzuschnüffeln.

Dunkel erstreckte sich der Korridor vor mir bis zu dem Panzer aus Stille in Mamas Zimmer. Meine Schuldgefühle wuchsen, als ich ihren Türknauf drehte. Es war abgeschlossen.

Von innen oder von außen? Wurde sie gefangen gehalten oder wollte sie einfach nur allein gelassen werden?

Ich stellte mir vor, wie sie dort drinnen lag und an die Risse in der Decke starrte …

Ich klopfte leise.

Es blieb vollkommen still. Ich legte ein Ohr an das dicke Holz, hörte aber nichts als das Pochen meines eigenen Herzens.

»Mama?«, rief ich.

Keine Antwort.

Ich kniete nieder und spähte durch das Schlüsselloch.

Nanny Jane bekäme Zustände, wenn sie wüsste, was ich alles anstellte – mich in anderer Leute Zimmer schleichen, durch Schlüssellöcher gucken – *Wohl kaum ein angemessenes Betragen für eine junge Dame, Henrietta!* Es war zu dunkel, um viel dahinter zu erkennen – lediglich einen schwachen Umriss im Bett.

»Mama?«, rief ich abermals, so dicht vor der Tür, dass meine Stimme im Holz vibrierte.

Der Umriss im Bett bewegte sich und mir war, als hörte ich ein Geräusch, etwas wie ein leises Schluchzen. Dann war es wieder still.

Eine Weile blieb ich dort sitzen, mit dem Rücken an die Tür gelehnt, und überlegte, was ich tun sollte. Ich hatte von Leuten gelesen, die Schlösser mit Haarnadeln öffneten, aber das waren ja nur Geschichten. Dann fiel mir ein, wie Mamas Tür am Vorabend verschlossen worden war. *Doktor Hardy*, dachte ich. *Doktor Hardy ist es gewesen.* Wut flammte in mir auf. *Ich wünschte, ich könnte zu einer Riesin heranwachsen, wie Alice.* Wenn ich drei Meter groß wäre, müssten die Leute auf mich hören: *Ihr seid nichts weiter als Spielkarten …*

Während ich so nachdachte, bemerkte ich etwas Eigenartiges an der Holztäfelung neben Mamas Tür. In das dunkle Holz war ein Muster aus Linien und Kästchen geschnitzt, doch am Rand der Tafeln befanden sich zwei Türangeln.

Es war eine kleine Tür.

Ein Schrank? Ich folgte der Linie der Tür entlang nach oben, rechts und unten und fand ein Schlüsselloch. Es war so klein und so sorgsam platziert, dass es wie ein Astknoten im Holz aussah. Einen Knauf oder eine Klinke gab es nicht. Ich versuchte, die Tür mit den Fingern aufzuziehen, aber der Spalt um das Türblatt war viel zu schmal. Meine Fingernägel kratzten nur alte, klebrige Politur und Dreck heraus. Frustriert drückte ich gegen die Tür, und zu meiner Verblüffung sprang sie mit einem Klicken auf.

7

Es war kein Schrank.

Hinter der kleinen Tür führte eine enge, mit Teppich ausgelegte Treppe steil nach oben. Ich schlüpfte durch die Öffnung und achtete darauf, die Tür hinter mir anzulehnen.

Das Treppenhaus war verstaubt und roch nach Schimmel und Mäusekot. Ich nieste zweimal und stieg dann langsam und vorsichtig die Stufen hinauf. Über mir fiel Sonnenlicht durch die staubige Luft wie durch Morgennebel. Mir kam der merkwürdige Gedanke, dass ich dort oben vielleicht in eine fantastische Welt über den Wolken oder in den Turm eines Märchenschlosses hinaustreten würde.

Am Ende der Treppe fand ich mich in der Mitte eines großen rechteckigen Dachbodens wieder. Ich blieb ganz still stehen. Ich erinnerte mich, wie es auf unserem Dachboden in London gerochen hatte, dem Dachboden, auf dem Robert und ich immer gespielt hatten:

nach Sägemehl und Büchern und rostigen Blechbaukästen, nach Emaillefarben und Klebstoff für Roberts Modelleisenbahn und Modellschiffe … Panisch wie Fledermäuse flatterten die Erinnerungen um mich her. Ich verscheuchte sie – *Nein, das war ein anderer Dachboden, Hen, ein anderes Haus* – und schaute mich um. Uralte Holzbalken führten schräg zum First hinauf, der genau über der Treppe verlief, und vor mir befand sich ein wagenradgroßes rundes Fenster. Es bot einen Ausblick auf die Auffahrt vor dem Haus und den Flickenteppich aus Äckern und Wäldchen, der sich bis zu dem glitzernden blauen Meer erstreckte.

In der Ferne erkannte ich einen Leuchtturm auf einer Klippe und fragte mich, ob es derselbe war, den Mama, Vater und Robert vor meiner Geburt besucht hatten. Ich berührte die Scheibe mit den Fingerspitzen. Das Glas war mit Staub überkrustet.

Staub bedeckte auch den verfaulten Fensterrahmen, eine hölzerne Spielzeugtruhe am Fuß eines niedrigen Bettes und alles andere im Raum. Auf einem Regal an der Wand dümpelte eine Reihe von Modellschiffen unter Staub dahin, das Tauwerk von Spinnweben durchzogen, wie eine Flotte winziger Geisterschiffe. Die Vertrautheit dieses Anblicks versetzte mir einen heftigen Stich. Das war das Zimmer eines Jungen, oder war es einmal gewesen. Eines Jungen wie Robert vielleicht. Unter den Büchern, die auf einem niedrigen Regal am

Fenster standen, befanden sich *Die Schatzinsel*, *Peter Pan*, *Südsee-Abenteuer*, *Moonfleet* …

Ich zog die Ausgabe von *Moonfleet* heraus und hielt das Buch behutsam in der Hand. Dann schlug ich es auf und ließ die Seiten fallen, wie sie wollten. Das war eins meiner Lieblingsspiele, wenn ich ein fremdes Buch vor mir hatte. Die dicken, vergilbten Seiten öffneten sich wie selbstverständlich recht weit hinten, und ich las die Passage von der Lampe, die Grace Maskew Nacht für Nacht entzündet, um John Trenchard, ihren verschollenen Liebsten, sicher nach Hause zu leiten.

Ich klappte das Buch zu und schaute mich noch einmal um. Spinnweben hingen in großen Schwaden von den Deckenbalken. Ein langer, staubiger Fetzen baumelte fast bis zum Boden. Mein Blick fiel auf die Spielzeugtruhe, und beseelt von all den Geschichten über Gefahren und Abenteuer dachte ich sogleich an Schmugglergold und Piratenschätze.

Ganz vorsichtig öffnete ich den Deckel und rechnete fest damit, von funkelnden Diamanten und Dublonen geblendet zu werden …

Doch die Truhe war voller Spielsachen. Ein kaputter Drachen, in seine eigenen Schnüre verwickelt; ein Schiffsteleskop; ein Holzschwert, der Griff vom vielen Gebrauch glatt gewetzt. Plötzlich verspürte ich Gewissensbisse. Zum zweiten Mal an diesem Vormittag wurde ich gewahr, dass ich eine Grenze überschritten hatte.

Niemand hatte mir verboten, diesen Raum zu betreten – niemand hatte mir erzählt, dass es ihn überhaupt gab –, aber vor lauter Schuldgefühl war mir ganz flau im Magen, so als wäre ich aus Versehen über jemandes Grab gelaufen. Behutsam schloss ich den Deckel der Spielzeugtruhe und wischte mir die Hände an meinem Schürzenkleid ab.

Von weit unten, durch die Diele, über die Treppe und durch die Geheimtür, hallte das metallene Scheppern des Türklopfers an der Haustür zu mir herauf. Wie zur Antwort begann mein Herz ebenfalls zu schlagen. Ich erstarrte. Die Spinnwebe über mir flatterte in einem unsichtbaren Luftzug. Ich stahl mich die staubige Treppe hinunter.

Die kleine Holztür fiel hinter mir ins Schloss, und ich ging auf Zehenspitzen über den Treppenabsatz. Als ich Nanny Janes Stimme in der Diele hörte, erstarrte ich wieder. *Wie kann sie so schnell aus dem Dorf zurückgekehrt sein?* Einen Augenblick lang spielte ich mit dem Gedanken, das Zimmer auf dem Dachboden liege tatsächlich in einer Märchenwelt und meine fünf Minuten dort oben seien in der echten Welt vielleicht fünf Stunden gewesen …

»Ich bin vollkommen sicher«, sagte Nanny Jane in ihrem, wie ich erkannte, kühlsten und bestimmtesten Ton. »Hier wohnt die Familie Abbott. Sie haben Hope House seit Anfang dieses Sommers gemietet.«

Ich hörte eine Männerstimme leise etwas sagen, konnte aber nichts Genaueres verstehen.

»Nein«, entgegnete Nanny Jane. »Es tut mir leid – ich kann Ihnen da nicht weiterhelfen. Vielleicht könnte Mrs Berry Ihre Fragen beantworten. Würden Sie noch einmal vorbeikommen, wenn es besser passt? … Sehr gut. Auf Wiedersehen.« Sie schloss die Tür, und ich brauchte ihr Gesicht nicht zu sehen, um zu wissen, dass sie die Lippen zusammengekniffen hatte.

»Wer war das, Nanny Jane?«, fragte ich, während ich mit Unschuldsmiene die Treppe hinunterspazierte.

»Ein komischer Kauz«, sagte sie kopfschüttelnd.

»Wie kommt es, dass du schon aus dem Dorf zurück bist?«, fügte ich hinzu.

»Fragen, Fragen, Fragen«, sagte sie ungeduldig, als sie an mir vorbei die Treppe hochging. »Ich habe meine Geldbörse vergessen.« Während sie auf ihr Zimmer zumarschierte, dankte ich dem Himmel, dass ich nicht beim Schnüffeln ertappt worden war.

Ich eilte durch die Diele, wo Piglets Kinderwagen stand, und öffnete ganz leise die Tür. Seit unserem Einzug hatten wir nur sehr wenige Besucher gehabt, und ich war neugierig.

Am Ende der Auffahrt lief die dünne, dunkle Gestalt eines Mannes, den ich noch nie zuvor gesehen hatte. Mit seinem schiefen Gang und einem Gehstock, der an der Seite hervorstach, glich er einer huschenden Spinne.

8

»Damit führen wir Ihre Frau Mutter ganz sicher in Versuchung, Miss Henrietta«, sagte Mrs Berry.

Einige Tage waren vergangen, und wir waren in der Küche beim Kuchenbacken. Ich rührte Zitronensaft und Orangenschale in den Teig und sog die aromatische, süße Frische ein. Ich sagte nichts, aber ich hielt es für unwahrscheinlich, dass eine Zitronentorte Mama heilen würde. Durch das offene Fenster hörte ich einen Vogel laut krächzen; etwas musste ihn erschreckt haben. Ich schaute gerade noch rechtzeitig in den Garten, um eine kleine schwarze Katze in die Hecke schlüpfen und verschwinden zu sehen. Ich blinzelte. *War das die Katze aus dem Wald? Der Kater der Hexe?*

Mrs Berry versuchte es noch einmal. »Ich hab Sie heute Morgen draußen im Garten gesehen, Miss«, sagte sie, während sie zwei Eier in eine Schüssel schlug, »wie Sie mit Ihrer kleinen Schwester ein bisschen in der Sonne spazieren waren, wie immer. Unsere Landluft wird

Ihnen beiden mächtig guttun nach dem verpesteten Londoner Dunst. Die kleine Roberta ist so herzallerliebst, nicht wahr? Um *ihren* Appetit braucht man sich nicht zu sorgen!«

Ich nickte und konzentrierte mich darauf, den Teig zu verrühren, bis auch das letzte Krümelchen Mehl am Rand der Schüssel hineingemischt war. Nach einer weiteren durchwachten Nacht waren meine Lider schwer. Der geheimnisvolle hinkende Mann, der ein paar Tage zuvor an unserer Tür erschienen war, hatte sich in meinem Kopf festgesetzt. Er huschte durch meine Albträume wie ein Insekt.

Mrs Berry beugte sich zu mir und flüsterte theatralisch: »Aber seien Sie wachsam auf Ihren Ausflügen, Miss Henrietta. Bleiben Sie ja schön im Garten – im tiefen, dunklen Wald lauern allerhand grässliche Gefahren, wissen Sie!« Sie lächelte und riss zugleich in gespieltem Entsetzen die Augen auf.

Ich bemühte mich um eine ebenso übertrieben ängstliche Miene. Insgeheim fürchtete ich mich tatsächlich. Schon bei der bloßen Vorstellung, in den finsteren Wald zurückzukehren, wurde mir ganz anders zumute, und hinter meinen Augen begann es schmerzhaft zu pochen. Ich rührte weiter im Teig herum.

»Was meinen Sie?«, fragte ich.

»Nun, man mag ihn zwar *Nachtigallenwald* nennen, aber die Leute hier munkeln, dass in Nightingale Wood eine Hexe haust … Eine echte Hexe mit Besen und allem. Die würde Sie in eine Kröte verwandeln, sobald sie Sie zu Gesicht bekommt!«

»Du liebes bisschen!«, sagte ich. Angst flackerte in meiner Brust.

»Mein kleiner Neffe war im Herbst im Wald, um Kastanien zu sammeln, und er sagte, die Hexe hätte ihn mit Flüchen überschüttet und ihn auf ihrem Besen verfolgt wie eine Furie aus der Hölle!« Sie kicherte. »Den armen Kerl bringen keine zehn Pferde mehr da rein!«

Da ich nicht wusste, was ich sagen sollte, sagte ich noch einmal »Du liebes bisschen« und lachte. Dann schluckte ich schwer.

Während Mrs Berry redete, wanderten meine Gedanken unwillkürlich zurück zu jener Nacht im Wald. Ich sah die Hexe im Licht der zuckenden Flammen – ihr knochenweißes Gesicht, das Schlangenhaar, ihre wilden, stieren Augen …

»Geben Sie mal her, Miss«, sagte Mrs Berry behutsam, nahm mir die Schüssel und den Holzlöffel ab und schlug den Teig, bis er seidenglatt war. Sie goss die Mischung in eine runde Metallform, kratzte geräuschvoll die Schüssel aus und gab mir den Löffel dann mit einem Augenzwinkern zurück; er war mit dickem, süßem Teig überzogen.

Ich ging ans andere Ende des Gartens, bis an den Rand des Waldes – so nah, wie ich mich nur traute. Dort lag in einem schattigen Winkel ein kleiner Teich verborgen. Neben dem Teich stand eine moosbewachsene Holzbank mit hohen Rücken- und Seitenlehnen, an die sich ein eher klein gewachsenes Mädchen wie ich wunderbar anschmiegen konnte. Ich breitete eine Decke auf der Bank aus und saß eine Weile nur da, eine Ausgabe von den *Eisenbahnkindern* auf dem Schoß, während ich den Goldfischen zuschaute und auf das unwahrscheinliche Glück wartete, die winzigen Gesichter der Frösche aus dem Wasser hervorspitzen zu sehen. Mein Kopf schmerzte noch immer und mich schwindelte leicht. Hinter meinen Augen staute sich eine sonderbare, drängende Hitze. Ich atmete ein paarmal tief ein, um mich an Mrs Berrys gute Landluft zu halten, und schlug mein Buch auf.

Vater und Mama hatten mir *Die Eisenbahnkinder* zum zehnten Geburtstag geschenkt. Vater hatte das Buch des Titels wegen ausgesucht – er war Eisenbahningenieur. Deshalb hatte man ihn auch nach Italien geholt: Er entwarf dort neue Gleise, Brücken und Tunnel.

In London war Vater immer mit Stapeln von Plänen nach Hause gekommen – Zeichnungen und Berechnungen, die Robert und ich gern betrachteten. Ich fand sie wunderschön – ein präzises Netz aus geraden Linien und winzigen, mit Bleistift eingezeichneten Symbolen. Die Zahlen allerdings sagten mir nichts; ich konnte sie mit nichts Fassbarem in Verbindung bringen. Für Robert hingegen war es, als sprängen die Zahlen einfach in die Luft und verwandelten sich in etwas Wirkliches …

Ich fragte mich, ob ihn meine Fantasie noch einmal heraufbeschwören könnte. Ich schloss die Augen und stellte mir vor, wie er auf dem Dachboden in London mit seiner Modelleisenbahn spielte. »Mehr Kohle für den Kessel!«, rief er zum Beispiel, während er den Zug schneller über die Schienen schob. »Schür das Feuer, Junge!«

Feuer, Junge … Feuerjunge … Ich öffnete die Augen und schaute in den weißen Himmel hinauf. Ein herrliches Bild erschien – ein Junge, der aus Feuer geboren wurde, wie ein menschlicher Phönix. Ich sah ein Kind, das von Flammen erschaffen wurde – einen lachenden, brennenden Kindgott. An seinem Rücken wuchsen feurige Flügel empor und er wurde zu einem Engel, einer strahlenden Lichtgestalt.

Ich kniff die Augen wieder fest zu, bis das Bild verschwand. Dann versuchte ich mich auf mein Buch zu konzentrieren.

Ich hatte etwa zwanzig Minuten gelesen, als mich ein eigenartiges Gefühl beschlich. Ich war sicher, dass ich nicht allein war.

Robert?

Nein …

Ich schaute von meinem Buch auf und sah eine kleine, braunschwarze Katze am anderen Ende des Teichs sitzen. Es war der Kater der Hexe. Er starrte ins Wasser; seine gelbgrünen Augen folgten der Bahn eines fetten Goldfisches.

»Hallo«, flüsterte ich.

Der Kater sah zu mir hoch, dann schaute er wieder zu dem Goldfisch hinunter. Er beugte sich vor und verlagerte sein Gewicht, um eine Vorderpfote heben zu können. Kurz streckte er sie aus und berührte das Wasser, dann zuckte er wieder zurück, als das kalte Wasser sich kräuselte und der Fisch davonsauste.

Daraufhin schaute der Kater mir direkt ins Gesicht und blinzelte träge. Er umrundete den Teich, näherte sich meinen Beinen und rieb seine Wange an meinem Knie. Im ersten Moment dachte ich, er werde fauchen oder mich beißen, doch er tat nichts dergleichen. Stattdessen gab er ein kehliges Maunzen von sich, wandte sich ab und verschwand in der Düsternis des Waldes, genau wie Alice' weißes Kaninchen, das im Kaninchenbau verschwindet.

Ich stand auf – und setzte mich wieder.

»Na los, Hen«, schien Roberts Stimme mir ins Ohr zu flüstern. *»Na los … Oder hast du Angst?«*

Ich stand auf.

Und folgte ihm.

9

Schon bei den ersten Schritten verzerrte sich Mrs Berrys Gerede von Besen und Furien vor meinem geistigen Auge zu grausigen Schreckgespenstern. *Gibt es hier wirklich eine Hexe?*

Ich wollte mir weismachen, dass ich für solche Ammenmärchen zu alt sei, doch sobald ich den Garten hinter mir gelassen hatte und in die sonderbare Stille des Waldes eintauchte, begann ich zu zittern. Dennoch kehrte ich nicht um. Ich musste die Frau sehen. Ich musste mir beweisen, dass ich mutig sein konnte. Mein Kopf hämmerte nun, mein Hals war geschwollen und wund.

Der Kater trottete vor mir her; sein dunkles Fell hob sich kaum vom Waldboden ab. Hin und wieder – wenn meine Angst übermächtig wurde – schien mir, als sähe ich Roberts honigfarbenes Haar in den Sonnensprenkeln schimmern, während er zwischen zwei Bäumen hindurchflitzte. Es beruhigte mich, ihn in der Nähe zu wissen.

Durch das Unterholz führten viele schmale Pfade – Wildwechsel, vermutete ich –, und obwohl ich dieselbe Richtung einschlug wie beim ersten Mal, hätte ich den Weg nicht beschreiben oder auf einer Karte einzeichnen können. Es war, als würde ich von einer Art Schwerkraft durch das Labyrinth aus Bäumen gezogen. Selbst wenn ich daran dachte, kehrtzumachen, liefen meine Füße wie von allein weiter, immer dem Kater nach. In Geschichten verhieß es meist nichts Gutes, wenn man seine Füße nicht steuern konnte.

Nicht lang, und wir erreichten die Lichtung. Als der Wind mir eine Rauchwolke entgegenblies, blieb ich stehen und schlug hastig die Hand vor den Mund. Ich spürte, wie meine Lungen sich verkrampften, um ein Husten auszustoßen. *Es ist nur qualmendes Brennholz, Hen,* sagte ich mir mit tränenden Augen. *Ein Lagerfeuer, ganz harmlos …* Der Kater stolzierte geradewegs auf die Lichtung hinaus und maunzte eine Begrüßung.

Unsicher, was ich tun sollte, versteckte ich mich hinter einem Baum. Ich hörte jemanden umhergehen und dem Kater etwas zumurmeln. Auf einmal kam ich mir sehr, sehr töricht vor. Beim letzten Mal war mehr als deutlich gewesen, dass ich nicht willkommen war; was genau hatte ich mir eigentlich gedacht, was ich zu der Hexe sagen würde – »Der Kater hat mich eingeladen«?

Das Gemurmel brach ab, und aus der drückenden Stille sagte eine Stimme: »Ich weiß, dass du da bist.«

Was dann geschah, wusste ich später nicht mehr genau. Ich erinnerte mich, dass mir auf einmal ganz heiß geworden war und ich keine Luft mehr bekam. Ich erinnerte mich, dass der Wald sich in ein grünes Meer verwandelte, das sich vor mir zu einem schwindelerregenden Strudel verdichtete. Ich erinnerte mich, dass mein Hinterkopf auf den Boden aufschlug, schwarze Sterne vor meinen Augen explodierten und – einen Moment nur – die Baumwipfel wie Karussellpferdchen um ein rundes Stück Himmel über mir kreisten. Dann wurde es dunkel um mich her.

Als ich zu mir kam, knisterte das Feuer und es roch nach Essen. Ich lag auf einer Decke neben der Feuerstelle und an meiner Seite – so nah, dass ich sie beinahe berühren konnte – saß die Hexe. Sie sang etwas vor sich hin, eine monotone Weise oder ein Kinderlied, aber so leise, dass ich die Worte nicht verstand.

»Du bist in Ohnmacht gefallen«, krächzte sie.

Sie sah mich nicht an und ich hatte mich kaum gerührt. Woher wusste sie, dass ich wach war?

Sie sprach weiter. »Es geht dir nicht gut.« Ihre Stimme war rau und weich zugleich. Sie hatte einen Akzent, den ich nicht zuordnen konnte.

Obwohl ich die Hitze des Feuers im Gesicht spürte, hörte ich einfach nicht auf zu zittern. Die Hexe erhob sich, holte noch eine Decke und deckte mich zu.

»Danke«, brachte ich heraus.

Sie erwiderte nichts; sie setzte sich, blickte wieder ins Feuer und fuhr fort, ihr Wiegenlied zu singen. Diesmal waren die gehauchten Worte über das Knistern der Flammen gerade noch zu verstehen:

Schlaf … O schlaf ein wenig, weiße Perle …

Der Kater hockte zwischen uns und hielt die Pfoten ganz still. Er blickte ebenfalls ins Feuer. Dann rollte er sich auf die Seite, rekelte sich und schloss die Augen.

Meine Sicht war leicht getrübt, und ich verspürte immer noch diesen sonderbaren Druck im Kopf. Ich wusste nicht recht, ob ich wirklich wach war. Die ganze Szene kam mir merkwürdig vertraut vor – als hätte ich sie vor Jahren genau so geträumt. Und ich fürchtete mich nicht so sehr, wie ich mich hätte fürchten sollen. Trotz alle dem, was Mrs Berry gesagt hatte, fühlte ich mich seltsam geborgen, wie ich hier neben der Hexe lag, tief im Wald, während die Nacht anbrach. Vielleicht kam es daher, dass sie mich zugedeckt hatte. Vielleicht war es der friedlich schlummernde Kater neben mir.

»Du brauchst Fürsorge«, sagte die Hexe. »Ein weiches Bett und etwas Warmes zu essen.«

Ich schaute sie an, und als nach einer Weile meine Sicht klarer wurde, erkannte ich, dass sie viel jünger war, als ich zunächst gedacht hatte. Ihre Haare waren zerzaust und ihre Fingernägel schmutzig – doch eine alte Frau war sie nicht, im Gegenteil. Eigentlich konnte sie nicht viel älter als Mama sein. Und sie war auf eigenartige Weise schön. Ihre Haut war geisterhaft bleich. Ihre Augen leuchteten im Feuerschein. Sie ähnelte mehr einer in Vergessenheit geratenen Märchenprinzessin als einer bösen Hexe.

»Neulich in der Nacht, das warst du«, sagte sie.

»Ja.«

»Ich dachte, es wären die Jungen aus dem Dorf, die mich wieder ärgern wollten.« Sie lächelte schief. »Ich erschrecke sie, um sie zu verjagen.« Und sie hob ruckartig die Arme, die sich wieder in die krummen Flügel eines Urzeittiers verwandelten. Mein Herz begann zu rasen, als der Albtraum aus jener Nacht so plötzlich vor mir lebendig wurde.

»Es tut mir leid, dass ich Sie gestört habe«, presste ich hervor.

Doch die Hexe schaute bereits wieder ins Feuer. »Geh jetzt nach Hause«, sagte sie. »Geh zurück nach Hope House.«

10

Ich rechnete damit, dass Nanny Jane auf mich warten würde, aber sie war nirgends zu sehen. Im Speisezimmer brannten die Gasleuchten und das Abendessen war angerichtet – zwei Teller mit Lammkoteletts, Gemüse und geronnener Soße. Einer für mich und einer für Nanny Jane. Wo steckte sie nur? Ich nahm das Glas Milch, das für mich hingestellt worden war, und ging oben nachschauen. Von der Treppe drang Doktor Hardys unverkennbar süßliche, selbstgefällige Stimme.

»Ja, das ist durchaus besorgniserregend«, sagte er. »Und ein faszinierender Fall. Mein Kollege – der Arzt, von dem ich Ihnen schon einmal erzählt habe – interessiert sich ganz besonders für weibliche Neurosen. Gegenwärtig führt er eine Studie zu chronischer …«

Und dann entdeckten sie mich.

»Oh, Henry«, sagte Nanny Jane und kam entschlossenen Schrittes auf mich zu. »Ich habe dir doch eingeschärft, die Uhrzeit im Blick zu behalten. Seit Stunden bist du …« Sie brach ab und sah mich forschend an. »Ist alles in Ordnung, Henry?«

»Ich … Ich glaube schon«, sagte ich. Warum sah sie mich so an?

Sie fühlte mir kurz die Stirn und legte dann die Finger an meine glühenden Wangen. Stirnrunzelnd wandte sie sich zu Doktor Hardy um.

»Das schaut sich der Onkel Doktor mal an, kleines Fräulein«, sagte er, und ich wurde auf mein Zimmer gebracht. Nachdem ich mich auf das Bett gesetzt hatte, schnürte Nanny Jane mir die Stiefel auf. Doktor Hardy maß Fieber und hörte mein Herz ab. Ich fragte mich, ob es sich normal verhielt; in letzter Zeit schien es andauernd panisch zu rasen. Ich wand mich unter Doktor Hardys kaltem Stethoskop. Seine Nähe war mir zuwider.

»Wahrscheinlich eine kleine Sommererkältung«, sagte er (zu Nanny Jane, nicht zu mir). »Sie hat leichtes Fieber. Behalten Sie sie erst mal im Bett. Wir wollen ja nicht, dass sie uns auch noch krank wird, oder?«

»Aber nein«, sagte Nanny Jane. Sie befeuchtete ein Tuch mit kühlem Wasser aus dem Krug an meinem Waschtisch und legte es mir auf die Stirn.

Dann fügte Doktor Hardy mit gedämpfter Stimme hinzu, als könnte ich ihn nicht hören, wenn er leiser sprach: »Das Fieber könnte natürlich auch psychosomatisch sein – falls sie sich zu sehr um ihre Mami sorgt …«

Nanny Jane runzelte wieder die Stirn.

»Ich werde ihr einen Beruhigungssaft verschreiben. Mit Morphinsulfat lassen sich Angststörungen bei Kindern vorzüglich behandeln.«

»Morphinsulfat?«, fuhr Nanny Jane auf. »Aber …«

Der Doktor beachtete sie gar nicht. »Am besten, Sie halten sie bis auf Weiteres von Mrs Abbott fern«, sagte er. »Zu beider Wohl …«

Nanny Jane sah meine verängstigte Miene, komplimentierte Doktor Hardy hinaus und brachte ihn nach unten. Ich trank meine Milch aus, wischte mir mit dem feuchten Tuch über Gesicht, Hals und Hände und schlich dann zum oberen Treppenabsatz.

»Etwa eine Woche, schätze ich«, sagte Doktor Hardy soeben. »Bis dahin sollten sie alles für sie bereitet haben. Ich werde meinem Kollegen schreiben – er ist sehr begierig darauf, Mrs Abbott in seine Studie einzubeziehen. Und ich schreibe noch einmal an Mr Abbott. Als ihr nächster Angehöriger muss er dem Ganzen seine Genehmigung erteilen.«

Welchem Ganzen? Welche Studie? Was wollten sie Mama in einer Woche bereitet haben?

»Verstehe«, sagte Nanny Jane. »Und die Pillen?«

»Morgens, mittags und abends«, entgegnete er und holte ein braunes Fläschchen aus seiner Tasche. »Fürs Erste muss Mrs Abbott sediert bleiben …« Er verstummte, und eine Pause entstand.

»Ich wünschte, wir könnten noch mehr tun«, sagte Nanny Jane leise.

»Wir setzen die Ruhekur fort«, erwiderte der Doktor. »Absolute Ungestörtheit und Stille. In ein, zwei Tagen komme ich noch einmal und sehe nach ihr. Bitte haben Sie ein Auge auf sie. Und wenn Sie nicht bei ihr sind, Miss Button, müssen Sie ihre Tür verschlossen halten. Ab-ge-schlos-sen. Das ist nur zu ihrem Besten. Und halten Sie unbedingt Henrietta und das Baby von ihr fern. Guten Abend.«

Die Haustür fiel krachend ins Schloss.

Ich ging zurück in mein Zimmer, wickelte mich in die Vorhänge ein und starrte aus dem schwarzen Fenster.

Hier waren wir, Mama, Nanny Jane, Piglet und ich – alle unter demselben Dach und doch so vereinzelt und einsam wie vier Sterne am Nachthimmel, und jede von uns brannte allein in der Dunkelheit.

11

Halten Sie ihre Tür verschlossen. Ab-ge-schlos-sen … Doktor Hardys Befehl war kalt und klirrend. Wie ein Schlüssel, der in einem steinernen Brunnenschacht von Wand zu Wand in die Tiefe springt. Er hallte mir die ganze Nacht und den nächsten Morgen über in den Ohren.

Am liebsten wäre ich zu Mama hineingegangen und hätte mich zu ihr gesetzt. Ich erinnerte mich an lange Abende in London, wo wir uns in meinem Bett zusammenkuschelten, während sie mir vorlas – wie ihre Gesichtscreme geduftet hatte und wie warm es in ihren Armen gewesen war. Ich hätte ihre Arme jetzt so gern um mich gespürt, doch sie war in ihrem Zimmer eingesperrt und ich durfte mein Bett nicht verlassen.

Durch die Schlafzimmerwand hörte ich Nanny Jane Piglet ein Lied vorsingen, um sie in ihr Vormittagsnickerchen zu wiegen – etwas über Frösche, die in Teiche hüpfen; es klang viel zu munter für ein Schlaflied, aber genau so, wie Piglet es liebte. Als ich Nanny Janes

Schritte auf dem Korridor hörte, rief ich nach ihr. Sie steckte den Kopf zur Tür herein.

»Ja? Brauchst du etwas?«

»Kann ich morgen zu Mama, Nanny Jane?«, fragte ich. »Wenn es mir besser geht?«

Nanny Jane seufzte. »Deine Mutter ist momentan nicht in der Verfassung, Besuch zu empfangen.«

»Keinen Besuch – nur mich. Ich weiß, dass sie krank ist, aber ich … Vielleicht kann ich ja helfen …«

Nanny Jane schüttelte den Kopf.

»Ich will nur mit ihr reden, Nanny Jane.«

»Es tut mir leid, Henry. Sie ist nicht – ich glaube nicht, dass sie die Kraft für eine Unterhaltung hat.«

Jetzt tat mir die Brust weh, als würde etwas in mir anschwellen, bis meine Rippen zu bersten drohten. Etwas musste es doch geben, das ich tun oder sagen konnte.

»Ich könnte ja vielleicht nur bei ihr sitzen. Ich verspreche, ich tue nichts, das sie ermüdet. Ich halte einfach ihre Hand und leiste ihr Gesellschaft.« Tränen stiegen mir in die Augen. Ich schluckte schwer und blinzelte sie weg. »Vielleicht später diese Woche?«

»Wir werden sehen.« Nanny Jane kam zu mir und zupfte die Decke auf dem Bett zurecht. Dann gab sie mir einen Löffel von Doktor Hardys Beruhigungssaft. Er schmeckte grässlich. »Der Doktor hat strikte Anweisungen gegeben«, sagte sie, »und er weiß es am besten.« Sie sah mich an, und etwas schien sie zu erweichen.

»Ich sage nicht Nein, Henry. Vielleicht nächste Woche. Falls sie etwas zu Kräften kommt.« Daraufhin ging sie zur Tür.

»Jetzt wird aber weitergeschlafen, bitte«, rief sie über die Schulter.

Aber ich wollte nicht schlafen. Ich schlug mein Märchenbuch auf und betrachtete das Bild von Rapunzel, eingesperrt in einem entlegenen Turm im tiefsten Wald. Die Bäume waren viel höher als der Turm, sodass kein Sonnenlicht durch ihr Fenster fiel. Ich merkte, dass ich in das Bild eintauchte … Und dann stand ich da, unter dem Turm im Wald, und schaute zu der armen Rapunzel hoch. Doch sie war nicht mehr Rapunzel, sie war Mama. Ich rief und rief nach ihr, doch über meine Lippen kam kein Ton. Mama hämmerte mit beiden Fäusten an ihre Zellentür und das Geräusch donnerte durch den Wald wie der Herzschlag eines Riesen. Hilflos sah ich mit an, wie sie eine gewaltige Schere zur Hand nahm und sich in dicken, fransigen Büscheln die Haare abschnitt, bis nichts mehr übrig war …

Mein Kissen war nass vor Tränen. Ein Schrei steckte mir in der Kehle, als ich mich aufsetzte. Ich rang nach Luft und atmete tief durch. Die Vorhänge waren aufgezogen und ein Strahl späten Nachmittagslichts warf einen verschwommenen goldenen Fleck auf die Tapete. Wie lang hatte ich geschlafen? Der Sonnenstrahl funkelte und tanzte, und dann wurde er zu Robert. Er setzte sich auf einen Stuhl am Fenster und baumelte mit den Beinen.

»Robert«, sagte ich dankbar und schlug die Decke zurück.

»Hallo, Hen.« Er lächelte. Dann öffnete er das Fenster und stützte die Arme auf den Sims.

In der warmen Luft, die durch das Fenster strömte, lag der Geruch von brennenden Holzscheiten, und ich dachte an die Hexe vor ihrem Feuer, wie sie in einem Kessel mit brodelndem Eintopf rührte. Ich überlegte, ob ich wohl den Mut aufbrächte, sie wieder zu besuchen. Ich wollte ihr gern danken, dass sie sich um mich gekümmert hatte, aber – innerlich ruderte ich zurück – vielleicht war das alles ja nur ein wundersamer Traum gewesen …

»Ich will zurück in den Wald«, sagte ich. »Ich muss die Hexe wiedersehen.«

»Au ja, das machen wir heute Abend«, sagte er, und bei dem Gedanken an das Abenteuer leuchteten seine Augen auf. »Aber du glaubst doch nicht wirklich, dass sie eine Hexe ist, Hen?«

»Ich glaube, sie ist eine gute Hexe«, sagte ich. »Sie ist sehr schön, Robert. Sonderbar schön – wie eine zerlumpte Prinzessin aus früheren Zeiten, die sich im Wald verirrt hat. Vielleicht ist sie mit einem Fluch oder einem Zauber belegt worden …«

Auf einmal merkte ich, dass die Tür zu meinem Zimmer offen war. Jemand stand draußen an der Schwelle und starrte mich durch die dunkle Öffnung an. Es war Nanny Jane.

»Mit wem sprichst du, Henry?«, fragte sie scharf. »Mir ist, als hättest du gerade …«

»Mit niemandem«, sagte ich. »Ich spreche mit niemandem. Ich rede mit mir selbst.«

»Dann lass das«, blaffte sie.

Ich schielte zurück zum Fenster, wo Robert so still wie eine Figur in einem Gemälde dasaß. Nanny Jane ließ ihren Blick durch das Zimmer wandern. Er glitt über ihn hinweg.

»Ich wollte dir deine Schwester kurz vorbeibringen«, sagte sie, die Stirn immer noch gerunzelt. »Möchtest du das, Henry?«

»Ja«, sagte ich. »Ja, bitte.«

Nanny Jane ging in die Babystube und kam mit Piglet auf dem Arm zurück. Meine Schwester strahlte mich an und streckte ihre dicken Patschehändchen nach mir aus.

»Bitte, darf ich sie ein bisschen draußen im Garten herumfahren?«, bettelte ich. »Die frische Luft würde mir bestimmt guttun.«

Nanny Jane setzte Piglet auf ihre Hüfte, fühlte mir die Stirn, ließ mich die Zunge herausstrecken und sah mir dann tief in die Augen. (Ich hatte keine Ahnung, wonach sie Ausschau hielt. Ob ich schwindelte, wahrscheinlich – sie hatte ein geradezu unheimliches Gespür dafür.) Sie zögerte, bevor sie ihre Entscheidung traf.

»Nein, Henry«, sagte sie fest. »Es tut mir leid. Doktor Hardy sagte, du sollst dich heute ausruhen. Aber ich lasse das Baby bei dir, nur für ein paar Minuten.« Die Falte auf ihrer Stirn war immer noch da, als sie hinausging und die Tür offen ließ.

Ich nahm Piglet in die Arme und stellte mich neben Robert ans Fenster. Die Abendluft duftete nach Blumen.

»Was riecht denn da so gut?«, flüsterte ich. »Levkojen? Phlox? Mama würde es wissen …«

Robert sah gedankenverloren hinunter. »Mama würde auch den lateinischen Namen wissen«, sagte er.

Mama hatte Antike Sprachen und Kulturen studiert und uns in den Ferien manchmal bei den Lateinaufgaben geholfen.

»Habt ihr eure Vokabeln gelernt?«, fragte sie oft, und Robert antwortete dann: *»A pedibus usque ad caput!«* – *Von den Füßen bis zum Kopf!*

Mir fiel ein, wie Robert Witze und alberne Gedichte auf Lateinisch geschrieben hatte, nur um Mama zum Lachen zu bringen. Es war wie eine Geheimsprache zwischen den beiden gewesen. Mir war diese ganze trockene alte Grammatik zu viel, und mein trockener alter Lateinlehrer auch.

Piglet quengelte und strampelte ein bisschen. »Ssssch«, sagte ich und streichelte ihr Haar.

Mit ihrem flauschigen Schopf würde Piglet wohl nach Robert kommen – weiches, honigfarbenes Haar, nicht mein dicker, mattbrauner Wuschelkopf. Und sie hatte auch Roberts Augen, mit Mamas langen, dunklen Wimpern.

»Wie sie wohl wird, wenn sie größer ist?«, überlegte ich laut. »Was meinst du, wird sie so sein wie ich? Wie Mama oder wie Vater? Oder wie du?«

Robert musterte Piglet. »So früh kann man das noch nicht sagen«, behauptete er, als sei er ein Fachmann für solche Fragen.

Ich beobachtete ihn, wie er sie ansah, und schluckte so schwer, dass es mir im Hals wehtat. Der echte Robert hatte seine kleine Schwester nie kennengelernt. Piglet war nur wenige Stunden nach Roberts Beerdigung zur Welt gekommen. Ich musste daran denken, wie Mama die Hände um ihren Bauch gepresst hatte, als die Wehen einsetzten, als wollte sie das Baby in sich behalten. Ich glaube, sie wusste da schon, dass sie sich nicht um das Kleine würde kümmern können, dass es in der Dunkelheit in ihr drinnen sicherer und besser aufgehoben wäre. Ich hatte die Krankenschwester Nanny Jane zuflüstern hören, dass Mama kaum einen Laut von sich gegeben habe, als das Baby kam. Ich fragte mich, ob Mama je an Piglet dachte oder überhaupt von ihrer Existenz wusste.

»Ich glaube, sie ist ein starkes kleines Ding«, sagte Robert endlich.

Er hatte recht. Piglet war bereit, sich ein eigenes Plätzchen in der Welt zu erkämpfen. Es war merkwürdig, aber in gewisser Hinsicht beneidete ich sie. Sie war ein eigener kleiner Mensch: sauber und neu und mit völliger Ahnungslosigkeit gesegnet, in welche Traurigkeit sie hineingeboren war.

»Wird sie Geschichten lieben, wie ich, oder Mathematik, wie du?«

»Vielleicht beides«, gab Robert schmunzelnd zurück.

Das war natürlich eine Möglichkeit. Lewis Carroll war sowohl Schriftsteller als auch Mathematiker gewesen. Vielleicht mussten sich Worte und Zahlen gar nicht so entgegenstehen, wie es bei Robert und mir oft der Fall gewesen war.

»Waren wir wirklich so verschieden, Hen?«, fragte Robert.

»Vielleicht nicht«, sagte ich nach kurzem Nachdenken. »Aber wir waren nicht immer sonderlich nett zueinander, oder?«

Ich dachte an den schlimmen Streit, den wir gehabt hatten – wie wir gebrüllt und uns Beleidigungen an den Kopf geworfen hatten und ohne Essen zu Bett geschickt worden waren.

»Alle Geschwister streiten«, sagte Robert.

»Aber ich habe so schreckliche Sachen gesagt.« *Und das war die Nacht, in der du gestorben bist …*

Robert seufzte leicht und sah wieder aus dem Fenster.

Eine abendliche Brise zitterte durchs Zimmer und trug meine letzten Worte von mir fort, aus dem Fenster und durch den langen Garten bis zum Nachtigallenwald.

»Nicht jede Geschichte geht gut aus, Hen«, sagte er leise.

12

Ich wartete, bis Nanny Jane sich schlafen gelegt hatte. Dann schlich ich aus meinem Zimmer, zog so leise, wie ich nur konnte, die Tür hinter mir zu und tappte auf Zehenspitzen die Treppe hinunter.

Bevor sie am Abend nach Hause gegangen war, hatte Mrs Berry eine Pastete gebacken und zum Auskühlen auf den Tisch gestellt. Ich schnitt ein warmes, dickes Tortenstück davon ab und schlug es in Papier ein. Wenn man Besuche machte, war es höflich, ein Gastgeschenk mitzubringen.

Ich lief durch den Garten, an den Rosensträuchern vorbei. Benommen sann ich über die weißen Rosen im Wunderland nach und wie die Gärtner sie in höchster Aufregung rot angemalt hatten, aus Angst, sonst von der Herzkönigin geköpft zu werden. Ich wusste, dass die Geschichte lustig sein sollte, aber mir war immer zu bang um die armen Gärtner gewesen, um über ihr albernes Gehabe lachen zu können.

Diese Rosen jedoch dufteten herrlich – wie Honig und Orangen. Wie schön es wäre, Mama eine Rose aus dem Garten zu bringen … *Wenn Nanny Jane mich nicht zu Mama lässt,* dachte ich, *muss ich eben einen anderen Weg finden. Vielleicht wird die Hexe mir helfen.*

Meine Füße trugen mich an mein Ziel, sie schlängelten sich zwischen den dunklen Bäumen hindurch, als folgten sie einer Spur aus mondbeschienenen Kieselsteinen oder Brotkrumen, die nur sie sehen konnten. So gelangte ich alsbald auf die Lichtung der Hexe.

Sie saß eingemummt in einen Umhang aus alten Decken an ihrem Feuer. Meine Erinnerungen an ihr Lied und ihr blasses, schönes Gesicht waren wundersam wie ein Traum, doch nun saß sie hier vor mir und wirkte ganz und gar echt.

Sie löste ihren Blick nicht vom Feuer. Es war, als brannte es in ihren Augen, so gefährlich loderten die sich darin spiegelnden Flammen. »*Pssst*«, machte sie, als ich einen Schritt auf sie zutrat. Ich blieb wie versteinert stehen. Auf einmal fuhr sie herum und maß mich mit einem furchterregenden Blick. Sie zeigte mit dem Finger auf mich, als wolle sie mich mit einem Fluch belegen. Ich hielt den Atem an. Doch dann krümmte sich der Finger und winkte mich heran. Gehorsam setzte ich mich auf einen Stapel Decken in ihre Nähe. In ihre Nähe, aber nicht neben sie.

Ihr Kater tauchte auf, rieb sein Gesicht an meinem

Knie und setzte sich dann zwischen uns. Er beschnüffelte das eingepackte Stück Pastete, das ich auf den Boden gelegt hatte, und leckte sich die Schnurrhaare. »Horch«, zischte die Hexe, und mein Herz klopfte. Sie spitzte die Lippen und stieß einen langen, leisen Pfiff aus. *»Horch«*, flüsterte sie wieder.

Zunächst hörte ich gar nichts. Ich lauschte so angestrengt, wie ich noch nie gelauscht hatte. Bald schon vernahm ich Unmögliches: wie die Bäume wuchsen, das Laub moderte und Würmer sich durch die Erde bohrten. Und da, mit einem Mal, stürzte es auf mich ein: Vogelgesang perlte durch die warme Sommerluft. Es war ein herrlicher Klang – fließend und süß.

»Was ist das?«, hauchte ich.

»Eine Nachtigall«, flüsterte die Hexe. »Dieser Wald gehört ihr, weißt du. Nightingale Wood.« Und mir war, als sähe ich ihre Augen lächeln – ein klein wenig nur.

Ich dachte an die Nachtigall in dem Märchen von Hans Christian Andersen – das treue Vögelchen, das ans Sterbebett des Kaisers zurückkehrt, um für ihn zu singen.

»Ein Wunder der Natur«, sagte die Hexe leise. »Äußerlich so unscheinbar … ein bescheidener kleiner brauner Vogel. Und doch gibt es nichts Schöneres als den Gesang der Nachtigall.«

»Ich habe noch nie eine gesehen«, sagte ich, »und gehört auch nicht. Aber ich kenne ein schönes Märchen von einer Nachtigall.«

Die Hexe nickte. Ich streckte mich auf den Decken aus und schaute in das vollkommen runde Stück Sternenhimmel hinauf.

»Ich wünschte, Mama wäre hier«, wisperte ich. »Ich wünschte, sie könnte das auch hören …« Ich dachte daran, wie sie allein in ihrem Zimmer lag. »Aber ihre Tür ist verschlossen. Selbst wenn sie wollte, könnte sie nicht hinaus.«

»Verschlossen?«, wiederholte die Hexe.

»Ich darf sie jetzt überhaupt nicht mehr sehen.«

»Wer bestimmt das?«

»Doktor Hardy.«

Die Hexe schien das Gesicht zu verziehen und murmelte etwas in sich hinein. Dann sagte sie: »Niemand hat das Recht, das zu tun. Vor allem nicht ein alter Quacksalber wie Hardy.«

»Sie kennen ihn?«

Ihr Gesicht zuckte wieder. »Wenn du deine Mutter brauchst«, sagte sie, »musst du einen Weg finden, sie zu sehen. Ich bin sicher, dass sie *dich* ebenso braucht.«

Wieder hob die Nachtigall zu singen an, und der Wald schien von einem wunderschönen silbernen Licht erfüllt zu werden. Es war, als seien die Sterne in die Bäume hinabgefallen oder die Bäume zu den Sternen emporgewachsen. Ich kuschelte mich in das Schwanennest aus Decken und spürte, wie die Angst und Traurigkeit in meinem Herzen sich verflüchtigten.

»Du musst einen Weg finden, sie zu sehen«, flüsterte die Hexe nachdenklich. »In alten Häusern wie eurem gibt es ganz gewiss irgendwo einen zweiten Schlüssel zu ihrem Zimmer …«

Ein Fünkchen Hoffnung und Entschlossenheit keimte in mir auf.

»Wer sind Sie?«, fragte ich.

»Niemand«, erwiderte die Hexe. »Ich bin keiner. Nicht mehr.«

»Aber – *irgend*jemand müssen Sie doch sein …« Da traf mich ein Gedanke wie ein Donnerschlag. »Es sei denn … Es sei denn, ich bilde Sie mir nur ein.«

Die Hexe sah mich einen Augenblick lang an und mir schien, als würde ihr Gesicht etwas weicher. Darauf griff sie in eine Tasche, die unter ihrem Umhang verborgen war, und zog ein winziges Büchlein hervor – es sah aus wie eine Bibel. Sie nahm einen Zettel heraus, der zwischen den Seiten steckte, und beugte sich zu mir.

»Ich bin keine Einbildung«, sagte sie.

Jetzt sah ich, dass es sich nicht um einen Zettel handelte, sondern um eine alte, zerrissene Fotografie – das Bild einer jungen Frau in einer adretten Krankenschwesteruniform. Sie lächelte nicht direkt in die Kamera, sondern zu einem kleinen Jungen hinunter, der neben ihr saß. Ich nahm die Fotografie und studierte das Gesicht der jungen Frau. Das war sie – die Hexe.

»Sie waren Krankenschwester?«, fragte ich.

Sie nickte. »Das ist schon ein ganzes Leben her.«

»Und der kleine Junge?«

Sie lächelte nur traurig und sagte nichts.

»Was ist das?«, fragte ich behutsam und zeigte auf das Bild. Sie trug ein Abzeichen – eine Art Kreuz.

»Das heißt, dass ich im St Thomas' Hospital ausgebildet worden bin«, sagte die Hexe. »An der Florence-Nightingale-Schwesternschule. Aber ich habe den Beruf bald aufgegeben.«

»Vielleicht singt ja deshalb die Nachtigall, wenn Sie nach ihr pfeifen«, sagte ich mit einem Lächeln. »Sie weiß, dass Sie auch eine Nachtigall sind.«

»Ha.«

Als ich ihr die Fotografie zurückgab, sah ich, dass jemand auf der Rückseite geschrieben hatte: »1907, me and Moth.« *Ich und … Motte?*, wunderte ich mich.

»Moth?«, fragte ich laut. »Sind Sie das?«

»Das werde wohl ich sein«, sagte sie. Dann wiederholte sie das Wort: »Moth.« Ihre Stimme brach wie Holz im Feuer und ich konnte nicht heraushören, ob sie wütend oder traurig war.

Wie sie so in der Dunkelheit dasaß, das zarte, weiße Gesicht erleuchtet vom Mond und vom schwachen Feuerschein und die zerschlissenen wollenen Flügel eng um den Leib gelegt, erschien mir der Name wunderbar passend. *Die vergessene Prinzessin Motte, in den finsteren Wald verbannt …*

»Ich bin Henrietta Abbott«, sagte ich und streckte ihr die Hand hin. Sie nahm sie und drückte sie fest. Ihre Hand war kräftig und warm. »Sehr erfreut, Sie kennenzulernen«, sagte ich.

Sie sah mich etwas verloren an. »Du kannst gern Du zu mir sagen«, murmelte sie.

»Und wie heißt dein Kater, bitte?«, fragte ich.

»Bright Star.«

Ich schaute das dreckige kleine Wesen an und konnte mir das Lachen nicht verkneifen. »Wie ein heller Stern sieht er nun nicht gerade aus.«

»Ha!«, machte sie, und ihre Augen blitzten auf. »Nein«, sagte sie. »Das ist wohl wahr.«

Ich fürchtete mich nicht, als ich durch den finsteren Wald zurückging. *Robert wäre stolz auf mich,* dachte ich. *Vielleicht werde ich ein bisschen mutiger.* Irgendwo hoch über mir flatterte ein kleiner brauner Vogel durch die Baumwipfel und geleitete mich sicher nach Hause.

13

Tags darauf aßen Nanny Jane und ich gerade zu Abend, als etwas Gruseliges geschah.

Durch das Fenster des Speisezimmers fiel mein Blick auf einen Schatten, der durch den Garten glitt. Ich bekam eine Gänsehaut. Es war zu hell im Raum, um draußen viel zu sehen, aber ich sah – zumindest schien es mir so – eine Gestalt in der Nähe der Bäume. Ich nahm eine rasche, rauschende Bewegung wahr, einen Flügelschlag vielleicht. *Eine Eule?* Wieder bewegte sich etwas, und im ersten Moment hatte ich Mühe, die Umrisse von den Formen zu unterscheiden, die sich in der Scheibe spiegelten. Dann sah ich es ganz deutlich. Es war eine geisterhafte Gestalt, die schnellen Schrittes durch unseren Garten ging. Ich japste auf und schlug eine Hand vor den Mund.

»Was hast du, Henry?«, fragte Nanny Jane und starrte mich an. Sie drehte sich zum Fenster, um zu sehen, was mich erschreckt hatte, doch die Gestalt war verschwunden.

»Ist alles in Ordnung? Du siehst aus, als …« Sie verstummte.

»Ja, alles in Ordnung, danke«, sagte ich und schluckte schwer. »Ich habe nur … Ich dachte, ich hätte etwas gesehen.«

»Was denn?«

»Nur einen … eine Eule oder so, glaube ich.« Mein Gesicht glühte.

»Oh. Na, jetzt im Sommer sind abends sicher viele Eulen auf der Jagd«, entgegnete Nanny Jane mit einem schwachen Lächeln. »Da hast du dein Landleben.« Doch ich sah noch den sonderbaren Ausdruck in ihren Augen, bevor sie den Blick abwandte.

Am nächsten Morgen wurde ich früh wach. Mein Zimmer schien von Rosenduft aus dem Garten erfüllt. Ich dachte sogleich an Mama. Moths Worte gingen mir im Kopf herum wie der Refrain eines Lieds – »In alten Häusern gibt es ganz gewiss irgendwo einen zweiten Schlüssel …« Ich lief nach unten in die Küche und betrachtete die Haken neben der Hintertür. Ein Schlüssel war nicht beschriftet. Er hing an einem langen weißen Band und glänzte in der Morgensonne, größer als die anderen und schöner, mit feinen Verzierungen. Ich starrte ihn an. War er die ganze Zeit schon da gewesen? Ich glaubte nicht, aber sicher war ich nicht … Durch meine vom Schlaf noch trägen Gedanken geisterten die Wichtelmänner und der Schuster – Geschichten von Heinzelmännchen und anderen übernatürlichen Wesen, die nachts im Haus umgehen, wenn alles schläft. Dann fiel mir die Gestalt ein, die durch den Garten geglitten war, und ich erschauerte. In Hope House geschahen sonderbare Dinge.

Als ich Nanny Janes Schritte auf der Treppe hörte, bekam ich Panik. Ich hängte mir den Schlüssel wie eine Halskette um und schob ihn unter den Kragen meines Nachthemds. Kalt wie mein schlechtes Gewissen lag er auf meiner Haut. Ich atmete schneller. Nanny Janes Schritte machten in der Diele halt, dann hörte ich sie ins Speisezimmer gehen. Ich drückte den eisigen Schlüssel an meine Brust, bis es wehtat. Ich wusste genau, welche Tür er öffnen würde.

Ich wartete bis nach dem Frühstück. Nanny Jane wollte mit Piglet im Kinderwagen ins Dorf und zurück spazieren. Es war Mrs Berrys freier Tag, also würde ich das Haus für mich allein haben. Mir blieb mindestens eine halbe Stunde. Sobald Nanny Jane weg war, rannte ich in den Garten und schnitt eine einzelne weiße Rose ab. Dann setzte ich mich mit der Rose in der einen und meinem Märchenbuch in der anderen Hand auf die unterste Treppenstufe. Ich zwang mich, genau drei Minuten lang zu warten. »Ein Rumpelstilzchen, zwei Rumpelstilzchen …«, zählte ich laut die Sekunden, im Takt mit der großen Standuhr, bis ich bei einhundertachtzig Rumpelstilzchen angekommen war. Jetzt musste Nanny Jane schon ein gutes Stück weit weg sein. Ich stürmte die Treppe hoch und über den Flur zu Mamas Zimmer. Ich drehte den Knauf. *Abgeschlossen.* Mein Herz pochte so heftig, dass der schwere Schlüssel an meiner Brust vibrierte. Ich zog ihn langsam an seinem Band aus meinem Kleid. Vorhin war der Schlüssel kalt gewesen, doch nun war er von meiner Haut warm, ja fast heiß geworden. Er glitt in das Schlüsselloch. Ich drehte ihn langsam. *Klick.* Die Tür öffnete sich knarzend.

Das Zimmer war sonnendurchflutet. Eine Million Staubkörnchen tanzten im Licht, und Mama lag auf dem Rücken im Bett. Die Decke war eng um ihre Brust gesteckt. Aber sie hatte die Augen nicht geschlossen – sie waren weit offen, als wären sie aufgemalt – und ihre Arme ruhten längs am Oberkörper auf der Decke. Ich musste an einen ägyptischen Sarkophag denken, und einen schrecklichen Augenblick lang dachte ich, Mama sei tot. Doch dann drehte sie den Kopf in meine Richtung.

»Du bist nicht echt«, wisperte sie. »Ich weiß, dass du nicht echt bist.« Und mit einem Mal füllten sich ihre glasigen Augen mit Tränen.

»Mama«, sagte ich. »Ich bin echt. *Natürlich bin ich echt …*« Auch mir standen nun Tränen in den Augen. Ich wusste nicht, was ich tun sollte.

»Nein, bist du *nicht*, bist du nicht«, keuchte sie. Dann begann sie bitterlich zu schluchzen und ein seltsames, gequältes Stöhnen entrang sich ihrer Kehle.

Ich rannte ans Bett, schlang die Arme um sie, streichelte ihr Haar und schmiegte mein Gesicht an ihres. »Ich bins, Mama – deine Hen – ich bin hier, ich bin echt, versprochen.«

»Du bist hier?« Mama wimmerte leicht, und ihr ganzer Körper entspannte sich. »Du bist wirklich hier. Meine Hen …« Sie atmete ein paarmal tief durch, lächelte vor Erleichterung und schloss die Augen. Ihr Atem wurde ruhig und gleichmäßig.

Ich legte die weiße Rose auf Mamas Nachttisch. Ich stellte mir vor, wie sie den himmlischen Duft im Schlaf einsog und er ihr süße Träume bescherte.

Sie schien jetzt in einen tieferen Schlaf zu fallen, obwohl ihre Lider flatterten wie weiße Schmetterlinge und auch ihre Hände bisweilen unruhig zuckten. Es sah so hilflos aus.

»Wach auf, Mama«, sagte ich sanft und nahm ihre Hände fest in meine. »Mama?« Warum wurde sie einfach nicht wach? Auf ihrer Kommode stand eine Flasche mit Pillen. Ein großes Glas mit einem hellgelben Etikett: COMOBARBITAL – SEDATIVUM. *Doktor Hardy,* dachte ich. *Doktor Hardy hat ihr diese Pillen gegeben, damit sie schläft.* Ich fragte mich, wie Mama ohne die Pillen jetzt wohl wäre. Vielleicht würde sie einfach aufwachen und wieder genau wie meine Mama von früher sein. Doch dann kam mir ein anderer Gedanke: Vielleicht wäre die echte Welt zu viel für Mama. Zu viel und gleichzeitig zu leer …

Nein. Das durfte ich nicht glauben.

Ich schloss die Augen, drückte ihre bleichen, schmalen Hände ganz fest und versuchte, ihr all meine Kraft einzuflößen. Ich dachte daran, wie ich mich gefühlt hatte, als ich dem Gesang der Nachtigall lauschte, und versuchte mir vorzustellen, wie sein Zauber aus meinen Fingern in Mamas strömte. Ich wollte, dass Mama kämpfte, nicht nur um ihrer selbst willen, nicht Vater und nicht einmal der armen kleinen Piglet zuliebe, sondern mir zuliebe. Für mich. Das war ein sehr selbstsüchtiger Wunsch, das wusste ich, aber ich konnte mir nicht helfen. Ich wollte meine Mama zurück.

Mama hatte mir so oft vorgelesen, als ich klein war; nun war ich an der Reihe. Ich wusste genau, welche Geschichte ich ihr vorlesen würde: *Dornröschen* von den Brüdern Grimm. Ich kannte jedes Wort auswendig; ich kannte die Muster, die die Wörter in der Luft beschrieben, wenn sie gemeinsam in die Höhe stiegen und fielen. Ich erzählte Mama die Geschichte von dem heiß ersehnten Kind, das der König und die Königin Dornröschen tauften, und dem Fluch der bösen Fee – dass Dornröschen sterben werde, wenn sie ihren lilienweißen Finger an einer Spindel steche. Während Mama schlief, erzählte ich ihr von dem tiefen Schlaf, der Dornröschen und jeden anderen Bewohner des Schlosses überkam – ein Schlaf, der hundert Jahre währte.

Meine Lieblingsillustration befand sich auf der letzten Seite des Märchens – ein Blick auf das Schloss durch die Dornenhecke hindurch. Hinter jedem Fenster konnte man eine andere Figur tief und fest schlafen sehen: schnarchende Köche, schlummernde Hunde und dösende Kammerzofen, die allesamt auf ihre Erlösung warteten. Der Königssohn war eine silberne Silhouette im Bildvordergrund, ein Zwerg im Angesicht der gewaltigen Dornenhecke.

Ich las Mama das Ende vor: wie die grausame Hecke sich in liebliche Blumen verwandelte, die sich vor dem Königssohn auseinandertaten; wie er einsam und allein durch das stille Schloss ging; wie er das schöne Dornröschen unter einem Baldachin aus Spinnweben liegen sah …

Ich küsste Mama sanft auf die Stirn.

Und ließ sie schlafen.

14

Erst am nächsten Tag fiel mir ein, wie verwundert Nanny Jane und der Doktor wären, wenn sie die weiße Rose in Mamas Zimmer fänden. Ich beschloss, mich noch am Morgen zu ihr zu schleichen, um die Rose zu holen, doch ich bekam keine Gelegenheit dazu. Nanny Jane hatte bereits Pläne gemacht.

Mrs Berrys Ehemann, Archie, besaß ein Pony und ein Fuhrwerk, und Nanny Jane hatte ihn gebeten, uns ans Meer zu fahren. Mrs Berry bekam strikte Anweisungen, wann sie nach Mama sehen und ihr Essen und Medikamente bringen sollte, und sie gab uns einen riesigen Picknickkorb voller Sandwiches, Fleischpasteten, Wurstbrötchen und Limonade mit.

Gegen neun Uhr ratterte der altmodische kleine Wagen die Auffahrt hoch, gezogen von einem stämmigen braunen Pony und gelenkt von Mr Berry. Es war meine erste richtige Begegnung mit ihm. Nanny Jane hatte mir erzählt, dass er im Krieg gekämpft habe und verwundet worden sei. Und dass er stottere. Seit seiner Rückkehr aus Frankreich arbeitete Mr Berry nicht mehr. Er übernahm nur hin und wieder Gartenarbeiten in Hope House, und für gewöhnlich brachte er Mrs Berry morgens zur Arbeit und holte sie am Abend wieder ab. Er nickte und lächelte, als Nanny Jane uns einander vorstellte. Dann sprach er liebevoll mit dem Pony und streichelte seine dicke, wollige Mähne.

»Ganz ruhig, Bert, alter Knabe«, sagte er.

Ich half ihm, den vollgestopften Korb in den Wagen zu wuchten, und er schob die Berge von Strandsachen hinterher, die Nanny Jane wer weiß wo aufgetrieben hatte. Das Meer war nur einen Fußmarsch von Hope House entfernt. Vom Dachboden aus hatte es ausgesehen, als brauchte man querfeldein vielleicht eine Stunde – aber nicht mit dem Baby, und nicht mit all dem Krimskrams, auf dem Nanny Jane beharrte. Mr Berry stapelte alles aufeinander, die Decken, Handtücher, Wechselkleider, Hüte und Schläger und Bälle und bunten Blecheimerchen zum Sandburgenbauen. Ich hatte nicht vor, Sandburgen zu bauen. Ich wollte zu Hause bleiben. Ich wollte Mama wieder besuchen. Mit »Donnerwettermiene«, wie Nanny Jane es nannte, kletterte ich in den Wagen. Leider sah es überhaupt nicht nach Donnerwetter aus – der mit weißen Schäfchenwolken übersäte Himmel strahlte in tiefem, sommerlichem Blau.

Als wir gerade aufbrechen wollten, kam Doktor

Hardy in seinem Automobil angebraust. Mr Berrys Pony stampfte und scheute vor dem grollenden Untier aus Stahl. Nanny Jane hatte eben die Haustür hinter sich zugezogen und öffnete sie nun wieder, um den Doktor einzulassen.

»Sie haben nichts allzu Aufregendes vor, hoffe ich?«, hörte ich ihn sagen. »Das Kind braucht wirklich Ruhe, wie die Mutter.«

»Nur eine kleine Ausfahrt ans Meer«, erwiderte Nanny Jane fest. »Ich dachte, die Seeluft könnte ihr guttun. Sie kann still am Strand sitzen und ein wenig … sticken.«

»Ausgezeichnet, ausgezeichnet«, sagte er. Er tätschelte seine prall gefüllte Arzttasche. »Ich kann währenddessen einige weitere Untersuchungen an Mrs Abbott durchführen.«

Untersuchungen? Was für Untersuchungen?

Dann senkte er die Stimme und sagte etwas zu Nanny Jane, das ich nicht hören konnte. Dabei sah er zu mir herüber. Nanny Jane nickte und sah ebenfalls zu mir.

»Das perfekte Wetter für einen Ausflug ans Meer«, sagte Nanny Jane fröhlich, als Mr Berry die Zügel schnalzen ließ und wir losfuhren.

»Wo würden Sie denn gern hin, Miss?«, rief Mr Berry. »Lieber ein friedliches Fleckchen oder eine P-Promenade mit Liegestühlen und Eisverkäufer?«

»Lieber ein friedliches Fleckchen«, rief Nanny Jane zurück (gerade als ich für den Eisverkäufer stimmen wollte), »obwohl wir auch … sanitäre Anlagen benötigen.« Sie drückte Piglet fest an sich, als wir auf die Straße einbogen.

»Da w-weiß ich was für Sie«, antwortete Mr Berry.

Die Fahrt dauerte gut eine Viertelstunde. Wir zuckelten über das flache Ackerland – ausgedehnte Getreidefelder zu beiden Seiten und ein gewaltiger blauer Himmel über uns. Es ging ein leichter Wind, und das Haar wehte mir ins Gesicht. Ich schloss für einen Moment die Augen. Offenbar fuhren wir an einer Reihe hoher Bäume entlang, denn die Sonne flackerte auf meinen Lidern wie die Bilder in einem Filmtheater. Ich atmete tief ein. Die Luft vom Meer roch frisch und salzig und dann, als wir an einer Weide vorüberkamen, nach warmen Kuhfladen. Ich rümpfte die Nase und Nanny Jane lachte. Es brachte nichts, weiter zu schmollen, wenn Nanny Jane fest entschlossen war, sich zu amüsieren.

Ich hatte mir Piers und Promenaden, Blaskapellen, lärmende Menschenmassen und das Kreischen hungriger Möwen vorgestellt. Was wir stattdessen vorfanden, als wir vom Wagen kletterten, war etwas viel Schöneres: ein Kiefernhain, ein kleines Hotel, mit blaugrünen Grasbüscheln betupfte Sanddünen, ein breiter weißer Strand – und das Meer. Unter der Sommersonne schimmerte es wie ein Edelstein, so strahlend und weit, dass man nicht sagen konnte, wo in der Ferne das Meer aufhörte und wo der Himmel begann.

Ich könnte einfach in ein Boot steigen, dachte ich, *und in dieses unendliche Blau hineinsegeln, immer weiter und weiter …*

»Bis du auf das europäische Festland aufläufst natürlich«, sagte Roberts Stimme in seiner gewohnten unbarmherzigen Logik. Ich schmunzelte in mich hinein. Ein Stück die Küste hinauf ragte der Leuchtturm empor, den ich vom Dachbodenfenster aus gesehen hatte. Wie ein Wächter stand er auf seiner Klippe.

Ich half beim Ausladen unserer Sachen. Dann trugen wir sie alle zusammen über die Dünen auf den Strand. Mr Berry kehrte noch einmal zum Wagen zurück, um den Picknickkorb zu holen.

»Ich warte beim Hotel, Miss«, sagte er zu Nanny Jane, während er ihr beim Herrichten zur Hand ging. »Sagen Sie einfach Bescheid, wenn Sie wieder nach Hause wollen.« Er lächelte mir zu und gab mir einen Blecheimer. »Viel Spaß, Kleine«, sagte er.

Nanny Jane breitete die Decken aus und wir saßen eine Weile da, hielten unsere Gesichter in die warme Sonne und lauschten dem Plätschern der Wellen. Piglet lag wie ein kleiner gestrandeter Wal mit Sonnenhäubchen auf dem Bauch. Sie krabbelte hochrot vor Anstrengung an den Rand der Decke, ließ sich fallen und versuchte, eine Handvoll Sand in den Mund zu stecken. Während Nanny Jane sie sauber machte und ihr etwas anderes zu essen gab, zog ich meine Schuhe und Strümpfe aus und ging zum Wasser. Ich spürte, dass Nanny Jane mir nachsah und am liebsten gerufen hätte: »Sei bitte vorsichtig, Henry«, doch sie ließ mich gewähren.

Über den Sand zu laufen, fühlte sich schön an; ich mochte, wie er unter meinen bloßen Füßen nachgab und immer fester wurde, je näher ich dem Meer kam. Ich tapste ins Wasser, bis es mir über die Zehen schwappte. Es war kalt – so kalt, dass ich im ersten Moment zusammenzuckte. Doch meine Füße gewöhnten sich bald daran, und ich raffte meinen Rock, steckte ihn in mein Höschen und watete noch etwas weiter hinein. *Das würde Doktor Hardy aber nicht gefallen*, dachte ich grinsend. *Keine großen Abenteuer für kleine Mädchen wie mich, die ihre Nasen nur in Bücher stecken.* Wahrscheinlich dachte er, ich brauchte eine Arznei, um mich vom Kleinsein und vom Lesen zu heilen.

Ich schaute auf das Meer hinaus, atmete tief ein und genoss das Gefühl, Teil des kalten Wassers, der klaren Luft und des endlosen Himmels zu sein. Ich versuchte, meine Gedanken so leicht dahingleiten zu lassen wie die Möwen, die hoch über mir kreisten.

Als ich mich umdrehte, um Nanny Jane und Piglet zuzuwinken, fuhr mir der Schreck in die Glieder: Oben auf der Düne, genau über ihnen, stand die dunkle Gestalt eines Mannes. Es war nicht Mr Berry. Etwas an seiner Haltung war überaus sonderbar – wie er so abgeknickt dastand und reglos aufs Meer hinausstarrte. Hatte er Nanny Jane und Piglet, die nur wenige Meter unter ihm in seinem krummen Schatten saßen, überhaupt bemerkt? Er stützte sich auf einen Gehstock, und während ich ihn weiter beobachtete, wandte er sich ruckartig um und humpelte zum Hotel zurück. Sein Stock stakte ihm voraus wie ein zusätzliches Bein, und er bewegte sich verblüffend schnell, wie ein Insekt. Da erkannte ich, wer es war. Der hinkende Mann, der in der vergangenen Woche in Hope House vorgesprochen hatte – und bis in meine Albträume gekrochen war …

Auf einmal spülte eine kältere Strömung den Sand unter meinen Füßen fort. Ich verlor das Gleichgewicht und fiel mit einem Platsch rücklings ins Wasser – »Oh!« Ich konnte kaum Atem holen, da rollte eine hohe Welle auf mich zu, überschlug sich und walzte über mich hinweg.

»Henry!«, schrie Nanny Jane.

Mein Gesicht geriet unter Wasser. Das eiskalte Salzwasser stieg mir in Nase und Mund, machte mich blind und brannte mir in der Kehle, sodass mir die Luft aus den Lungen wich. Panisch um mich schlagend versank ich in einem Strudel aus graublauem Wasser und wogenden Röcken. Doch nach einer Sekunde war das Ganze vorbei. Ich rappelte mich hustend hoch und schleppte mich mühsam auf den Strand. Meine Tränen vermischten sich mit dem Salzwasser, das mir übers Gesicht rann. Ich spähte zum Hotel hinauf, ob der hinkende Mann mich beobachtete. War er uns von Hope House hierher gefolgt? Aber dort oben war niemand. Es war, als hätte ich mir alles nur eingebildet.

Nanny Jane wickelte mich in ein Handtuch und setzte mich auf die Decke. Sie rubbelte mir die Haare trocken, wischte über meine Augen und gab mir ein Glas Limonade, damit ich den Salzgeschmack hinunterspülen konnte. Sie schimpfte mich nicht aus, und dafür war ich dankbar. Ich schnäuzte mich, dann schlug ich eins der Wachspapierpäckchen auf und aß ein Gurkensandwich.

Nach einer Weile sagte Nanny Jane: »Jetzt, wo wir so nah am Meer leben, wäre es wohl ganz gut, wenn du Schwimmunterricht nimmst, Henry.«

Ich tupfte mit dem Handtuch in meine Ohren; eins war immer noch voller Wasser, sodass ich sie nicht richtig hören konnte. Sie klang weit weg.

»Ich habe einen zweiten Rock eingepackt, falls du nass wirst«, fügte sie hinzu. »Möchtest du dich umziehen?«

Ich sah in Nanny Janes strenges Gesicht, und auf einmal wurde mir bewusst, wie verloren ich ohne sie wäre. Sie hatte die Anstellung als Kindermädchen bei uns aufgenommen, als Mama mit Piglet schwanger geworden war, doch mir schien, als sei sie schon immer bei uns gewesen. Ich konnte mir unsere Familie gar nicht ohne sie vorstellen. Unsere Familie. Was war aus ihr geworden? Wir waren nur einige einsame Menschen, zusammengehalten von Nanny Janes harter Arbeit.

Ich schlang meine nassen Arme um sie und küsste sie auf die Wange. »Danke«, sagte ich.

Nanny Jane wirkte überrascht und ein wenig verlegen. Sie lächelte und fing dann an, der Kleinen eins ihrer Lieblingslieder vorzusingen – das Lied vom hübschen Bobby Shafto, der auf Seefahrt geht.

Das schien mir ein guter Moment, um Nanny Jane auf Mama anzusprechen.

»Nanny Jane«, begann ich vorsichtig, »kannst du mir bitte sagen, was das für eine Medizin ist, die Doktor Hardy Mama gibt?« Und dann brach der Damm und alle Fragen strömten nur so aus mir heraus. »Warum will er nicht, dass ich zu ihr gehe? Und welche Behandlung hat er im Sinn, für die er Vaters Genehmigung braucht? Und wohin will er sie einweisen lassen? Und …«

»Henry, hör auf – hör auf! Es tut mir leid, aber über diese Dinge kann ich wirklich nicht mit dir sprechen.«

Nanny Jane legte Piglet auf die Decke und räumte das Picknick ab. »Du musst einfach darauf vertrauen, dass deine Mutter die medizinische Betreuung bekommt, die sie benötigt.«

»Aber das ist es ja gerade, ich vertraue Doktor Hardy *kein bisschen*, und leiden kann ich ihn auch nicht.«

»Henrietta! Es reicht! Etwas mehr *Respekt* vor Erwachsenen, bitte!« Jetzt war sie laut geworden.

Mit neuen Tränen in den Augen sammelte ich meine Strümpfe, Schuhe und den zweiten Rock auf und ging zum Hotel, um mich umzuziehen. Oben auf der Düne blieb ich stehen und warf einen Blick zurück; Nanny Jane stand ganz still da, eine Hand vor dem Mund, und sah aufs Meer hinaus.

15

Am Nachmittag fuhr uns Mr Berry mit dem Ponywagen zurück. Ich drehte mich mit dem ganzen Körper von Nanny Jane weg, starrte blind über die gelben Äcker und antwortete nur so knapp wie möglich auf ihre Fragen. Nach einer Weile stellte ich mich schlafend, um überhaupt nicht mehr mit ihr sprechen zu müssen.

Nach dem Abendessen wurde ich früh in die Badewanne und zu Bett geschickt. Nanny Jane hielt mir einen Löffel von Doktor Hardys widerlicher Medizin hin. Ich wollte sie nicht schlucken.

»Es tut mir leid, aber Doktor Hardy hat gesagt, es muss sein, Henry. Besonders nach einem so ereignisreichen Tag«, drängte Nanny Jane.

Da sie erschöpft aussah und ich nicht wieder mit ihr streiten wollte, nahm ich die Medizin und legte mich ins Bett. Als mein Kopf ins Kissen sank, fiel mir die weiße Rose ein, die ich Mama ans Bett gelegt hatte. *Ob man sie gefunden hat?* Nun, jetzt war nichts mehr zu machen.

Die weichen Fangarme des Schlafs umschlangen mich und zogen mich in die Tiefe …

Am nächsten Morgen war Nanny Jane rastlos. Ihr Fuß tappte ein Muster auf den Boden, während sie geistesabwesend einen Bissen Toast kaute. Dann stieß sie versehentlich den Milchkrug vom Tisch. Er zerbrach in tausend Stücke. Weiße Porzellanscherben zitterten in einer kalten weißen Pfütze.

Nachdem ich ihr beim Aufwischen geholfen hatte, fragte ich, ob Mama vielleicht eine Weile mit mir auf der Terrasse sitzen könne – es sei so herrliches Wetter. (Robert hatte immer behauptet, wenn ich mir einmal etwas in den Kopf gesetzt hätte, würde ich mich darin verbeißen wie eine Zecke.)

»Nein, ich glaube nicht, Henry«, entgegnete Nanny Jane, ohne mich anzusehen. »Deine Mutter braucht Ruhe. Ärztliche Anweisung.« Sie kehrte die letzten Scherben zusammen und hastete in die Küche.

Ärztliche Anweisung. Seit Roberts Tod war das Wort der Ärzte bei uns ehernes Gesetz. Sah denn außer mir niemand, dass Doktor Hardys Anweisungen Mama nicht gesund machten? Ich fragte mich, wie lang ich wohl auf die nächste Gelegenheit zu einem heimlichen Besuch warten müsste.

In diesem Augenblick begann das Telefon in der Diele zu schrillen, laut und eindringlich wie die Glocke eines

Spritzenwagens. Ich fuhr zusammen vor Schreck. Mein Tee schwappte über den Rand der Tasse und besudelte mein Kleid. Dennoch blieb ich sitzen. Ich durfte nicht ans Telefon gehen, das war eine von Vaters strengsten Regeln. In London hatte Robert ein paarmal die Hörmuschel abnehmen dürfen, aber nur, weil er älter war als ich. Um ehrlich zu sein, hatte ich regelrecht Angst davor – als würde ich an einem Stromschlag sterben, wenn ich den Hörer anzufassen wagte. Ich hörte Nanny Jane in die Diele trappeln.

»Hallo? Bei Abbott?«, rief sie in den Apparat. Dann kam eine lange Pause. Als Nanny Jane wieder sprach, senkte sie demonstrativ die Stimme, als wüsste sie genau, dass ich lauschte. »Ist das denn wirklich nötig, sind Sie sicher?«, flüsterte sie. »Ich komme bestens zurecht … Nein … Nein, natürlich nicht, aber … Gut. Ja, dann ist es wohl so. Wenn Mr Abbott sich dafür ausgesprochen hat … Mittwoch, gut. Es gibt auch noch etwas anderes, über das wir sprechen müssen. Ja, in der Tat. Sehr wohl. Auf Wiederhören.« Und sie hängte so unsanft ein, dass es schepperte.

Worum ging es da nur?, überlegte ich. Doch es war sinnlos, danach zu fragen. In allen Ecken und Winkeln von Hope House wucherten mittlerweile Geheimnisse. Sie sprossen über Nacht in dicken, weißen Büscheln empor wie Pilze aus dunkler Walderde.

Nanny Jane sagte, sie müsse am Nachmittag ins Dorf, um zu telegrafieren. *Nach Italien?*, fragte ich mich. *An Vater?* Oder hatte es etwas mit dem rätselhaften Telefonanruf zu tun?

»Ich bin bald wieder da«, sagte sie. »Bitte sei so lieb und hilf Mrs Berry beim Gemüseschneiden fürs Abendessen, Henry.«

»Natürlich«, flunkerte ich. Unter meinem Kleid brannte der Schlüssel auf meiner Haut.

Ich las Mama das Märchen von Rumpelstilzchen vor. Es gehörte nicht zu meinen Lieblingsgeschichten. Ich mochte die tapfere Müllerstochter, hasste aber den dummen Müller, der damit prahlte, dass seine Tochter Stroh zu Gold spinnen könne, und den habgierigen König, der sie einsperrte und ihr mit dem Tod drohte, falls sie dieses unmögliche Wunder nicht vollbrächte.

Doch an diesem Nachmittag hatte Mamas Zimmer etwas an sich – eine verschlossene, einsame Kammer, in die Sonnenstrahlen durch die Ritzen zwischen den Vorhängen drangen wie Speere aus Gold –, das mich auf die Geschichte brachte. Ich las bis zu der Stelle, wo die arme Müllerstochter den König geheiratet hat und Rumpelstilzchen anfleht, ihr das Baby nicht wegzunehmen – »Ach, lass mir das Kind!« Ganz sonderbar hingen die Worte in der warmen, staubigen Luft in Mamas Zimmer, und da sah ich, dass stumme Tränen aus Mamas

Augen traten und über ihre farblosen Wangen hinabrannen wie Wachstropfen an einer Kerze. Ich nahm ihre Hand.

»Alles ist gut, Mama«, sagte ich mit Nachdruck, obwohl meine Stimme belegt war. »Alles wird gut, versprochen. Hör nur zu …« Und ich las vor, dass die Königin Rumpelstilzchens Namen erriet und ihr Kind zurückgewann. Die Geschichte endete damit, dass Rumpelstilzchen so heftig aufstampfte, dass es in die Erde fuhr und sich selbst entzweiriss. Dieses letzte Stück las ich allerdings nicht. Ich klappte das Buch zu und erzählte das Märchen selbst zu Ende, während ich weiter Mamas Hand drückte.

»Und so behielt die Königin ihr wunderschönes Kind und versprach ihm, dass es niemals fortgenommen oder eingesperrt oder zu unmöglichen Dingen gezwungen werden würde und dass es nie, niemals alleine wäre.« Ich wischte mir mit dem Ärmel über die Augen. »Und dann lebten sie glücklich und zufrieden bis ans Ende ihrer Tage.« Nach einer kurzen Pause fügte ich schniefend hinzu: »Außer der dumme Müller und der habgierige König, die beide starben, als ihnen ein großer, schwerer Berg Gold auf ihre dummen, habgierigen Köpfe fiel.«

Danach blieb ich noch eine Weile sitzen und betrachtete Mama im Schlaf. Die weiße Rose, die ich auf ihren Nachttisch gelegt hatte, war fort. Jemand musste sie weggeräumt haben. *Nanny Jane?* Ahnte sie, dass ich sie ins Zimmer gebracht hatte? War sie deshalb heute Morgen so verstimmt gewesen? Künftig würde ich vorsichtiger sein müssen.

Mein Blick fiel auf die Uhr auf dem Kaminsims: drei Uhr. Bald würde Nanny Jane zurück sein. *Nur noch ein paar Minuten.* Ich holte eine Bürste von der Kommode und bürstete Mama ganz sanft das Haar, indem ich behutsam eine Strähne nach der anderen aufnahm, die Spitzen entwirrte und die glänzenden Locken auf das Kissen zurücklegte. Währenddessen sann ich über Doktor Hardys Behandlung nach. Wie sollte Mama, eingesperrt in einer dunklen, einsamen Kammer, von ganz allein wieder gesund werden? Ebenso gut konnte man von ihr erwarten, Stroh zu Gold zu spinnen, wie bei der armen Müllerstochter.

Ich hörte auf zu bürsten. Auf einmal war ich ganz sicher, dass Mama gerettet werden musste – und dass ich der einzige Mensch war, der überhaupt in der Lage wäre, sie zu retten. Doch was konnte ich tun? In ihrem Zustand konnte ich ja schlecht mit Mama weglaufen. Nein, ich würde einen Weg finden müssen, Doktor Hardy und seinen dummen Anweisungen hier in Hope House ein Schnippchen zu schlagen.

Zuallererst musste ich die Pillen zur Seite schaffen.

Ich rüttelte an der Schublade ihres Nachtkästchens, am Schrank und an der Kommode, doch alle waren verschlossen. Jeden Moment konnte Nanny Jane zurückkommen … Was blieb noch? Ich sah mich um. An der dem Bett gegenüberliegenden Wand stand Mamas Sekretär und daneben ein Papierkorb, in dem ich einen verknitterten Briefbogen entdeckte. Ich holte das Blatt heraus und strich es auf dem Sekretär glatt.

Offenbar handelte es sich um den abgebrochenen ersten Entwurf eines Briefes an einen gewissen Dr. Chilvers. Er war auf den Vortag datiert – den Tag, an dem Nanny Jane, Piglet und ich ans Meer gefahren waren. Die Unterschrift fehlte, doch im Briefkopf stand die Adresse der Arztpraxis von Little Birdham. Doktor Hardy. Warum schrieb er an einen anderen Arzt? Ich konnte zunächst kein einziges Wort lesen, weil die Handschrift so krakelig war, doch nachdem ich eine Minute lang auf das Blatt gestarrt hatte, entzifferte ich einige wenige, verstörende Sätze.

Ruhekur erweist sich als nicht ausreichend (unleserliches Wort) *für Mrs Abbott – dramatisch fortschreitend … Schlaftherapie* (noch ein Wort), *bis zur Aufnahme in* – hier folgte ein Wort, das wie »Helldon« aussah.

Helldon? War das der Ort, an den Doktor Hardy Mama einweisen lassen wollte? Und die »Schlaftherapie«? *Deswegen hat er ihr wohl noch stärkere Pillen verschrieben,* dachte ich. Ich fragte mich, ob Mama im Schlaf Träume hatte, Albträume gar. Und wie es wohl wäre, Albträume zu haben, aus denen man nicht erwachen konnte. Ich schauderte und studierte noch einmal den Brief. Als ich die letzten Sätze entschlüsselte, wurde mir innerlich eiskalt.

Höchst interessantes Verhalten … (noch ein Wort) *Erste Symptome treten möglicherweise auch an der Tochter auf. Ist weiter zu beobachten …* (Hier war die Tinte verschmiert.)

Die Tochter?

Ich?

Panik erfasste mich. Traten bei mir irgendwelche »ersten Symptome« auf? Ich fragte mich, was Nanny Jane Doktor Hardy erzählt haben könnte, um ihn zu dieser Annahme zu verleiten. Ich dachte an die merkwürdigen Blicke, die sie mir zugeworfen hatte, als sie mich mit Robert hatte reden hören oder als ich die Gestalt im Garten gesehen hatte. Vielleicht hatte ich tatsächlich »erste Symptome« von irgendetwas. Meine Augen hefteten sich noch einmal auf die letzten Wörter: »Ist weiter zu beobachten«. Wer würde mich beobachten? Doktor Hardy? Oder dieser andere Mann – ich schaute den Namen in der Anrede nach –, dieser Doktor Chilvers?

Da fiel der Groschen. In meinen Gedanken knirschte es, als hätte jemand einen gebrochenen Knochen wieder gerade gerückt. Der hinkende Mann, der wie eine Spinne huschte, der nach Hope House gekommen war und der mich am Strand gesehen hatte. *Er* war Doktor Chilvers, und er beobachtete meine ersten Symptome bereits.

Mit einem Mal fühlte ich mich bedrohlich allein.

Mama war krank und ruhiggestellt. Vater war nicht hier. Doktor Hardy glaubte, ich würde verrückt, und Nanny Jane war seine Spionin geworden.

Ich hatte niemanden mehr, dem ich vertrauen konnte. Außer …

16

Moth saß mit dem Rücken zu mir und schichtete Holz für ihr Lagerfeuer aufeinander.

»Würdest du mir helfen, Henrietta?«, fragte sie, ohne sich umzudrehen. »Bring mir die Scheite von dort drüben.«

Ich holte tief Luft und kam näher. Ich nahm ein kleines, trockenes Stück Holz von einem Stapel neben dem Wohnwagen und reichte es Moth.

»Feuer sind wie lebendige Wesen«, sagte sie. »Sie müssen atmen und brauchen Nahrung.«

Ich schluckte und nickte nur, während ich ihr zusah.

Sie trat zurück und bewunderte ihr Werk. »Wunderschön, nicht wahr?«, sagte sie. »Wie eine Skulptur.« Sie hielt mir die Streichholzschachtel hin. »Na los«, sagte sie. »Zünde das zusammengeknüllte Papier unter dem Holz an.«

Ich schüttelte den Kopf und setzte mich auf die Stufen des Wohnwagens. Moth zuckte mit den Schultern und zündete selbst das Feuer an. Gemeinsam sahen wir zu, wie die Flammen aufleuchteten und wuchsen.

»Ich brauche deine Hilfe, Moth«, sagte ich nach einer kurzen Pause.

Sie lachte ihr kurzes, trockenes Lachen. »Ha. Meine Hilfe.«

»Es geht um Mama. Sie ist krank. Sie ist mehr als krank. Ich muss ihr helfen. Und der Doktor denkt, dass ich auch krank bin – er … beobachtet mich.«

Moth runzelte die Stirn und sah mir forschend ins Gesicht. Sie kniff die Augen zusammen, und um ihren Mund zuckte es. »Bei *dir* ist alles in Ordnung, Henrietta Abbott«, sagte sie. »Letzte Woche warst du etwas erkältet, aber jetzt bist du wieder gesund und munter. Und stark wie ein kleiner Ochse.«

Erleichterung stieg in mir auf. Moth glaubte nicht daran, dass ich erste Symptome zeigte; das war immerhin etwas.

»Konntest du deine Mutter besuchen?«, fragte sie.

»Ja.« Meine Hand wanderte unwillkürlich zu dem geheimen Schlüssel, der unter meinem Kleid verborgen war. »Kannst du ihr helfen, Moth?«, fragte ich. Meine Stimme klang sehr dünn dabei. Ich holte noch einmal tief Luft und sprach den Gedanken aus, den ich bislang sogar vor mir selbst versteckt gehalten hatte: »Ich habe Angst, dass sie stirbt.«

Moths Lächeln erstarrte. Eine Weile sagten wir beide

nichts. Bright Star stupste mit der Wange mein Knie an und setzte sich neben mich. Nachdem er die Vorderpfoten eingeschlagen hatte, sah er erwartungsvoll zu mir hoch. Ich streichelte ihm den Kopf.

»Es ist wegen meines Bruders, Robert«, sagte ich schließlich. »Er ist letztes Jahr gestorben. Ich glaube … seither stirbt Mama auch, ganz langsam. Ich muss ihr helfen.«

Eine Pause trat ein, während Moth darüber nachdachte.

»Ja«, sagte sie. »Ja. Das sehe ich ein.«

»Ich will nicht, dass sie weiter ganz allein ist«, sagte ich, »aber sie lebt gerade wie eine Gefangene. Und die Pillen, die Doktor Hardy ihr gibt, machen nur, dass sie die ganze Zeit schläft.«

»Ja. Ja, ich weiß«, sagte Moth wieder und starrte ins Feuer. »Ich weiß alles über ihn und seine Pillen. Als könnte Schlaf Trauer heilen … Es ist nur ein weiteres Gefängnis in einem Gefängnis. Sie braucht keinen Schlaf, sie braucht Frieden.«

»Frieden, ja.«

»Dein Bruder ist gestorben«, sagte sie kurz darauf.

»Letzten Sommer.«

»Du vermisst ihn sehr.«

»Ja«, sagte ich. Bis jetzt hatte noch nie jemand daran gedacht, mich danach zu fragen. »Ja, ich vermisse ihn jeden Tag.«

Ich wartete auf seine Stimme in meinem Kopf, eine sarkastische Bemerkung von ihm, doch er blieb stumm.

»Wir haben oft gestritten«, sagte ich. »Er hat mich mit irgendetwas geärgert, und ich habe ihn zurückgeärgert … Das Schwerste ist die Stille. Daran kann ich mich einfach nicht gewöhnen. Ich fühle mich …«

Moth wartete. *Wie fühle ich mich?*

»Ich fühle mich, als würde eine Hälfte von mir fehlen«, sagte ich schließlich. »Ich bin so traurig, dass er nicht mehr da ist. Er war schlau – konnte gut mit Zahlen umgehen und Sachen bauen. Er wollte Ingenieur werden, wie Vater … Es tut mir so leid, dass er nicht erwachsen werden und ein Mann sein und all die wunderbaren Dinge tun durfte, die er tun wollte.«

Das Licht des Feuers tanzte in Moths Augen. Es war, als fiele mit einem Mal alles Hexenartige und Sonderbare von ihr ab; sie wurde sanfter und wirklicher.

»Ein kürzeres Leben ist trotzdem ein Leben, Henrietta Abbott«, sagte sie. »Darüber habe ich sehr viel nachgedacht. Ein kürzeres Leben verlischt früh, aber es leuchtet umso heller … ein heller Stern.«

Das konnte ich besser verstehen als so manchen Spruch, mit dem mich wohlmeinende Nachbarn und Pfarrer hatten trösten wollen: »Er ist jetzt an einem schöneren Ort«; »Seine Zeit war gekommen …« Ich ließ mir diese sinnlosen Sätze noch einmal durch den Kopf gehen und verspürte dieselbe blanke Wut, die ich in den

Wochen nach Roberts Tod empfunden hatte. *Ein heller Stern*, wiederholte ich in Gedanken, und meine Wut verrauchte etwas.

Ich erinnerte mich, wie ich an einem sonnigen Herbsttag mit Robert im Hyde Park durch Blätterhaufen gerannt war, wie wir beide hingefallen waren und so sehr lachen mussten, dass wir kaum Luft bekamen. Ich dachte daran, wie meine Fantasie ihn hier in Hope House heraufbeschworen hatte – eine Stimme in meinem Kopf, ein Schimmer hellen, goldenen Lichts …

»*Heller Stern* ist der Titel eines Gedichts von John Keats«, sagte Moth. »Es ist ein wunderschönes Gedicht. Ein Liebesgedicht.«

»Das würde ich gern einmal lesen.«

»Er hat auch die *Ode an eine Nachtigall* geschrieben.« Sie blickte in die Bäume über uns hinauf. Als sie weitersprach, war ihre Stimme noch weicher. »Gegen Trauer gibt es kein Heilmittel, Henrietta. Doch es gibt etwas, das Licht ins Dunkel bringen kann – immer nur ein bisschen –, und das ist das Leben selbst. Ich denke, das weißt du bereits. Du weißt, dass deine Mutter Geschichten braucht, Musik, Sonnenschein, Vogelgezwitscher, den Duft einer Rose, das Lächeln ihrer Tochter …«

»Aber der Doktor, die Pillen …«, sagte ich.

Moth nickte nur sacht. »Ich weiß«, sagte sie. »Kommt Zeit, kommt Rat.«

Die Sonne sank tiefer und für einen Augenblick

herrschte Frieden ringsum, als hielte der Wald den Atem an.

»Bald wird die Nachtigall singen«, sagte Moth. »Pfeif sie herbei, Henrietta.« Und sie zeigte mir, wie sie den weichen, leisen Lockruf machte.

Ich probierte es. Nichts geschah.

»Sie wird kommen«, sagte Moth ruhig.

»Ich glaube nicht«, sagte ich und starrte in das dunkler werdende Geäst.

»Versuch es noch einmal«, sagte Moth. »Lausche auf die Dinge, die man nicht hören kann.«

Ich lauschte und lauschte, bis ich hörte, wie sich Blüten schlossen, Wolken über den Himmel zogen und Baumwurzeln sich durch die Erde schoben, und da – ein kaum merkliches Flattern hoch oben in den Zweigen. Mein Herz flatterte mit.

Ich hob den Kopf und pfiff wieder – lang und leise. Diesmal machte ich nicht Moth nach. Es war mein ganz eigener Lockruf.

Und zu meinem Erstaunen antwortete der Vogel.

Moth lächelte ihr schiefes Lächeln und ich lächelte zurück. Zusammen lauschten wir der Nachtigall.

»Siehst du?«, hauchte Moth.

17

Einige Tage später ging ich gerade zum Frühstück nach unten, als ich den Motor eines Automobils unsere Auffahrt hinaufröhren hörte.

Nanny Jane stand in der Diele bereit, um die Tür zu öffnen. Ich sah sie mit hochgezogenen Augenbrauen an – *Erwarten wir jemanden?* Nanny Jane wich meinem Blick aus. Ihr Gesicht war verschlossen, ihre Lippen zusammengepresst.

Ich hörte zwei Autotüren laut und beinahe gleichzeitig zuschlagen. Dann vernahm ich Doktor Hardys Stimme und erschrak. *Moment – zwei Türen? Hat er den anderen Arzt mitgebracht – Doktor Chilvers?* Das Herz schlug mir bis zum Hals, und ich spitzte die Ohren, um die Stimmen von draußen genauer auszumachen. Doch die zweite war eine Frauenstimme.

Doktor Hardy schritt durch die Tür, und eine ebenso große, grauhaarige Frau folgte ihm auf dem Fuße. Als Nanny Jane die Tür schloss, verschwand sie beinahe völlig hinter ihr. Alle drei blieben in einer Reihe stehen und schauten mich an, und ich stand da und schaute zurück.

Die große Frau trat vor.

»Du musst Henrietta sein. Ich bin Mrs Hardy«, sagte sie. »Doktor Hardys Gattin.«

Doktor Hardys Gattin? Was in aller Welt wollte Doktor Hardys Gattin hier?

Sie streckte mir die Hand zum Gruß hin. Doktor Hardys Hände waren fett und grob, die seiner Frau hingegen kalt und schuppig, und ihre Fingernägel waren dicke, gelbe Krallen. Ich hatte das Gefühl, soeben einer Riesenechse die Hand geschüttelt zu haben.

Nanny Jane warf mir einen ihrer Blicke zu: *Manieren, Henrietta!* Ich dachte an Doktor Hardys Brief, in dem von ersten Symptomen bei mir die Rede gewesen war. Vielleicht sollte ich ihm zeigen, wie vernünftig und klaren Verstandes ich sein konnte.

»Sehr erfreut, Mrs Hardy«, sagte ich und nickte ihrem Gatten mit einem Lächeln zu, einem überaus vernünftigen Lächeln, wie ich fand. »Guten Morgen, Herr Doktor. Treten Sie doch bitte ein«, sagte ich. »Darf ich Ihnen einen Tee anbieten?«

»Ganz reizend!«, sagte Mrs Hardy, und unser kleiner Trupp marschierte ins Speisezimmer. Nanny Jane folgte uns nicht, sondern ging eilig die Treppe hinauf. Ich reckte den Hals, um zu sehen, wohin sie verschwand.

Ich wollte nicht mit Doktor Hardy und seiner Echsengattin allein gelassen werden.

Nanny Jane blieb nur kurz fort. Sie kam mit Piglet auf dem Arm wieder, die sich kummervoll die Augen rieb. Piglet mochte es gar nicht, aus ihrem Vormittagsnickerchen gerissen zu werden, und mir war ein Rätsel, warum Nanny Jane sie geholt hatte. Piglet aufzuwecken war nie eine gute Idee.

Automatisch streckte ich die Arme aus, um Nanny Jane das Baby abzunehmen, doch sie ging geradewegs an mir vorbei. Ihr Gesicht war bleich und versteinert. Sie setzte die arme, verwirrte Piglet auf Mrs Hardys Schoß und wandte sich rasch ab. »Ich werde Mrs Berry bitten, frischen Tee aufzubrühen«, sagte sie und stürzte in die Küche.

Doktor Hardy hatte es sich am Kopfende des Tisches bequem gemacht, wo sonst Vater saß. Mrs Hardy hatte Nanny Janes Platz eingenommen, mit dem Rücken zum Fenster. Ich bot den beiden Toast mit Marmelade an.

»Nein, wir haben schon gefrühstückt, danke vielmals, Henrietta«, sagte Mrs Hardy. »Für mich bitte nur Tee. Schwarz, ohne Zucker.« Und sie lächelte zu Piglet hinunter. Dabei fiel mir ihr Gesichtsausdruck auf. *Hungrig* – das war das Wort, das mir dafür sofort in den Sinn kam. Mrs Hardy mochte zwar schon gefrühstückt haben, »danke vielmals«, aber sie verschlang Piglet mit ihren Blicken, als wollte sie sie wirklich auffressen.

Mrs Berry brachte eine große, dampfende Teekanne und Nanny Jane folgte mit den Tassen und Untertassen. Ich bemerkte, dass sie unser gutes Service genommen hatte – das Porzellan mit den Rosen drauf.

»Schwarz, ohne Zucker«, sagte Mrs Hardy wieder, obwohl niemand gefragt hatte. Mrs Berry schenkte allen Tee ein und ging. Nanny Jane setzte sich neben mich, an die Längsseite des Tisches gegenüber dem Fenster.

Mrs Hardy kraulte Piglet mit einem schuppigen Finger am Kinn. Ich sah die Vorzeichen eines Wutanfalls am Horizont aufziehen. Piglet schlug Mrs Hardys Hand weg, legte die Stirn in Falten und lief purpurrot an. Dann machte sie den Mund auf und stieß einen schrillen Schrei aus. Ich verkniff mir ein Lächeln. Piglet bewies eine hervorragende Menschenkenntnis.

»Ach Gottchen«, sagte Mrs Hardy, stand auf und legte sich Piglet über die Schulter. Sie klopfte dem Baby in einer Art und Weise, die sie eindeutig für beruhigend hielt, auf den Rücken. »Ach Gottchen, ach Gottchen. Du hattest recht, Charles. Sie ist ganz und gar kein glückliches kleines Ding, nicht wahr?«

»Was? Piglet? Nicht glücklich? Piglet ist das glücklichste Baby der Welt!«, rief ich aus. Ihre Behauptung hatte mich so verblüfft, dass meine Antwort ungewollt scharf ausfiel. Was meinte sie mit *Du hattest recht, Charles?* Was hatte Doktor Hardy seiner Frau über meine Schwester erzählt?

»Soweit ich weiß, heißt das Kind Roberta, nicht *Piglet*«, sagte Mrs Hardy schnippisch. »Also wirklich, das arme kleine Ding! Wird hier abgehandelt, als wäre es ein Tier.« Und sie presste das Baby an ihre knochige Schulter. Piglet schrie noch lauter.

Innerlich kochte ich vor Wut. Wer war diese Frau eigentlich? Wer war diese Frau, die meine Familie überhaupt nicht kannte und sich anmaß, uns zu kritisieren?

Ich stand auf. Ich hatte keine Ahnung, was ich sagen würde, doch bevor ich es sagen konnte, schoss Nanny Janes Arm zur Seite und drückte mich zurück auf meinen Stuhl.

»Iss noch einen Toast, Henry«, sagte sie schroff.

»Und *Henry?*«, spöttelte Mrs Hardy. »Henry heißen doch nur Knaben. Henry und Piglet! Also bitte! Eure Eltern haben euch beiden schöne Mädchennamen gegeben; ihr solltet sie wirklich benutzen. Wir hatten selbst ein kleines Mädchen – Ruth. Ein liebreizendes Kind. Aber der Herr hat sie zu sich genommen, noch ehe sie sechs Monate alt war.« Ihr Blick begegnete dem ihres Mannes, und ich fühlte mich auf einmal ganz schlecht wegen der schrecklichen Dinge, die ich eben noch hatte sagen wollen. »Unsere Söhne sind natürlich ein Segen«, fuhr sie fort. »Und beide schon erwachsene Männer! Benjamin ist Pfarrer an St Anne in Ellory-below-Stave, und seit der gute Clarence aus dem Krieg zurück ist, arbeitet er bei Gibbons, diesem fabelhaften neuen Kaufhaus in Norwich. Er sagt, bis Weihnachten wird er es zum Leiter gebracht haben!«

»Wie schön«, murmelte Nanny Jane. Offenbar fühlte sie sich bemüßigt, die Pause zu füllen, in der Mrs Hardy Luft holte. Piglet hatte sich unterdessen in solche Rage geschrien, dass sie etwas Milch auf Mrs Hardys Schulter spuckte. Ich bemühte mich, nicht zu lachen. Seltsam fand ich nur, dass Doktor Hardy nichts sagte. Dann bemerkte ich, warum. Er schien seiner Frau überhaupt nicht zuzuhören, sondern musterte mich mit ernster, besorgter Miene. Hatte er gesehen, wie ich mir das Lachen verkniff? *Vielleicht sollte ich etwas sagen …*

»Wie schön«, sprach ich Nanny Jane nach und stopfte mir schnell ein Stück Toast in den Mund, damit niemand von mir erwarten konnte, noch mehr zu sagen.

Das Ehepaar Hardy blieb noch gut eine Stunde, in der Mrs Hardy die Abwesenheit meines Vaters bemängelte, die Flecken auf meinem Kleid erwähnte (vom Tee, als mich das Telefon erschreckt hatte), Piglet als viel zu pummelig bezeichnete und zu guter Letzt andeutete, dass Mama sich ihren Töchtern zuliebe doch wirklich am Riemen reißen solle. Als die Hardys endlich gingen, bebte ich vor Zorn und war kurz davor, aus der Haut zu fahren. Warum hatte Nanny Jane uns nicht in Schutz genommen? Warum hatte sie die arme Piglet in den Armen dieser grässlichen Echsenfrau weinen lassen?

Nanny Jane schloss die Haustür, während sich die erschöpfte Piglet wie eine klägliche rosa Raupe an ihre Brust schmiegte.

»Was sollte denn *das?*«, fragte ich.

»Diesen Ton verbitte ich mir, Henry«, fauchte Nanny Jane. »Und wie kannst du es wagen, so frech zu sein? Der Doktor und seine Frau haben uns einen Nachbarschaftsbesuch abgestattet, weiter nichts. Sie hatte Interesse daran, dich und das Baby kennenzulernen.«

Irgendetwas verheimlichte sie mir.

Ein Nachbarschaftsbesuch, weiter nichts? Nein, das nahm ich ihr nicht ab. Doktor Hardy führte etwas im Schilde und Nanny Jane stand – warum auch immer – mit ihm im Bund.

18

»Du musst der Sache auf den Grund gehen, Hen«, sagte Robert am selben Nachmittag. Ich lag neben dem Teich am Ende des Gartens, wo mich niemand sehen konnte.

Ich nickte und bohrte meine bloßen Zehen in den Rasen.

»Wenn du ein Junge wärst«, sagte er nachdenklich, »wenn du *ich* wärst, wärst du ›der Mann im Haus‹, während Vater fort ist.«

»Aber ich bin kein Junge.«

»Nein. Das ist aber kein Grund, warum du nicht der Mann im Haus sein solltest, Hen. Irgendjemand muss das ja schließlich sein.«

Da hatte er recht. »Meinst du, ich soll Nanny Jane zur Rede stellen? Soll ich von Doktor Hardy verlangen, dass er weggeht und meine Familie in Ruhe lässt und seine Pillen und Spione und seine grässliche Frau gleich mitnimmt?«

Robert verzog einen Mundwinkel, wie ich es so gut

von ihm kannte. »Das wäre wahrscheinlich eher unklug«, sagte er. »Du musst es geschickt anstellen, Hen. Denk an David und Goliath. Sie sind größer als du, also musst du schlauer sein. Was weißt du, das sie nicht wissen? Und was weißt du, das sie wissen, aber von dem sie nicht wissen, dass du es weißt?«

»Was?« Es dauerte einen Moment, bis ich seine Fragen entwirrt hatte. Was genau wusste ich denn?

Ich wusste von dem geheimen Zimmer auf dem Dachboden; ich wusste von Moth; ich wusste von dem Schlüssel um meinen Hals und den Pillen, die sie Mama gaben, und Doktor Hardys Brief und einem Ort namens Helldon. Ich wusste, dass etwas hinter meinem Rücken ausgeheckt wurde. Ich wusste, dass sie mich bespitzelten. Nun, dann drehte ich den Spieß eben um: Ungesehen und ungehört bleiben, das konnte ich gut. Ich musste zurückspitzeln.

»Miss Henrietta!«, rief Mrs Berry, als ich in die Küche kam und mich an den Tisch setzte. »Da ist ja das junge Fräulein! Essen Sie doch etwas.«

Sie stellte mir einen Krug mit frischer Limonade hin und schnitt eine Scheibe von einem noch warmen Brotlaib ab. Ich wollte sie gerade fragen, ob sie wisse, was die Hardys mit ihrem Besuch wirklich bezweckt hatten, als sie unvermittelt sagte: »Du meine Güte! Ich gebs Ihnen besser jetzt gleich, bevor ich's noch vergesse.« Und sie reichte mir ein kleines Päckchen aus verknittertem braunem Packpapier und ausgefranstem Zwirn. Es war in eleganter weiblicher Handschrift an mich adressiert.

Miss Henrietta Abbott
Hope House,
Little Birdham

»Das lag draußen vor der Hintertür«, sagte Mrs Berry. Sie trocknete sich die Hände an ihrer Schürze und hantierte geräuschvoll an der Spüle herum, während sie Wasser in einen großen Topf laufen ließ. »Persönlich abgeliefert … Ganz schön geheimnisvoll, was? Von wem es wohl kommen mag?«

Ich öffnete die Tür zum Garten, blieb in der Sonne stehen und wog das Päckchen kurz in den Händen, bevor ich den strammen kleinen Knoten aufknüpfte. Unter dem Packpapier kam ein altes grünes Buch zum Vorschein. Es wirkte abgegriffen, wie das heiß geliebte Spielzeug eines Kindes. Auf dem Buchrücken stand in goldenen Lettern ein einziges Wort: *Keats*.

Ich hielt das Buch in einer Hand, schlug es auf und ließ die Seiten nach Belieben fallen. Sie öffneten sich bei einem Gedicht namens *Ode an eine Nachtigall.* Ich lächelte mein erstes echtes Lächeln an diesem Tag. Das Buch war ein Geschenk von Moth. Beim Lesen wisperte ich einige der wunderschönen Verse vor mich hin:

»Dass du, Dryas des Walds … Aus Buchengrün und lauter Schattenspiel … Und ruhig aus vollem Hals vom Sommer singst …« Ich verstand nicht alle Wörter, aber mir schien, als *fühlte* ich, was sie bedeuteten. Das Gedicht handelte offenbar davon, dem Kummer zu entfliehen – *ja* – das wollte ich auch. Ich versank in einem Tagtraum von Wäldern und Nachtigallen und Motten, die im Mondlicht flatterten. Ich sah den jungen Dichter, John Keats, in Nightingale Wood vor mir. Er lag auf einem großen Kissen aus Moos unter einer Eiche, blickte in das Laub hinauf und lauschte dem Gesang der Nachtigall. Sein Gesicht war so bleich wie der Mond und seine tränenfeuchten Augen schimmerten wie helle Sterne …

Da schreckte mich etwas aus meinen Gedanken auf – ein lautes, metallisches Scheppern – *eins, zwei, drei.* Einen Augenblick lang war ich zwischen meinem Tagtraum und der Wirklichkeit gefangen. Waren es Axthiebe, ein Holzfäller im Wald? *Nein, Hen, sei nicht albern.*

»War das die Tür?«, fragte Mrs Berry. Ich klappte den Gedichtband zu, verstaute ihn in der Schürzentasche meines Kleids und schlich ihr nach, als sie aus der Küche und durch die Diele trapste. Sie öffnete die Haustür und da war er – der hinkende Mann. *Das muss er sein*, dachte ich bei mir. *Das muss Doktor Chilvers sein – abgesandt, um mein eigenartiges Betragen zu beobachten …*

Ich wich rückwärts zurück in die Küche, damit er mich nicht sah. Aber ich hatte ihn immer noch im Blick. Er war kleiner, als ich ihn in Erinnerung hatte. Sein dunkler, eleganter Anzug passte wie angegossen. Sein Gesicht war höchst sonderbar – die Haut spannte und wirkte auf einer Seite wie verzogen. Seine Augen waren klein und dunkel. Eine glänzende Hand umklammerte den Knauf seines Gehstocks. Er sprach so leise, dass ich von Mrs Berrys Antworten auf seine Fragen schließen musste.

»Ja, Jane hat ausgerichtet, dass Sie noch einmal kommen würden ... Ja, natürlich ... Das ist sie, ja ... Durchaus, daran erinnere ich mich sehr gut ... Nein, tut mir leid ... Ich kann Ihnen da nicht helfen ...«

Wovon redet sie? Meint sie mich? Ich sah, dass der hinkende Mann etwas auf einen kleinen Notizblock schrieb. Dann wandte er sich zum Gehen. Mrs Berry wollte schon die Tür schließen, und ich atmete ganz langsam durch. Der hinkende Mann jagte mir schreckliche Angst ein. Er spionierte mir nach. Er schlich überall herum und stellte Fragen. Ich wollte, dass er wegging und uns alle in Ruhe ließ.

Doch da rief Mrs Berry ihn zurück: »Ach, Moment, warten Sie, Sir! Sprechen Sie doch mal mit Truman Pickersgill. Er ist Advokat hier in Little Birdham – ein netter Mensch. Ich mache manchmal bei ihm sauber. Er kümmert sich um die Vermietung von Hope House, wissen Sie, also weiß er sicher über sie Bescheid ...«

Advokat? Was sollte der Advokat ihm über mich sagen können?

»Pickersgill. Ja, die Kanzlei heißt Solomon & Pickersgill. Gleich an der Hauptstraße von Little Birdham … Gern geschehen, Sir. Ihnen auch noch einen schönen Tag.«

Ich krallte die Finger in den Rahmen der Küchentür und wartete, bis der hinkende Mann ein Stück die Auffahrt hinuntergegangen war. Ich fühlte mich, wie ein Fuchs sich fühlen muss, wenn der Jagdhund an seinem Versteck vorbeigehetzt ist.

»Hat er Ihnen seinen Namen genannt, Mrs Berry?«, fragte ich und merkte, dass meine Stimme leicht hysterisch klang. Ich musste wissen, ob er wirklich Doktor Chilvers war.

Sie schüttelte geistesabwesend den Kopf. »Nein, ich glaube nicht, Miss.« Sie winkte dem Postboten zu, der gerade an dem hinkenden Mann vorbei die Auffahrt hinaufkam. »Ach, die Nachmittagspost, Michael? Danke!« Sie schloss die Tür, drückte mir ohne Umschweife das Bündel Briefe in die Hand und watschelte zurück in die Küche. »Würden Sie die schnell durchsehen, Miss Henrietta? Ich muss die Wäsche aufhängen. Wenn ein Brief für Nanny Jane dabei ist, könnten Sie ihn ihr hochbringen? Sie meinte, sie würde ein Schreiben von Ihrem Herrn Vater erwarten.«

Von Vater? Es versetzte mir einen Stich, dass er an Nanny Jane schrieb und nicht an mich.

Ich blätterte durch die Briefe und fand tatsächlich einen an Miss Jane Button adressierten Umschlag. Es war Vaters Handschrift.

Ich musste der Sache auf den Grund gehen. Ich dachte daran, was Robert am Teich gesagt hatte: *Du musst es geschickt anstellen, Hen …*

19

Ich wartete, bis Mrs Berry mit der Wäsche nach draußen gegangen war. Dann tappte ich in die Küche und sah mich mit schuldbewusst pochendem Herzen um. Ob ich den Brief wohl mit einem Messer aufschlitzen und wieder so zukleben konnte, dass Nanny Jane nichts merkte? Nein. Konnte ich nicht.

Auf dem Herd begann das Wasser im Kessel zu brodeln. Ich nahm ein Geschirrtuch, stemmte den Kessel hoch und stellte ihn auf den Küchentisch, damit sein Pfeifen nicht Mrs Berry zurückrief. Eine Sekunde lang stand ich ganz still da, den ungeöffneten Brief in der einen Hand, den warmen Griff des Kessels in der anderen. *Natürlich!*

»Hoppla«, murmelte ich und lächelte in mich hinein, als ich den gummierten Verschluss des Umschlags über die Tülle des Kessels hielt. »Offenbar habe ich aus Versehen … den Brief … aufgedampft.« Das Papier wurde langsam feucht. Ich schob meinen Daumennagel unter die Lasche, und sie löste sich klebrig. Ich biss mir auf die Lippe und schielte zur Hintertür, um mich zu vergewissern, dass Mrs Berry weiter mit der Wäsche beschäftigt war.

Liebe Jane,
ich hoffe, Sie haben mein Telegramm als Antwort auf Ihre dringende Nachricht erhalten. Mir schien es geraten, Ihnen noch einmal zu schreiben, um Sie zu beruhigen und die Angelegenheit zu klären.
Ja, ich habe zugestimmt, dass die Hardys das Baby eine Zeit lang in ihre Obhut nehmen. Zu meinem Bedauern hatte ich keine Gelegenheit, vor Doktor Hardys Anruf ausführlicher mit Ihnen darüber zu sprechen.

Ich fühlte mich, als hätte mich eine Kanonenkugel im Magen getroffen. *Was? Die Hardys wollen Piglet zu sich nehmen? Nein, bitte nicht …* Ich erinnerte mich an den Telefonanruf, den ich belauscht hatte, an Nanny Janes widerstrebenden Ton und ihre verschlossene, starre Miene während des Besuchs der Hardys. Vater hatte sich damit einverstanden erklärt, dass die Hardys uns Piglet wegnahmen!

Es ist sehr freundlich von ihnen, uns in dieser schwierigen Zeit ihre Hilfe anzubieten, und so werden Sie mehr Zeit haben, sich um Mrs Abbott zu kümmern, solange

sie Ihrer bedarf. Wie Sie wissen, ist Doktor Hardy mir wärmstens empfohlen worden, und ich bin sicher, dass das Baby bei ihm und seiner Frau in guten Händen ist. Was Mrs Abbots etwaige Aufnahme in Helldon angeht, werde ich mit Doktor Hardy noch einmal korrespondieren. Er scheint überzeugt zu sein, dass dies der erfolgversprechendste Weg ist.
Ich weiß, dass Henrietta sich um ihre Mutter und ihre Schwester sorgen wird. Bitte versichern Sie ihr, dass diese Entscheidungen nur zu ihrem Besten sind.

Hochachtungsvoll
John Abbott

Wie eine Schlafwandlerin durchquerte ich die Diele und ging über den Flur in Vaters Arbeitszimmer. Ich fand Klebstoff und verschloss damit den Umschlag. Er sah vollkommen unversehrt aus. Als ich den Brief aufgedampft hatte, hatte ich mich gefühlt wie eine Schauspielerin in einem Film. Doch jetzt war es kein Spiel mehr, sondern bitterer Ernst.

Ich brachte den Brief in die Babystube und gab ihn Nanny Jane, ohne ihr in die Augen zu sehen. Ich betrachtete die schlafende Piglet, und ganz kurz kam mir der wahnsinnige Gedanke, sie zu packen und mit ihr wegzulaufen – aus dem Haus, die Straße hinunter, den ganzen Weg bis nach London. Stattdessen murmelte ich etwas von schlimmen Kopfschmerzen und wankte zurück ins Erdgeschoss. Es war, als seien hundert Schmeißfliegen in meinem Gehirn geschlüpft und summten nun blind in meinem Schädel herum.

In der Diele starrte ich benommen in den großen Wandspiegel. Das Mädchen, das mir daraus entgegensah, war mir völlig fremd. Sie war älter als ich, dünner und trauriger. Sie hatte dunkle Ringe unter den Augen.

»Hallo«, sagte ich.

Ihr Mund bewegte sich, doch sie brachte keinen Ton hervor. Sie starrte mich hilflos an, eingesperrt hinter dem Glas. Ich legte meine Fingerspitzen an ihre und sah zu, wie ihr Gesicht in sich zusammenfiel und sie stumm zu weinen begann. *Meine ganze Welt zerbricht,* dachte ich. *Und ich kann nichts tun. Bald werden alle, die ich liebe, fort sein.*

20

»Zum letzten Mal, Henrietta – hast du meinen Schlüssel genommen und die Zimmertür deiner Mutter aufgeschlossen?«, fragte Nanny Jane.

Doktor Hardy war gerufen worden. Vor Wut bebend und mit hochrotem Gesicht stand er neben Nanny Jane und glotzte mich an, als sei ich ein widerliches kleines Insekt.

Ich sah Nanny Jane mutig in die Augen und glotzte dann Doktor Hardy ebenso direkt an. Was er konnte, konnte ich schon lange. »Ich habe deinen Schlüssel nicht genommen«, sagte ich. »Ich weiß nicht, wie es kommt, dass Mamas Zimmer heute Morgen nicht abgeschlossen war.« Ich dachte an den geheimen Schlüssel, der an seinem Band unter meinem Nachthemd versteckt war, und hoffte, dass sie ihn nicht sehen konnten.

Doktor Hardy versuchte es mit einer anderen Taktik. »Ich weiß, dass es dir vielleicht grausam vorkommt, ihre Tür abzuschließen, Henrietta«, sagte er, und seine

Stimme troff nicht vor Mitleid, sondern vor etwas Unangenehmem. »Aber deine Mami ist nicht bei … Sie ist nicht ganz sie selbst. Sie könnte leicht die Treppe hinunterstürzen. Wir müssen uns doch so gut wie möglich um sie kümmern, nicht wahr?« Es war eine schmutzige Strategie.

»Ich verstehe«, sagte ich ausdruckslos. »Ich habe die Tür nicht aufgeschlossen. Ehrlich.«

Nanny Jane seufzte ungehalten. Sie glaubte mir eindeutig nicht. Als Doktor Hardy demonstrativ die Augen verdrehte, sah ich rot.

»Ich weiß, was Sie im Schilde führen, Doktor Hardy«, sagte ich schnell. »Ich weiß, dass Sie uns Piglet wegnehmen wollen.«

Doktor Hardy lachte. Er *lachte.* »Was ich im *Schilde* führe?«

Nanny Jane lachte nicht. Bei ihrem Gesichtsausdruck wurde mir kalt vor Angst. Ich musste schlucken. Auf einmal kam ich mir sehr klein und dumm vor, wie ich so in meinem Nachthemd dastand und anklagend mit dem Finger auf andere zeigte.

»Darüber sprechen wir noch, mein Fräulein«, zischte Nanny Jane. Sie und der Doktor wandten sich ab und gingen die Treppe hinunter.

Du Dummkopf, Hen! Ich hatte alles falsch gemacht. Ich hatte die Selbstbeherrschung verloren. Ich hätte auf meine Gelegenheit warten sollen. Ich hätte allein mit

Nanny Jane reden müssen. Ich hätte ruhig und vernünftig sprechen sollen, wie eine Erwachsene … wie Robert es getan hätte.

»Zieh dich um, Henry!«, schrie Nanny Jane von der Diele zu mir hinauf. »*Sofort*, bitte!«

Aber ich wollte nicht. Ich huschte über den Flur und prüfte Mamas Tür. Wieder verschlossen. Meinen Schlüssel zu benutzen konnte ich nicht riskieren, solange Doktor Hardy hier war. Wenn ich erwischt würde, wären er und Nanny Jane endgültig überzeugt, dass ich gelogen hatte. Das durfte nicht passieren.

Ich versuchte mir zurechtzulegen, wie ich Nanny Jane meine Ängste am besten erklären könnte, doch alles, was mir einfiel, klang kindisch und hysterisch. Ich fragte mich, ob ich ihr von meiner Rumpelstilzchen-Vorstellung erzählen sollte – dass Mama keinesfalls gesund werden würde, solange sie in einer Kammer voll Stroh eingesperrt blieb. *Eine Kammer voll Stroh?* In meinem Kopf ging alles drunter und drüber …

Wie ich so mit vor Zorn und Verwirrung pochendem Herzen vor Mamas Zimmer stand, bemerkte ich, dass die niedrige Tür zum Dachboden nicht ganz geschlossen war. Ich stahl mich hindurch und stieg die Treppe hinauf.

Als ich mich oben auf das Bett setzte, strömten mir Tränen übers Gesicht. Ich ließ ihnen freien Lauf. Etwas Wildes, Unbändiges brach sich in mir Bahn, und ich hätte am liebsten ein Wutgeheul ausgestoßen. Ich ballte eine Hand zur Faust und boxte in die Matratze. Eine Staubwolke stob auf. Ich war so wütend auf mich, weil ich mich verplappert hatte, was Doktor Hardys Pläne für Piglet anging, und ich war so wütend auf Nanny Jane und den Doktor, dass sie mich als Verbrecherin hingestellt hatten, obwohl ich unschuldig war. Ich hatte Mamas Tür in der Nacht nicht aufgeschlossen – *oder doch?*

Da fiel mir etwas sehr Sonderbares auf. Der Dachboden hatte sich verändert. Von der Decke baumelte keine lange Spinnwebe mehr. Die Modellschiffe auf dem Wandregal standen nicht mehr an der alten Stelle. Ein Schiff mit einem abgeknickten Mast hatte es irgendwie auf das Nachtkästchen neben dem Bett verschlagen. Mir prickelte es im Nacken.

Ich stand auf und sah die Bücher am Fenster durch. *Moonfleet* war beim Titelblatt geöffnet, auf das jemand in unbeholfener Kinderschrift den Namen A. Young geschrieben hatte. *Heißt so der Junge, der hier einmal gewohnt hat?*, fragte ich mich und fuhr den Namenszug mit dem Finger nach. *Spielt er in diesen geheimnisvollen Vorkommnissen vielleicht auch eine Rolle?* Dann sah ich, dass alle Bücher wieder in alphabetischer Reihenfolge sortiert waren. *Jemand ist hier gewesen. Jemand ist in Hope House herumgeschlichen, während wir alle geschlafen haben.*

Auf einmal kam mir ein entsetzlicher Gedanke. Und

wenn es doch *ich* gewesen war? Vielleicht hatte ich tatsächlich mitten in der Nacht Mamas Tür aufgeschlossen und war über die geheime Treppe auf den Dachboden gegangen. Was, wenn Moth sich irrte und Doktor Hardy recht hatte und sich bei mir doch erste Symptome von irgendetwas zeigten?

Ich starrte durch das runde Fenster aufs Meer hinaus. Der Schlüssel zitterte auf meinem Brustbein.

21

Nach dem Mittagessen fragte Nanny Jane, ob ich mit ihr ins Dorf spazieren wolle. Sie gab sich steif und kühl, doch ich spürte, dass ihr unser Streit am Morgen leidtat. Also ging ich mit.

Schweigend stapften wir auf dem befestigten Streifen am Straßenrand dahin. Nanny Jane lief einige Schritte vor mir und ich bummelte hinterher, zupfte Grashalme aus und streifte die getrockneten Samen mit Daumen und Zeigefinger ab. Meine Gedanken kreisten unaufhörlich um die unerklärlicherweise aufgeschlossene Tür und die Modellschiffe, die über die staubigen Regale des Dachbodens segelten wie von Geisterhand bewegt …

Als wir einen Fluss überquerten, blieb ich auf der steinernen Brücke stehen und schaute in das seichte Wasser hinab. Die Wasserpflanzen waren so dick und verworren wie die Gedanken in meinem Kopf. Nanny Jane nahm mich zum ersten Mal mit nach Little Birdham, obwohl sie beinahe jeden Tag ins Dorf gegangen war, um Briefe zur Post zu bringen und Telegramme zu schicken. Ich dachte an Vaters Brief und seine Entscheidung, Piglet wegzugeben. Wie viele Entscheidungen, von denen ich nichts wusste, waren wohl noch getroffen worden?

Nanny Jane drehte sich zu mir um und runzelte in der grellen Sonne die Stirn. Sie machte schon den Mund auf, um mich zu rufen, kam dann aber wortlos zu mir auf die Brücke.

»Sie werden Piglet zu sich nehmen, nicht wahr?«, sagte ich leise, ohne den Blick vom Fluss zu lösen. »Doktor Hardy und seine Frau.«

Nanny Jane schwieg zunächst, doch dann sagte sie: »Ich bin darüber auch nicht glücklich, Henry. Ich kümmere mich um deine Schwester, seit sie auf der Welt ist.«

»Wieso dann das Ganze?«

»Deinem Vater erscheint es sinnvoll. Damit ich deiner Mutter mehr Zeit widmen kann …«

»Wessen Idee war es denn?«, unterbrach ich sie. »War es Vaters Idee oder Doktor Hardys?«

Nanny Jane druckste herum. »Ich glaube … Ich glaube, Doktor Hardy hat es zuerst vorgeschlagen. Aber dein Vater vertraut ihm voll und ganz.«

»Ich aber nicht«, blaffte ich.

Nanny Jane seufzte. Sie seufzte viel in letzter Zeit.

»Es ist ja nicht für immer, Henry – nur für eine Weile. Bis deine Mama wieder gesund ist.«

»Aber vielleicht wird sie nie wieder gesund«, murmelte ich und kam mir vor wie eine Fünfjährige. »Ich glaube nicht, dass sie *jemals* gesund wird, wenn sie mit Medikamenten ruhiggestellt und ganz allein in einem Zimmer eingesperrt wird.«

»Henry, bitte …«

»Und Mrs Hardy kann sich unmöglich um Piglet kümmern – sie ist schrecklich. Sie ist eine schreckliche, grobe, alte … *Echse.*«

Nanny Janes Nasenflügel bebten und sie biss sich auf die Lippe, als müsste sie sich ein Schmunzeln verkneifen.

»Auch wenn Mrs Hardy dir nicht unbedingt sympathisch ist, und mir vielleicht ebenso wenig«, sagte sie schließlich, »wird sie deiner Schwester ganz sicher eine hervorragende Ziehmutter sein.«

»Aber *ich* kann mich doch um sie kümmern«, beharrte ich. »Ich werde mehr mithelfen, versprochen.«

»Ich glaube nicht, dass das eine gute Idee ist, Henry«, sagte Nanny Jane. Sie schien ihre Worte jetzt vorsichtig abzuwägen. »Doktor Hardy bereitet Sorge, wie sich die Krankheit deiner Mutter auf dich auswirkt.«

»Was soll das heißen? Sie wirkt sich nicht auf mich aus«, protestierte ich verwirrt.

»Er macht sich Sorgen um dich, und er hält es nicht für förderlich …«, sie setzte neu an, »er denkt, das Baby ist zurzeit bei uns nicht sicher.«

»Nicht förderlich?« Die Worte blieben mir fast im Hals stecken. *»Nicht sicher?«*

»Henry, es tut mir leid«, sagte sie tröstend. »Die Situation ist für uns alle schlimm. Bitte versuch Fassung zu bewahren. Bitte versuch zu verstehen, dass dein Vater nur handelt, wie er es unter den gegebenen Umständen für das Beste hält.«

Meine Hände zitterten auf dem Brückengeländer.

»Nanny Jane, was ist Helldon?« Meine Stimme klang sehr, sehr dünn.

Nanny Jane riss den Kopf zu mir herum. »Woher weißt du von …« Doch dann holte sie tief Luft und schlug einen anderen Ton an. »Mach dir darum keine Sorgen, Henry«, sagte sie. »Niemand geht nach Helldon.«

»Aber was *ist* es denn?«

Nanny Jane strich mir das Haar hinters Ohr. »Komm weiter«, sagte sie munter. Dann kramte sie in ihrer Geldbörse, angelte eine Münze heraus und drückte sie mir in die Hand. »Wir bummeln eine Runde durch die Geschäfte. Du kannst dir etwas Süßes kaufen, wenn du möchtest.« Und sie ging weiter.

Little Birdham war ein kleines, in T-Form angeordnetes Dorf, um das sich der Fluss schlängelte wie der Schwanz einer schlafenden Katze. Vor uns standen zwei adrette, weiß getünchte kleine Gebäude – das Postamt und der Dorfladen. Nanny Jane sagte, sie wolle Briefe aufgeben und ein Telegramm schicken und müsse danach noch einige Einkäufe erledigen. Ich solle sie in einer halben Stunde wieder an der Brücke treffen; in der Zwischenzeit könne ich das Dorf auf eigene Faust erkunden.

Eine halbe Stunde … In meinem Kopf ging ein Plan herum, der langsam Gestalt annahm, wie feuchter Ton auf einer Töpferscheibe.

Ich marschierte geradewegs am Dorfladen vorbei. Die bunten Bonbongläser im Schaufenster lachten mich an, doch ich widerstand der Versuchung. Ich hatte heute keine Zeit für Naschereien. Ich passierte eine Metzgerei, einen Gemüseladen und eine Bäckerei, aber obwohl ich der Hauptstraße bis zu ihrem Ende folgte, fand ich nicht, was ich suchte.

An einer Kreuzung blieb ich stehen, unschlüssig, welche Richtung ich einschlagen sollte. Die Straße zu meiner Linken schien zu einem begrünten Platz zu führen. Dort musste Doktor Hardys Praxis liegen, dachte ich. In der anderen Richtung sah ich die auf einem Hügel gelegene Kirche und einige Reihenhäuser. Auf einem weißen Schild stand HAWKHAM. *Den Hügel hoch nach Hawkham oder zur Grünfläche?*

»Ist alles in Ordnung, Liebes?«, fragte eine ältere Dame mit Strohhut.

»Ja, danke«, sagte ich höflich lächelnd und wandte mich nach links. Nach wenigen Schritten hielt ich inne.

Die Tür vor mir war hellgelb gestrichen und hatte

einen Klopfer in Gestalt eines Löwenkopfes. Auf einem Messingschild prangte die Aufschrift SOLOMON & PICKERSGILL, ANWALTSKANZLEI. Danach hatte ich gesucht: die Kanzlei des Advokaten, zu dem Mrs Berry den hinkenden Mann – Doktor Chilvers – geschickt hatte. Das war meine Gelegenheit, in Erfahrung zu bringen, wer dieser Mann war und warum er in Hope House herumschnüffelte.

Ich pochte an die Tür. Schon beim ersten Klopfen schwang sie auf und gab den Blick auf eine elegant gekleidete junge Frau hinter einem Schreibtisch frei. Der Vorraum war ruhig und roch ein bisschen wie eine Bibliothek – nach Papier, Registern und staubigen Teppichen.

»Ist Mr Pickersgill zu sprechen, bitte?«, fragte ich und versuchte, mich so groß wie möglich zu machen. Ich hoffte, dass ich nicht zu sehr wie eine Vogelscheuche aussah, wie sonst meistens.

Die Sekretärin lächelte, sodass sie Grübchen in den Wangen bekam. Ich konnte nicht erkennen, ob sie belustigt oder einfach nur freundlich war. »Ich werde gleich nachsehen, Miss«, sagte sie. »Welchen Namen soll ich ihm nennen, bitte?«

»Henrietta Abbott«, sagte ich. »Wir wohnen in Hope House.«

Sie zog kurz den großen Tischkalender neben sich zurate und verschwand im Hausflur.

Während ich wartete, trat ich von einem Fuß auf den anderen. Unter dem abgewetzten Teppich knarzten die Dielen. Ein Automobil fuhr die Straße entlang, dann kam das Klipperdiklapp eines Pferdewagens. Wie viel Zeit war vergangen, seit ich mich von Nanny Jane verabschiedet hatte? Zehn Minuten vielleicht? Ich musste schnell sein.

Ich hörte gedämpfte Stimmen, dann schloss sich leise eine Tür. Ich rechnete mit einem höflichen »Vielleicht könnten Sie ein andermal wiederkommen« oder »Kann ich etwas ausrichten?«, doch als die junge Dame wieder auftauchte, wies sie in den Flur hinter sich. »Erste Tür rechts«, sagte sie und wandte sich wieder dem Brief zu, den sie gerade tippte. »Und Vorsicht, Stufe.«

22

Mr Pickersgill sah das Bücherregal neben seinem Schreibtisch durch; seine Hände bewegten sich über die Bücher und Ordner, als lese er mit den Fingerspitzen. Er war ein großer, hagerer Mann in einem verknitterten grauen Anzug mit zu kurzen Ärmeln und Hosenbeinen, was ihn aussehen ließ wie einen hoch aufgeschossenen Schuljungen.

Endlich fand er, was er suchte: »Aha!«, rief er und drehte sich zu mir um. Auf seinem Gesicht breitete sich ein herzliches Lächeln aus. Seine Augen funkelten hinter einer runden Brille.

»Miss Henrietta Abbott«, sagte er und reichte mir über den Tisch seine große, sommersprossige Hand. »Truman Pickersgill. Guten Tag.«

»Guten Tag«, erwiderte ich und fragte mich, was Erwachsene in solch einer Situation wohl sagen würden. »Es freut mich sehr, Sie kennenzulernen, Mr Pickersgill.«

Er lächelte wieder und deutete auf einen verschlissenen alten Sessel. Ich setzte mich.

Eine Verlegenheitspause trat ein, in der mir klar wurde, dass ich als diejenige, die um ein Gespräch gebeten hatte, vermutlich als Erste sprechen sollte.

»Herrliches Wetter haben wir heute«, sagte ich.

»Und ob«, pflichtete er mir immer noch lächelnd bei, »ich muss gestehen, die Versuchung ist groß, das Büro früher zu schließen und den Nachmittag müßig im Garten zu verbringen. Sagen Sie, womit kann ich zu Diensten sein? In Hope House steht hoffentlich alles zum Besten?«

»Oh ja«, sagte ich. »Es gefällt mir sehr gut.«

»Gut. Gut … Sie wissen ja vielleicht, dass Mrs Berry, Ihre Köchin, mir gelegentlich im Haus hilft«, fuhr er fort. »Sie hat mir ein wenig von Ihnen erzählt.«

Ich fragte mich, was sie gesagt haben mochte. Die Besorgnis musste mir anzusehen gewesen sein, denn er fügte rasch hinzu: »Dass Sie ihr in der Küche eine wertvolle Hilfe sind und dergleichen … Eine fleißige Bäckerin sind Sie, wie ich höre.«

Ich nickte und holte tief Luft. »Mrs Berry hat nicht zufällig einen fremden Herrn erwähnt, der in Hope House vorgesprochen hat?«

»Das nicht, aber ich glaube, ich weiß, welchen Herrn Sie meinen. Er hat mir heute Morgen einen Besuch abgestattet.«

»Hat er beim Gehen ein Bein nachgezogen?«

»Ja.«

Mein Herz pochte. »Er war schon zweimal bei uns an der Tür, und am Strand habe ich ihn auch gesehen«, sagte ich. »Er stellt sehr viele Fragen.«

»Ja«, sagte Mr Pickersgill. »Ja, in der Tat.« Mir fiel auf, dass sein Lächeln sich verändert hatte. Es wirkte nun ernster.

»Darf ich fragen, wer er ist, bitte, und was genau er will?«

Er ist Doktor Chilvers, raunte mir mein Kopf grausam zu. *Vielleicht muss er eine anwaltliche Genehmigung einholen, um mich wegsperren zu lassen.*

Mr Pickersgill legte die Fingerspitzen aneinander und hielt sie an den Mund. Dann schien er einen Entschluss gefasst zu haben. »Bedaure vielmals, Miss Abbott, aber es steht mir nicht zu, darüber Auskunft zu geben.«

»Hat es mit mir zu tun?«, fiel ich ihm ins Wort. Ich merkte, dass meine Stimme zitterte.

Mr Pickersgill blickte mich seltsam an. »Nein«, sagte er. »Nein, mit Ihnen hat es nichts zu tun, Miss Abbott.«

Ich studierte seine Miene. *Lügt er?*

»Näheres kann ich Ihnen leider nicht sagen, nur dass es um die Familie geht, der Hope House gehört. Die Familie Young. Der Herr möchte Kontakt zu den noch lebenden Familienmitgliedern aufnehmen.«

Die Familie Young? Ich dachte sofort an den Dachboden – den Namen A. Young auf der Innenseite von *Moonfleet. Aber was hat das mit Doktor Chilvers zu tun?*

»Ich habe den Mietvertrag über Hope House mit Ihrem Vater im Auftrag der Familie Young abgeschlossen«, fuhr Mr Pickersgill fort. Er tippte sich ein paarmal auf die Brust, bevor er weitersprach. »Ich wickle alle Angelegenheiten rund um das Anwesen für sie ab, wissen Sie. Jedenfalls seit meiner Rückkehr aus dem Krieg. Während meiner Abwesenheit hat mein Partner die Geschäfte für mich übernommen. In den letzten Jahren wurde Hope House an Schriftsteller, pensionierte Ehepaare und Familien wie die Ihre vermietet. Einmal hat die katholische Kirche Interesse daran bekundet, es in ein Kloster umzuwandeln, aber …«

»Aber was?«

»Leider blieb niemand länger dort wohnen.«

»Warum nicht?«

Mr Pickersgill hob die Schultern.

»Vielleicht spukt es dort«, sagte ich und dachte an die Bücher und Schiffe, die auf dem staubigen Dachboden verrückt worden waren.

Eine Pause trat ein. »Unfug«, sagte Mr Pickersgill mit einem sonderbaren Lachen.

»Gab es denn einen kleinen Jungen?«

»Verzeihung?«

»Die Familie Young – hatte sie einen kleinen Jungen?«

»Ja«, sagte er nach kurzem Zögern. »Ja. Alfred.«

Alfred, dachte ich. *A. Young.*

»Offen gestanden ist er …« Mr Pickersgill besann sich. »Offen gestanden sollte ich mich nun wieder meiner Arbeit zuwenden, Miss Abbott. Es war mir ein Vergnügen, Sie kennenzulernen. Auf Wiedersehen.«

Während ich durch das Dorf zu dem vereinbarten Treffpunkt zurücklief, nahm ich einen seltsamen Druck um mich herum wahr – als liege Regen in der Luft. Den gleichen Druck verspürte ich in meinem Kopf. Eine Gewitterwolke ballte sich in mir zusammen, schwoll an und drohte zu platzen. Ich dachte an Piglet und Mama und Moth, an Robert, an John Keats und an einen kleinen Jungen namens Alfred. Ich hatte das Gefühl, das Gewicht all dieser Seelen auf mir zu spüren.

Offensichtlich war nicht jeder bereit, Doktor Hardys Anweisungen blind zu folgen. Am selben Nachmittag, als Nanny Jane gerade im Garten war, rief mich Mrs Berry mit leiser Stimme in Mamas Zimmer.

»Versuchen Sie doch mal, sie zu ein paar Löffeln Suppe zu überreden«, flüsterte sie.

Mama saß aufrecht im Bett. Ihre Lider waren geschwollen und schwer, und als ich ins Zimmer kam, lächelte sie langsam und schläfrig.

»Hen«, hauchte sie. Ich setzte mich neben sie und

streichelte ihre Hand. »Du hast mir gefehlt«, sagte sie. »Wo warst du?«

»Auf Erkundung«, sagte ich. »Ich habe das Dorf und das Haus und Nightingale Wood erkundet.«

»Nightingale Wood«, sagte sie versonnen.

Ich schaffte es, ihr einige Löffel Suppe einzuflößen, bevor ihr die Augen zufielen. Es sah aus, als kämpfe sie gegen den Schlaf an, doch er war stärker als sie. *Doktor Hardys Pillen*, dachte ich. *Sie will mit mir reden, aber die Pillen machen sie zu müde.* Ich erinnerte mich an Moths Worte – »ein Gefängnis in einem Gefängnis« …

Mrs Berry und ich halfen Mama beim Hinlegen. Ich zog die weiße Tagesdecke um sie fest.

Mrs Berry räumte ab. Dann sah sie auf die Uhr.

»Würden Sie bitte dafür sorgen, Miss, dass Ihre Mutter diese Pillen mit etwas Wasser einnimmt?«, sagte sie und drückte mir zwei runde gelbe Pillen in die Hand. Dann ging sie mit dem Suppenteller hinaus.

Ich starrte die gelben Pillen auf meiner flachen Hand an. Ich schaute zu Mama hinüber, die wie eine Porzellanpuppe schlief. Ich streichelte ihr übers Haar und sang ihr Moths fremdes Lied vor: »Schlaf, o schlaf ein wenig, weiße Perle …« Mama lächelte und murmelte etwas in sich hinein.

Als ich Nanny Janes Stimme in der Diele vernahm, verließ ich das Zimmer, die Hand fest um die Pillen geschlossen.

23

In dieser Nacht war die Luft schwül und gewittergeladen. Ich wälzte mich im Bett hin und her und verhedderte mich in den Laken, während ich rastlos nach einer kühlen Stelle auf meinem Kissen suchte. Als ich endlich doch einschlief, träumte mir, dass Doktor Hardys riesenhafte Gestalt durch das Schlafzimmerfenster zu mir hereinlugte, als wäre ich eine Puppe in einem Puppenhaus. Sein feuchtes, glitzerndes Auge war so groß wie eine Bratenplatte. »Der Mann im Haus?«, dröhnte der Riesendoktor. »Du bist nicht der Mann im Haus! Du bist nur ein dummes kleines Mädchen!« Er langte durch das Fenster und versuchte, mich mit seinen lila Wurstfingern aus dem Bett zu angeln. Ich rannte auf den Flur hinaus und sah, dass Hope House in Flammen stand, und dann wurde ich von meinem eigenen Schrei wach.

Später – es musste nach Mitternacht gewesen sein – wurde ich wieder aus dem Schlaf gerissen. Schritte trap pelten über den Flur und die Treppe hinauf und hinab.

Was ging da vor sich? Die Albträume geisterten mir noch im Kopf herum, als ich meine Zimmertür öffnete und das ganze Haus hell erleuchtet fand. Vor mir stand Nanny Jane in einem langen blauen Morgenmantel, mit angstgeweitetem Blick.

»Geh bitte zurück ins Bett, Henrietta«, wisperte sie, als sie mich sah.

»Was ist los?«, fragte ich.

»Geh bitte einfach zurück ins Bett.« Diesmal klang es eindringlicher.

Ich spähte an ihr vorbei den Flur hinunter und sah die Tür zu Mamas Zimmer weit offen stehen. »Wo ist Mama?«, fragte ich.

Nanny Jane wandte mir das Gesicht zu. »Ich suche sie gerade«, sagte sie. »Sie ist offenbar ... aus ihrem Zimmer geflohen ... Ich habe den Doktor gerufen. Es ist alles in Ordnung, Henry. Aber du musst dich jetzt sofort wieder hinlegen.«

Da begann Piglet in ihrem Bettchen zu jammern. Nanny Jane schloss kurz die Augen und kniff die Lippen zusammen. Sie wandte sich schnell zur Babystube um. »*Bitte*, Henry«, sagte sie, »du gehst jetzt wieder ins Bett.« Und sie verschwand in Piglets Zimmer. Ich hörte, wie sie das Baby zu beruhigen und zu trösten versuchte.

Nanny Janes Panik war ansteckend. *Wo ist Mama?*

Ich lauschte, wie ich es von Moth gelernt hatte, auf die Dinge, die man nicht hören kann. Mein Atem wurde langsamer. Ich hörte Wasser in den Leitungen gurgeln, das Haus traurig seufzen und den Mond durch die Nacht segeln. Irgendetwas sagte mir, dass Mama nicht unten im Erdgeschoss war, und Nanny Jane hatte sicher schon in allen Schlafzimmern und Bädern nachgesehen. Auf Zehenspitzen huschte ich zu der Geheimtür und zwängte mich hindurch.

Es dauerte einen Moment, bis meine Augen sich an das Dämmerlicht auf der staubigen Stiege gewöhnt hatten. Ich tappte die Stufen hoch, schaute auf und stockte. Das runde Fenster vor mir war von unzähligen Sternen erleuchtet: Es sah aus wie der riesige Sternenglobus eines Astronomen, den ein magisches Licht von innen erhellte. Und vor dem Fenster, in den Anblick des Meers versunken, stand ein Mensch. Ein Mensch in einem mondweißen Nachtkleid, die Arme ausgestreckt und die bleichen Finger wie Seesterne gespreizt. Es war Mama.

Ich trat näher, doch sie bemerkte mich zunächst nicht. Ihr Blick folgte wie gebannt einem Lichtstrahl, der eine zitternde Bahn auf das schwarze Meer warf. Der Leuchtturm. Sie betrachtete das Licht, das über die Wellen hin und her wanderte.

»Mama«, flüsterte ich. Ich wollte sie nicht erschrecken.

Da wandte sie sich zu mir um. Sie war wach – so wach, wie sie seit Wochen nicht gewesen war –, doch ihr Blick war immer noch glasig und verwirrt.

»Wir müssen dieses Zimmer aufräumen, Hen«, wisperte sie hilflos. »Es ist meine Schuld – ich habe hundert Jahre geschlafen … Wir müssen seine Spielsachen wegräumen.«

Sie meinte Robert. Sie dachte, die Sachen gehörten Robert. Sie taumelte auf das Bett zu und nahm das Modellschiff mit dem gebrochenen Mast in die Hand. Sie versuchte, ihn aufzurichten. Sie schluchzte. Ich sah, dass sich eine Spinnwebe in ihrem Haar verfangen hatte.

»Warte, ich helfe dir, Mama«, sagte ich.

Ich nahm ihr das Schiff ganz sachte ab und wischte mit dem Saum meines Nachthemds den Staub weg. Dann stellte ich es zurück auf das Wandregal neben die anderen Schiffe der Geisterflotte. Wir setzten uns auf das Bett und ich zupfte ihr die Spinnwebe aus dem Haar. Sie lächelte unter Tränen. Ich konnte nicht erkennen, ob sie mich wirklich sah. Unwillkürlich schmiegte ich den Kopf an ihren Hals und umarmte sie. Eine Sekunde lang saß sie ganz still da, dann legte sie langsam die Arme um mich. Tränen liefen über meinen und auch über ihren Hals. Ich spürte nasses Haar an meiner Wange und wusste nicht, ob es meines oder ihres war. Sie hielt mich ganz fest, und ich klammerte mich an sie. An dem kreisrunden Fenster zogen die Sterne vorbei.

Ich weiß nicht, wie lang wir so dasaßen, doch nach einer Weile hörte ich Nanny Janes Stimme unten auf dem

Flur: »Henry! Du lieber Gott …« Ihre Schritte flogen in panischer Eile die Treppe zur Diele hinunter. Ich dachte an mein Zimmer: das Bett leer, wie Mamas, und die Tür sperrangelweit offen. Arme Nanny Jane … Ich musste Mama ins Bett zurückbringen. Ich stand auf und half ihr hoch. Wir schafften es die enge Treppe hinunter bis in ihr Zimmer. Ich hielt sie untergehakt. Wie dünn sie sich anfühlte, wie leicht und zerbrechlich – wie ein Vogel.

Ich erinnerte mich, was Moth über die Dinge gesagt hatte, die Mama vielleicht trösten könnten – kleine Quäntchen Leben, die Licht ins Dunkel brachten. Und so sprach ich leise mit ihr, während ich ihr das Gesicht trocknete und wie ein paar Stunden zuvor die weiße Decke um sie feststopfte. Ich erzählte ihr von Moth und der Nachtigall, die sang, wenn Moth nach ihr pfiff, und dem Buch mit den Gedichten von John Keats. Meine Stimme schien sie zu beruhigen, also redete ich weiter. Sobald sie etwas zu Kräften gekommen sei, erzählte ich ihr, würde ich sie zu Moths Wohnwagen im Wald mitnehmen, und die Nachtigall werde dort für uns beide singen. Ich beschrieb ihr Moth, wie sie am Feuer saß – wie eine vergessene Märchenprinzessin – mit ihrem weisen, wilden Blick und dem bleichen Gesicht …

»Na, dieser Unsinn wird aber niemandem helfen.«

Doktor Hardy. Er füllte den Türrahmen aus wie ein lauernder Unhold mit prallem Wanst und praller Tasche. Wie lange hatte er schon so dagestanden und uns belauscht? Er öffnete seine Arzttasche und holte ein Fläschchen mit einer Flüssigkeit und eine Spritze hervor.

24

»Es ist *keine* gute Idee, kleines Fräulein«, fuhr Doktor Hardy fort, während er die Spritze aufzog, »Mamis Kopf mit solchem Humbug zu füllen.« Er fühlte Mama den Puls und schüttelte an Nanny Jane gewandt den Kopf. Sie war eben aufgetaucht und hatte Doktor Hardys Platz an der Schwelle eingenommen.

»Wo warst du, Henry?«, fragte sie. »Hast du etwa schon wieder Mamas Tür aufgeschlossen?«

»Nein, Nanny Jane, ich war es nicht, ehrlich …«

»Und wo um alles in der Welt …«

»Miss Button!«, unterbrach der Doktor sie. »Mrs Abbott braucht Ruhe. Strenge Bettruhe. Man darf sie nicht einfach so herumgehen lassen.« Er schüttelte wieder den Kopf. »Wie ihr Puls rast!« Er beugte sich noch einmal über seine Tasche und wühlte darin herum. Ich spürte meinen Puls ebenfalls rasen. Ich setzte mich ans Bett und hielt Mamas Hand. Sie sah mich an, und ihr Blick war klar und fest. Dann sprach sie.

»Meine Nachtigall«, flüsterte sie.

Der Doktor und Nanny Jane schauten Mama irritiert an.

»Sie deliriert«, sagte Doktor Hardy mit gesenkter Stimme zu Nanny Jane. »Manche Patienten bekommen von den Pillen Halluzinationen.«

Nanny Jane bugsierte mich hinaus auf den Flur, als sei ich eine unartige Katze, und schloss die Tür. Ich presste sofort mein Ohr daran. »Ich werde es mit einem stärkeren Sedativum versuchen«, sagte der Doktor. »Ihre Hysterie nimmt psychotische Züge an, Miss Button. Ich fürchte, wir werden sehr bald zu anderen Behandlungsmethoden greifen müssen. Doktor Chilvers ist sehr daran gelegen, mit der experimentellen Therapie zu beginnen.«

Welche experimentelle Therapie? Was werden sie Mama antun?

»Können wir das morgen besprechen, Doktor Hardy?«, erwiderte Nanny Jane. Sie klang müde und sorgenvoll. »Es war eine recht lange Nacht.«

Sie fand kein Gehör. »Wir sollten die nötigen Schritte so rasch wie möglich einleiten. In der Zwischenzeit werden Sie *sie* da von ihr fernhalten müssen …« *Sie da? Meint er mich?* »Dass sie ihrer Mutter solches Zeug erzählt, wird ihre Genesung nicht fördern, sondern sie nur noch wirrer machen. Sobald ich Nachricht aus Helldon habe, werde ich herkommen, um die Verlegung zu arrangieren. Einstweilen bitte absolute Ruhe und Isolation. Halten Sie um Himmels willen die Tür verschlossen, Miss Button.«

Ich wich von der Tür zurück, als seine schweren Schritte näher kamen, schaffte es aber nicht mehr rechtzeitig in mein Zimmer. Er schenkte mir ohnehin keine Beachtung, polterte über Flur und Treppe wie eine Dampfwalze im Tweedanzug und ging hinaus zu seinem Automobil.

Nanny Jane verließ Mamas Zimmer und schloss die Tür ab. *Helldon,* hatte der Doktor gesagt. *Helldon!* Aber Nanny Jane hatte doch versprochen … Ich wartete auf eine Erklärung, doch sie wirkte zu erschöpft, um darüber zu sprechen. »Komm mit, Henry«, murmelte sie. »Ab ins Bett mit dir. Morgen früh geht es deiner Mutter bestimmt besser. Der Doktor weiß, was er tut.« Es klang seltsam beschwörend, wie ein Gebet.

»Du lässt aber nicht zu, dass sie Mama wegschicken, oder, Nanny Jane? Das lässt du sie doch nicht machen? Du hast gesagt, niemand geht nach Helldon …«

»Psst, Henry«, flüsterte sie. »Sonst weckst du noch das Baby auf oder deine Mama.« Und sie schob mich in mein Zimmer. »Was würde dein Vater wohl sagen, wenn er wüsste, dass du um diese nachtschlafende Zeit auf bist?«

Was würde Vater sagen? Ach, wie ich mir wünschte, er wäre hier, um alles in Ordnung zu bringen … Ich stieg in mein Bett und vergrub das Gesicht im Kissen. Vielleicht müsste ich nur fest genug an Vater denken, von ganzem Herzen und so lebhaft ich nur konnte, damit er mich hörte und davon herbeigezaubert würde. Es gelang mir, seine Stimme heraufzubeschwören. Nichts als seine Stimme. Er saß im Sessel am Fenster und las mir vor. Einmal, als wir noch ganz klein waren, hatte Vater Robert und mir das *Dschungelbuch* vorgelesen, und seither hatte ich es so oft gelesen, dass ich es beinahe auswendig konnte. Vater las die Stelle in der Geschichte, wo Mutter Wolf das Baby Mogli vor dem Tiger Shir Khan rettet – *und ihre Augen starrten wie zwei grüne Mondsicheln in der Dunkelheit auf die beiden lohenden Lichter im gewaltigen Kopfe Shir Khans. »Und ich, Raschka, der Dämon, bins, der jetzt spricht … Das Menschenjunge gehört mir, du lahmer Langri – und mein wird es bleiben. Es soll nicht getötet werden! Es soll leben, um mit dem Pack zu rennen und zu jagen, und zuletzt – und sieh dich vor, du großer Jäger kleiner nackter Jungen, du alter Paddenfresser, du Fischfänger! – sieh dich vor, denn zuletzt, ganz zuletzt soll es dich hetzen, unser kleines Menschenjunges, ja, und soll dir das Fell über die Katzenohren ziehen!«*

Ich sah vor mir, wie die Wölfin und der Tiger sich mit hochgezogenen Lefzen und zum Sprung geduckten Körpern anknurrten. Ich spürte die trockene Hitze der Nacht, roch den fremdartigen Geruch der Höhle – die tierischen Ausdünstungen von feuchtem Fell und getrocknetem Knochenmark, den scharfzahnigen Atem von Kreaturen, die sich vom Fleisch anderer ernähren. Ich fühlte die auflodernde Kraft von Raschkas Zorn – den Ingrimm einer Mutter, die bereit ist, zu töten oder zu sterben, um ihre Jungen zu beschützen.

Im Halbschlaf spürte ich, wie sich meine Kehle schmerzlich zusammenzog. *Könnte ich doch nur Mama und die kleine Piglet ebenso beschützen …*

Ich wurde früh wach. Ich wusste genau, was ich zu tun hatte.

Noch im Nachthemd huschte ich die Treppe hinunter in Vaters Arbeitszimmer. Es war kalt und dunkel. Ich zog die Vorhänge auf, und safrangelbes Licht strömte herein.

Ich setzte mich an den Schreibtisch, nahm einen Füllfederhalter und ein Blatt Schreibpapier und begann einen Brief an Vater. Mir war der Gedanke gekommen, dass ich seine Adresse in Italien vielleicht auf einem der Umschläge in Nanny Janes Zimmer finden könnte.

Lieber Vater,
ich hoffe, es geht Dir gut und Deine Arbeit kommt voran. Mir geht es auch recht gut. Allerdings bedrücken mich gerade einige Sorgen.

War das das richtige Wort – »bedrücken«? Ich wollte ihn wissen lassen, dass hier in Hope House ungute Dinge vor sich gingen, aber er sollte nicht den Eindruck haben, dass ich zu hysterisch darauf reagierte. Ich musste meine Worte so wählen, dass er sie ernst nahm.

Ich habe erfahren, dass Piglet zu den Hardys in Pflege gegeben werden soll. Das ist natürlich sehr freundlich von ihnen, aber mir scheint es nicht nötig und auch nicht das Beste für Piglet zu sein – für uns alle nicht. Außerdem spricht Doktor Hardy von Helldon (ist das eine Art Krankenhaus? Sie wollen es mir nicht sagen) und einer experimentellen Therapie für Mama. Sicherlich weißt Du über all das Bescheid, aber mir schien es dringend geraten [das war ein guter, erwachsener Ausdruck], Dich wissen zu lassen, dass ich mir große Sorgen mache. Ich vertraue Doktor Hardy nicht und seiner Frau auch nicht. Nanny Jane gibt ihr Bestes, aber sie ist einfach nicht …

Da knarrte eine Diele hinter mir.

»Möchtest du, dass ich diesen Brief für dich aufgebe, Henry?«, fragte Nanny Jane. Sie schaute mir über die Schulter, und ihr Blick war kalt.

»Nein, danke, Nanny Jane«, sagte ich mit einem fröhlichen Lächeln und bemühte mich, den Brief mit dem Arm zu überdecken.

»Den nehme ich mal lieber an mich, meinst du nicht auch?«, sagte sie. Es war keine Frage.

Sie griff unter meinen Arm, zog den Brief hervor und überflog ihn. Ihre Augen bewegten sich so schnell hin und her wie die Walze einer Schreibmaschine. Mir wurde siedend heiß. Mich beschämte nicht nur, was ich gerade über sie hatte schreiben wollen, sondern auch mein gekünstelt erwachsener Ton und dass ich mich als Lauscherin, Briefaufdampferin und falsche Schlange verraten hatte. Nanny Jane faltete den Brief in der Mitte und steckte ihn in ihre Schürzentasche.

»Wir brauchen deinem Vater nicht unnötig Sorgen zu bereiten, Henry«, sagte sie. »Er hat wirklich schon genug um die Ohren.«

Ich nickte dümmlich.

»Vielleicht könntest du ihm von etwas anderem erzählen …« Sie brach ab, als Reifen knirschend in die Auffahrt rollten. »Das werden die Hardys sein«, sagte sie. »Du bleibst bitte solang hier drin, Henry. Du kannst die Zeit dazu nutzen, darüber nachzudenken, was du deinem Vater Schönes schreiben möchtest.«

Sie ging hinaus und zog die Tür recht energisch hinter sich zu.

Etwas Schönes? Was könnte ich da bloß schreiben? Ich musste Vater erzählen, wie düster und furchterregend es hier in Hope House zuging. Doch Nanny Jane würde jedes Wort, das ich schrieb, überprüfen. Nie und nimmer könnte ich Piglet oder Mama oder Doktor Hardy erwähnen, ohne dass sie den Brief zerriss und von mir verlangte, ihn noch einmal neu zu schreiben. Nanny Jane fühlte sich von mir verraten. Nun, sie hatte mir versprochen, dass niemand nach Helldon ginge. Sie hatte mich auch verraten.

Wie in Trance saß ich da und starrte ratlos auf das leere weiße Blatt vor mir. Ich dachte an Blizzards, an Schneeblindheit … Dann griff meine Hand zum Federhalter und begann wieder zu schreiben. Doch diesmal schrieb ich keinen Brief, sondern eine Geschichte – ein Märchen von einer Königin, die von einem bösen Kobold namens Verzweiflung gefangen worden war. Es gab eine Hexe in meinem Märchen, eine Motte, und eine Nachtigall, die vom Gipfel des Unmöglichen Bergs herab sang … Ich sah mir an, was ich geschrieben hatte, und vergrub das Gesicht in den Händen. Mir fiel ein, was Vater am Vorabend seiner Abreise zu mir gesagt hatte: »Du bist allmählich zu alt für Märchen, Henry.« Was konnten Geschichten schon ausrichten? Geschichten nützten überhaupt nichts.

25

Aus dem Salon drangen gedämpfte Stimmen.

»Erst letzten Monat stand wieder so ein Fall in der Zeitung«, sagte Mrs Hardy eben. Inzwischen klang selbst ihre Stimme in meinen Ohren nach einem Reptil, kehlig trocken und kaltblütig. »Eine neurotische Mutter – das arme Ding – war nach der Geburt ihrer Zwillinge so durcheinander, dass sie die beiden in der Badewanne ertränkte.« Sie schien sich geradezu an der Tragödie zu ergötzen. »Angesichts der Zustände in diesem Haushalt und der bedenklichen Verfassung der armen Mrs Abbott – mein Mann hat mir von ihrem Delirium berichtet –, angesichts dieser Umstände halte ich es für meine bescheidene Pflicht als Nachbarin und Christin, die kleine Roberta unter meine Fittiche zu nehmen.« Sie klang sehr zufrieden mit sich. Ich versuchte mir ihr Gesicht vorzustellen und fragte mich, ob sie Piglet wohl wieder so hungrig ansah wie neulich.

Da hörte ich Nanny Janes Stimme, leise und resigniert: »Nun, ich habe alle ihre Sachen in die Tasche gepackt, Mrs Hardy, und dazu Kleidung für eine Woche und ein paar Spielsachen und Bücher, die sie gernhat. Bitte lassen Sie mich wissen, wenn Sie sonst noch etwas brauchen. Im Großen und Ganzen ist sie sehr pflegeleicht.« Wie aufs Stichwort begann Piglet zu quengeln, als wolle sie Nanny Jane Lügen strafen. »Und bitte lassen Sie uns doch wissen, wie es ihr ergeht. Ihre Schwester ängstigt sich sehr deswegen und sie wird uns allen schrecklich fehlen …«

»Ihre Schwester – tja, das ist noch mal ein *ganz* anderer Fall«, sagte Mrs Hardy.

Möbel knarzten und ächzten, als man sich erhob. Ein Stuhl schabte über den Holzboden. Ich machte zwei, drei Sätze rückwärts in die Diele, als wäre ich soeben aus dem Arbeitszimmer gekommen und hätte nichts von der Unterhaltung gehört.

Die Tür öffnete sich, und da kamen sie angesegelt. Die riesenhaften Hardys, mit der für die Abfahrt eingemummten Piglet in Mrs Hardys Klammergriff, und dahinter Nanny Jane, die im Vergleich nahezu kindlich klein wirkte.

»Ah! Guten Morgen, Henrietta!«, sagte Mrs Hardy in der durchdringenden Tonlage einer kreischenden Möwe. Sie musterte mich von oben bis unten, und ich erschauerte unter ihrem kalten Blick. »Noch nicht gewaschen und angezogen? Na, na, na … diesen Schlendrian werden wir uns hoffentlich bald abgewöhnen, nicht wahr?«

Nein, werden wir nicht, danke vielmals … »Guten Morgen«, sagte ich bemüht höflich.

»Selbstverständlich können Sie Ihre Schwester jederzeit besuchen kommen, Miss Abbott«, dröhnte der Doktor. »Mrs Hardy und ich, wir entführen sie ja nicht, oder?« Und sie lachten beide herzhaft.

Mein Magen zog sich zusammen, und ich drängte die Zornestränen zurück, die mir in die Augen traten. Entschlossen ging ich auf Piglet zu, den Blick nur auf sie geheftet, als schwebte sie in der Luft und läge gar nicht in Mrs Hardys Armen.

»Tschüs, Piglet«, flüsterte ich und küsste sie auf die Stirn und die kleine Stupsnase. »Ich liebe dich und wir sehen uns sehr bald wieder, versprochen.«

Mrs Hardy nahm sie mit nach draußen zum Wagen.

Bevor er gehe, sagte der Doktor, werde er noch einmal nach Mama sehen und ihre Medikamente auffüllen. Um mich nicht im Weg zu haben, schickte mich Nanny Jane in die Babystube, ich solle dort aufräumen und das Bettzeug abziehen. Ich war nicht gern ungehorsam, doch mir blieb nichts anderes übrig. Sobald ich die Tür zu Mamas Zimmer zufallen hörte, huschte ich über den Flur hin. Ich musste wissen, was Nanny Jane und Doktor Hardy zu Mamas Behandlung besprachen.

Doch sie sprachen nicht über Mama. Sie sprachen über mich.

»Ich glaube nicht, dass sie lügt, Herr Doktor.«

»Dann müssen wir die Möglichkeit in Betracht ziehen, dass Henrietta im Schlaf umherwandelt und Türen aufschließt. So ganz sich selbst überlassen, die Mutter dem Wahnsinn anheimfallend, und nichts als Hirngespinste im Kopf – das ist einfach nicht gut für sie. Ihr Verhalten ist wirklich sehr merkwürdig, Miss Button. Sie tun es als lebhafte Fantasie ab – *ich* nenne es erblich bedingte Geisteskrankheit, und Doktor Chilvers sieht das ebenso. Sie entwickelt ganz eindeutig eine ernste Psychose, genau wie ihre Mutter …«

Nanny Jane schnitt ihm das Wort ab. »Ich bin mir sicher, dass dem nicht so ist, Herr Doktor. Sie ist ein kleines Mädchen, das vor Kurzem den Bruder verloren hat, weiter nichts. Ich werde sie im Auge behalten und darauf achten, dass …«

»Schließlich«, fuhr er fort, ohne Nanny Jane ausreden zu lassen, »gibt es ja abgesehen von dem Kind niemanden, der es getan haben könnte.«

»Nein«, sagte sie mit einem Seufzen.

»Und, Miss Button, haben Sie von Mr Abbott gehört?«

»Wir haben gestern telegrafiert.«

»Und er hat nichts zu der Einweisung nach Helldon gesagt?« Der Doktor machte eine Pause, bevor er weitersprach. »Ich fürchte, wir *müssen* die Entscheidung selbst in die Hand nehmen. Ihr Zustand hat sich in Mr Abbotts Abwesenheit dramatisch verschlechtert, wie wir gesehen haben.«

»*Eben«,* meinte ich Nanny Jane sagen zu hören. »Wenn wir nur *warten* könnten, bis …«

»Die Tragweite des Ganzen scheint ihm nicht klar zu sein. Miss Button, bitte versuchen Sie doch zu begreifen, dass chronische Fälle wie dieser zügig behandelt werden müssen.«

»Aber denken Sie denn nicht, sie will unbedingt, dass …«

»Was Mrs Abbott *will*, tut nichts zur Sache. Ich sage Ihnen, was sie *braucht*. Sie muss eingewiesen werden, damit sie angemessen behandelt werden kann: intensive Pyrotherapie, immersive Wassertherapie, wenn nötig ein operativer Eingriff … Doktor Chilvers ist ein Genie, ein Pionier auf seinem Gebiet. Mr Abbott sollte sich wahrlich geehrt fühlen, dass Chilvers Interesse am Fall seiner Frau bekundet hat.«

Pyrotherapie? Bedeutete *Pyro* nicht ›Feuer‹? Wie könnte man nach dem, was wir erlebt hatten, meiner Familie auch nur im Entferntesten mit Feuer helfen? Und was war immersive Wassertherapie? Ich dachte an den Tag am Strand und meine Panik, als das kalte Salzwasser mich nach unten gezogen hatte, in meine Nase, meine Ohren, meinen Mund geströmt war …

Ich bekam keine Luft mehr. Ich ging in die Babystube

und zog die Laken vom Bettchen, wie es mir aufgetragen worden war. Dort blieb ich und sog die süße, nach Baby duftende Luft ein, bis ich Doktor Hardys Automobil davonfahren hörte.

26

Als ich am Abend in mein Zimmer kam, ertappte ich Nanny Jane dabei, wie sie in meinen Kommodenschubladen wühlte.

»Kann ich helfen?«, fragte ich von der Schwelle aus. Sie fuhr zusammen und wurde hochrot im Gesicht.

»Ich suche …«

Ich wusste ganz genau, was sie suchte. »Einen Schlüssel? Ich habe es dir doch gesagt. Ich habe es geschworen. Ich wars nicht, Nanny Jane! Wirklich nicht!«

Sie schaute mich einen Moment lang an und beschloss, die Taktik zu ändern. Sie hielt den Gedichtband hoch. »Woher kommt denn das?«, fragte sie.

Ich hätte sagen sollen, dass das Buch Vater gehöre. Ich hätte lügen sollen, tat es aber nicht. Ich dachte nicht schnell genug nach. »Das habe ich von Moth«, sagte ich.

Sie sah mich an, als sei ich nun endgültig nicht mehr bei Trost. »Moth?«

»Ja, so heißt sie, Moth. Sie ist meine Freundin – eine

Frau, die … einer Hexe gleicht und im Wald lebt. Sie ist sehr liebenswürdig.«

Der Ausdruck, der über Nanny Janes Gesicht huschte, entging mir nicht.

»Sie ist echt«, sagte ich trotzig.

»Und diese Hexe hat dir ein Buch mit Gedichten geschenkt?«

»Ja. Ich mag Gedichte.«

»Darum geht es mir nicht, Henrietta.«

»Worum denn dann?«

Nanny Jane wedelte mit dem Buch in der Luft umher. »Hexen im Wald? Unterhaltungen mit imaginären Freunden? Ja, ich habe dich gesehen, Henry, ich habe dich reden hören …« Sie sah mich eindringlich an. »Sprichst du mit … mit Robert?«

Ich sagte nichts. Ich presste die Lippen aufeinander und funkelte sie wütend an. Auf keinen Fall wollte ich weinen.

»Henry, ich weiß, wie schwierig das alles für dich war und ist, wirklich, aber …« Sie atmete tief durch. »Doktor Hardy glaubt, dass du schlafwandelst. Er glaubt, dass du im Schlaf im Haus umhergehst und Türen aufschließt, ohne dass du dir dessen bewusst bist. Er glaubt, dass deine Fantasie überspannt ist und …«

»Ich bin *nicht* überspannt!«, empörte ich mich, merkte aber zu meinem Ärger, dass ich mich durchaus so anhörte.

»Soweit ich weiß, ist es nicht ungewöhnlich, imaginäre Freunde zu haben – oder ganz in einer Fantasiewelt zu leben – wenn die reale Welt so schwierig ist.«

»Das sind keine Fantasien!«, brüllte ich und wusste, noch während ich es aussprach, dass das gelogen war. Ich riss ihr den Gedichtband aus der Hand und steckte ihn in die Tasche meines Schürzenkleids. Jetzt brannten mir doch Tränen der Wut in den Augen. Ich fuhr herum und rannte die Treppe hinunter, durch die Küche und in den Garten hinaus. Ich hatte die Tür nicht aufgeschlossen, *ich war es nicht gewesen.* Nanny Jane vertraute mir nicht mehr – sie vertraute Doktor Hardy und beide glaubten, dass ich verrückt wurde.

Ich rannte weiter und immer weiter, durch den Garten, zwischen den Bäumen hindurch, bis ich tief im Wald war.

Unter einer mächtigen Eiche schnappte ich nach Luft und fluchte laut und weinte, bis mir alles wehtat und ich keine Tränen mehr hatte. Die Sonne ging allmählich unter, und im Halbdunkel des Waldes stieg eine kühle Feuchte aus der klammen Erde auf und kroch mir in die Knochen.

Ich blickte mich um. Dieser Teil des Waldes kam mir völlig unbekannt vor.

War denn Moths Lichtung irgendwo in der Nähe? Ich sog die Luft ein, roch aber keinen Rauch. Mir fiel wieder ein, welches Entsetzen mir der Geruch von Moths

Lagerfeuer am ersten Tag in Hope House eingejagt hatte. Wie beruhigend er jetzt wäre … Ich versuchte mich zu erinnern, welche Pfade ich auf dem Weg hierher genommen hatte, doch es war alles ein einziger undeutlicher Strom aus Baumstämmen und heißen Tränen. Ich lief langsam weiter und sah mich forschend um, ob ich irgendetwas wiedererkannte. Ich lauschte, wie Moth es mir beigebracht hatte, doch der Wald stand schwarz und schwieg. Auf einmal holten mich Nanny Janes Zweifel und Vorwürfe ein und stürzten sich wie Stechmücken auf mich.

Habe ich wirklich geschlafwandelt?, dachte ich. *Ist es möglich, dass ich nachts im Haus umhergegangen bin und auf dem Dachboden Gegenstände verrückt und Türen aufgeschlossen habe?*

Ich ging weiter. Ich schaute zu den ausgefransten Flicken klaren Himmels hinauf, überlegte mir, dass der rötlichste Schimmer im Westen liegen musste, und schlug die entgegengesetzte Richtung ein. Dort, so nahm ich an, ging es zum Meer und damit auch nach Hope House. Doch stattdessen kam ich am Rand eines lang gestreckten Feldes heraus. Es wirkte, als sei es seit Jahren nicht mehr bestellt worden; überall wucherten Gras und Wildblumen. Zwei Kaninchen sprangen auf und flohen auf ihren Bau zu; in der Dämmerung hoppelten ihre weißen Schwänzchen auf und ab. Am Feldesrand stand ein verfallenes altes Häuschen. Die Ziegel rutschten vom Steildach und die Fenster starrten vor Schmutz. Das Schild am Tor ließ sich kaum noch entziffern, aber aus den wenigen leserlichen Buchstaben schloss ich, dass es sich um das ehemalige Försterhäuschen handeln musste. *Wie das Haus von Rotkäppchens Großmutter*, dachte ich. Das brachte mich auf blutrünstige Wölfe, die sich im tiefen, dunklen Wald versteckten. *Großmutter, was hast du so große Zähne …* Schaudernd wandte ich mich wieder dem Wald zu. Um den Heimweg zu finden, würde ich in das Dunkel zurückkehren müssen. Bestimmt machte Nanny Jane sich mittlerweile Sorgen um mich, vor allem nach unserem Streit. Ich erinnerte mich, wie niedergeschmettert sie nach Roberts Tod gewesen war, und nun war ihr am selben Tag sowohl Piglet fortgenommen worden als auch ich abhandengekommen. Nanny Jane hatte uns alle drei verloren. Ich musste zu ihr und Mama nach Hause, doch ich brachte den Mut nicht auf, allein in den Wald zurückzukehren.

Das schwindende Licht streifte über die Wiese und erzeugte einen goldschimmernden Wirbelwind. Und ich wusste, dass ich nicht mehr allein war.

Robert war hier.

In meinem Hinterkopf flüsterte eine grausame Stimme: *Er ist nicht echt, Henry. Er ist nur eines der ersten Symptome …* Trotzdem ging es mir gleich besser. Für *mich* war Robert echt. Er war kein lebendiger, atmender Mensch mehr, das wusste ich, aber er war dennoch echt. In ihm nahmen die wildesten, klügsten, tapfersten Facetten meiner Fantasie Gestalt an. Und gerade jetzt brauchte ich meinen wilden, klugen, tapferen Bruder mehr denn je.

Eine Weile standen wir Seite an Seite da und starrten in den Wald.

»Du weißt doch, was du tun musst, wenn dein Weg in die Dunkelheit führt, Hen?«, sagte er.

Ich schüttelte den Kopf. Ich konnte nicht in den Wald zurück. Ich hatte keine Ahnung, wo ich war. Was, wenn ich nie wieder herausfand?

»Du schaust der Dunkelheit direkt ins Gesicht.«

»Ja?«

»Und dann rennst du darauf zu!«

»Rennen?«

»RENNEN. Bereit?«

»Nein, Robert, warte …«

»Ein, zwei, drei – LOS!«, brüllte er.

Und dann rannten wir beide, Hand in Hand, Hals über Kopf durchs Gras und in den Wald hinein, und ich stieß einen wilden, furchtlosen Kampfschrei aus, und Blätter peitschten über unsere Arme und Gesichter und die Dunkelheit griff nach uns, doch sie erhaschte uns nicht, so schnell flogen wir vorbei. Und dann waren wir mitten im Wald – und atemlos vor Gelächter. *Könnte ich meine Robert-Seite doch nur öfter finden. Wäre ich doch nur tapferer und wilder und klüger …*

»Die schaffen das schon, weißt du«, sagte Robert, als wir langsamer gingen und verschnauften. »Mama und das Baby.«

»Meinst du wirklich?«

»Du kannst ihnen helfen, Hen.«

»Ich kann mir nicht einmal selbst helfen, Robert. Doktor Hardy glaubt …«

»Na und? Doktor Hardy irrt sich. Du bist Henrietta Georgina Abbott, und du bist nicht länger nur meine kleine Schwester – du bist jetzt auch eine große Schwester. Vergiss das nicht.«

»Nein.«

Robert ging mir voran durch die Schatten der Bäume. Er drehte sich noch einmal um und lächelte mir zu, während er selbst zu einem Schatten wurde und sich in der Dunkelheit auflöste.

Doch ich hatte keine Angst. Ich war jetzt auf einem Pfad, dem ich folgte, bis der Wald allmählich lichter wurde und das Schwarz ringsum sich grau färbte. Ich trat von dem laubbedeckten Waldboden auf einen härteren Untergrund. Vor mir waren überhaupt keine Bäume mehr.

Ich brauchte einen Augenblick, um zu begreifen, dass ich irgendwie zur Hauptstraße gefunden hatte. Da vernahm ich ein Dröhnen hinter mir, und als ich herumfuhr, sah ich zwei grelle Lichter unfassbar schnell auf mich zurasen …

27

Ein schreckliches Kreischen ertönte. Die Lichter vollzogen einen abrupten Schlenker und ich warf mich rücklings in das Gestrüpp. Dornen verkratzten mir Arme und Beine. Das Automobil brauste vorüber, dann war ich wieder allein in der dunklen Stille.

Stille? Nicht ganz – von fern vernahm ich ein schwaches Klappern und Rattern. Das Klappern erwies sich als Hufgetrappel, und bald schon sah ich ein wohlbekanntes braunes Pony auf mich zutraben. Es war vor ein altmodisches Fuhrwerk gespannt.

»Heda, alles in Ordnung?«

»Mr Berry!«, rief ich.

»Hallo?«, rief Mr Berry zurück. »Das wird doch nicht Miss Henrietta sein?« Er spähte durch die Dunkelheit zu mir, während er das Pony zum Stehen brachte.

»Bedauerlicherweise doch«, sagte ich und rappelte mich auf. Fast wäre ich vor Erleichterung in Tränen ausgebrochen.

»Gerade ist ein Automobil in einem Affentempo an mir vorbei und hat B-Bert erschreckt. Ist alles in Ordnung, Miss? Ich dachte, ich hätt jemanden schreien hören.«

Hatte ich geschrien? »Ja, alles in Ordnung. Ich habe mich nur – ein bisschen verlaufen, Mr Berry.«

»Na, was ein Glück, dass ich hier vorbeikomme, um meine b-bessere Hälfte von Hope House abzuholen«, sagte er. »Das trifft sich gut, was? Steig auf, Kleine.«

Ich kletterte hoch, setzte mich aber nicht hinten auf den Wagen wie bei unserem Ausflug ans Meer, sondern neben ihn. Nach der Panik der letzten Stunden tat es gut, einen leibhaftigen freundlichen Menschen neben sich zu haben. Wir trabten in Richtung Little Birdham.

»Na, wie gehts euch allen so in Hope House?«, fragte er.

Ich wusste nicht, was ich sagen sollte. Ich kannte die höfliche Antwort – *»Sehr gut, danke«* –, doch zu einer solchen Lüge sah ich mich nicht imstande. »Sie haben Piglet weggeholt«, sagte ich. »Doktor Hardy hat sie zu sich genommen.«

Er schwieg einen Augenblick. »Ja, hab ich gehört«, sagte er.

»Und sie wollen Mama nach Helldon schicken.«

Mr Berry runzelte die Stirn und hielt den Blick auf die Straße geheftet.

»Was *ist* Helldon, Mr Berry? Niemand will es mir sagen.«

»Das ist so was wie ’n Krankenhaus«, sagte er mit leiser, merkwürdig heiserer Stimme. »Eine Nervenheilanstalt. Die alte Irrenanstalt droben in Hawkham.«

Die alte Irrenanstalt? Doktor Hardy wollte Mama in die alte Irrenanstalt sperren lassen … Ich zitterte am ganzen Körper und atmete flacher und schneller.

»Ich war mal ’ne Weile dort«, sagte er. »Während dem Krieg.«

»Sie?«

Nanny Jane hatte mir erzählt, dass Mr Berry im Krieg verwundet worden war, doch mehr hatte sie nicht dazu gesagt. Als ich ihn jetzt genauer ansah, erkannte ich Narben – blasse Male an seinem Hals, den Händen und einer Seite seines Gesichts.

»B-bestimmt fragst du dich, wie das passiert ist«, sagte er. »Woher ich die hab.« Er tippte an seinen Hals.

Ich kam mir sehr unhöflich vor, weil ich so auffällig hingeguckt hatte. »Verzeihung«, sagte ich.

»Ach was«, sagte er. »Ist doch normal, dass du neugierig bist. Erwachsene tun immer nur so, als ob sie nix sehen.« Er schwieg kurz und straffte die Schultern. Bert trabte weiter durch die Dämmerung. »Eine G-Granate. Weißt du, was eine Granate ist?«

Ich bejahte.

»Meinen Obergefreiten hats am schlimmsten erwischt. Ein feiner Kerl war das. Dagegen hab ich noch Glück gehabt – hab nur ’n paar Splitter abgekriegt, und ein geplatztes Trommelfell …« Nach einer kleinen Pause sagte er: »Ein Knie will auch nicht mehr so wie vorher, aber das kommt von 'nem anderen Treffer früher im Krieg. Die Schlacht an der M-Marne, hast du davon mal gehört?«

Leider nicht, sagte ich.

Mr Berry sagte einen Moment lang nichts. Dann meinte er: »Ach. Na ja. An dem Tag haben wir P-Paris gerettet.« Und setzte leise hinzu: »*Fluctuat nec mergitur.*«

»Ist das Lateinisch?«

»Ja. Das ist das Motto der Stadt Paris und heißt in etwa: *Sie schwankt, sinkt aber nicht.* Die Franzosen haben eine etwas hübschere Übersetzung dafür: *Sie wird von den Wellen umhergeworfen, doch sie geht nicht unter.*« Er schaute zu mir. »Wir sind alle ganz schön rumgeworfen worden, stimmts, Kleine? Man darf bloß nicht untergehen.«

»*Fluctuat nec mergitur*«, sagte ich. Ich lächelte Mr Berry an und er lächelte weich zurück. Seine Hand zuckte an den Hals, und er kratzte sich an der Narbe. Ich musste an Vaters verbrannte Hand denken. *Narben auf der Haut erzählen nur den Anfang der Geschichte,* dachte ich. *Es ist viel schwerer, über die Narben zu sprechen, die niemand sieht.*

Am nächsten Morgen kam der Doktor schon in aller Frühe, um Mama Blut abzunehmen, und blieb danach zum Frühstück. Er schlürfte lautstark seinen Tee und war eine Weile vollauf damit beschäftigt, sich mit einer Serviette Eigelb aus seinem buschigen Schnurrbart zu tupfen. Piglet gehe es bestens, erzählte er uns – sie habe tief geschlafen und lege einen gesunden Appetit an den Tag. Vor Eifersucht tat mir das Herz weh. Ich sehnte mich danach, meine kleine Schwester im Arm zu halten und ihren herrlich duftenden, flaumigen Kopf zu küssen.

»Kann ich heute bitte zu Ihnen kommen, Doktor Hardy?«, fragte ich. »Sie haben doch gesagt, ich dürfte meine Schwester jederzeit besuchen.«

Er stierte mich einen Augenblick lang an. Die Wurst, die er gerade aufgespießt hatte, verharrte vor seinem Mund in der Luft. »Natürlich«, sagte er mit einem Blick zu Nanny Jane. »Vielleicht heute Nachmittag, Henrietta. Ich werde meine Frau von der Praxis aus anrufen, damit sie weiß, dass wir kommen. Ich hole dich gegen …« – er zog seine Taschenuhr zurate – »gegen drei Uhr ab.«

Nach dem Frühstück wurde ich in den Garten geschickt, weil der Doktor und Nanny Jane einiges »unter vier Augen« besprechen wollten. Als ich zum Haus zurückschaute, sah ich den Doktor am Salonfenster. Er beobachtete mich und schien währenddessen zu reden.

Es war ein sonderbares Gefühl, so auf dem Präsentierteller zu stehen. Ich dachte an Alice, als sie den Schwarzen König unter einem Baum dösen sieht und

Zwiddeldei und Zwiddeldum ihr sagen, dass sie nicht echt sei, sondern nur im Traum des Königs vorkomme. Die Vorstellung war mir immer schrecklich erschienen, doch nun hatte sie etwas Verlockendes an sich. Wenn der Schwarze König aufwachte, würde ich mich in Luft auflösen und mit mir die Angst, die so drückend auf mir lastete.

Nach einer Weile hörte ich die schweren Schritte des Doktors auf dem Kies in der Auffahrt knirschen, und ich ging um das Haus herum nach vorn. Ich wusste, dass er mich gesehen hatte, doch er setzte seine Unterhaltung mit Nanny Jane unbeirrt fort. »Es ist wirklich eine exzellente Einrichtung. Doktor Chilvers hat in Versuchen mit einer neuen Fiebertherapie außerordentliche Fortschritte erzielt. Wir müssen das Eisen schmieden, solange es heiß ist, Miss Button!«

Ganz kurz stellte ich mir vor, wie ich ihm mit einem glühenden Eisen den buschigen Schnauzer versengte. Er sprach weiter mit Nanny Jane, während er in sein Automobil stieg: »Bitte geben Sie das so an Mr Abbott weiter, ja? Außerordentliche neue Therapien! Der Gipfel des Fortschritts!«

28

Fünf Minuten vor drei Uhr war ich bereit. Ich setzte mich im Arbeitszimmer ans Fenster und hielt nach Doktor Hardys Wagen Ausschau. Nanny Jane hatte mir das Gesicht geschrubbt und mich in mein bestes Kleid gesteckt. Es war hellblau mit einem großen Spitzenkragen. Unter den Armen spannte es. Im Nacken kratzte mich ein Band.

Um sieben nach drei wurde ich ungeduldig.

Er kommt nicht, flüsterte eine höhnische Stimme in meinem Hinterkopf. *Er kommt nicht. Du wirst deine kleine Schwester nie wiedersehen …*

Gerade als ich mir das schreckliche Kratzekleid vom Leib reißen wollte, hörte ich ein Automobil heranbrausen. Er war da. Die Fenster im Arbeitszimmer klapperten in ihren Rahmen, als der lärmende Motor vor dem Haus vibrierte.

»Tschüs, Nanny Jane«, rief ich, als ich nach draußen rannte. Die Haustür ließ ich sperrangelweit offen. Nanny Jane erschien an der Schwelle und winkte, während ich in den Wagen stieg. Auf einmal wünschte ich, sie käme mit. Ich war nicht begierig darauf, mit den Hardys allein zu sein. Was, wenn sie sich gegen mich verschworen? Mich mit gelben Pillen betäubten? Vielleicht hatten sie Doktor Chilvers zum Tee eingeladen, um mich auszufragen und zu untersuchen? Dann dachte ich daran, wie Mrs Hardy das Baby mit ihren kalten, schuppigen Händen umklammert hatte, und erinnerte mich an Roberts Worte: »Du bist jetzt eine große Schwester …«

Ich musste mutig sein. Für Piglet.

Doktor Hardy sagte nichts, bis wir zu der Kreuzung in Little Birdham kamen.

»Ich muss nur noch schnell etwas erledigen, bevor wir nach Hause fahren«, sagte er. »Es wird nicht lange dauern«, und er bleckte die Zähne zu einem Grinsen, als er statt nach links nach rechts abbog. Das Automobil dröhnte den Hügel hinauf, an der Kirche und den Reihenhäusern vorbei und durch eine lange Allee zu einem Tor mit zwei gusseisernen Flügeln. Auf dem Schild über dem Tor stand ein einziges Wort: HELLDON.

Ich spürte nackte Angst in mir aufsteigen. »Warum sind wir …« Ich konnte meine Frage nicht zu Ende bringen.

»Ich muss nur einige Unterlagen von einem Kollegen abholen«, sagte er geradeheraus. »Da dachte ich, ich zeige dir mal die alte Klinik. Dein Kindermädchen sagte mir, du seist in heller Aufregung deswegen. Hier gibt es nichts, wovor man sich fürchten müsste, weißt du!«

Ich starrte auf das Gelände. Ein Gebäude konnte ich nicht erkennen, nur Bäume und einen kurvigen Zufahrtsweg, wie die Haut einer toten, grauen Schlange.

»Ein interessantes Faktum am Rande, Henrietta«, sagte Doktor Hardy in der Manier eines besserwisserischen Fremdenführers. »Früher baute man Nervenheilanstalten absichtlich ans Ende einer Serpentinenstraße, damit das Tollhaus von der Hauptstraße aus nicht zu sehen war.«

Das Tollhaus?

»Dann wollen wir mal, oder?«

Ich öffnete den Mund zum Protest, brachte aber kein Wort heraus. Mir hatte es die Sprache verschlagen.

Wir rumpelten die Zufahrt entlang und bogen der unnatürlich gewundenen Straße folgend mal scharf in die eine, mal in die andere Richtung ab. Ich wollte die Anstalt auf keinen Fall sehen. Ich wollte nach Hause. Auf einmal beschlich mich der fürchterliche Verdacht, dass ich in eine Falle getappt war. Doktor Hardy hatte nie vorgehabt, mich zu Piglet zu bringen; er hatte mich in sein Automobil gelockt, damit er mich nach Helldon schaffen und an Doktor Chilvers ausliefern konnte …

»Da wären wir!«, rief Doktor Hardy.

Und da war es. Helldon. Es ragte vor mir auf wie ein

gespenstisches graues Mausoleum, kantig und hässlich, vier Stockwerke hoch und mit winzigen vergitterten Fensterlöchern übersät. Ich schaute lieber nicht zu genau hin – ich wollte keine Gesichter zu mir herunterstarren sehen. Halb rechnete ich damit, hinter einem der Fenster Mama zu erkennen, die dort bereits irgendwie eingesperrt worden war, oder das Mädchen, das mir aus dem Spiegel entgegengeblickt hatte – eine dünnere, ältere, verrücktere Ausgabe meiner selbst, hinter einer schmutzigen Fensterscheibe zum Schweigen gebracht …

Doktor Hardy bremste. »Siehst du? Überhaupt nicht gruselig. Trautes Heim, Glück allein!« Er stieg aus und rief mir zu: »Bitte warte kurz im Wagen, Henrietta. Ich bin gleich wieder da.« Und er verschwand in dem dunklen Eingangsportal des Gebäudes.

Ich bekam Panik. *Was, wenn Doktor Hardy Chilvers holen geht, um mich einzusperren?* Oder war ich nur hysterisch? Vielleicht hatte er wirklich nur etwas zu erledigen und wollte mir überhaupt keine Angst einjagen.

Vor dem Haus befand sich ein Blumenbeet, an dem ein Gärtner saß und Unkraut jätete. Ich bemerkte, dass sein rechtes Bein am Knie in einem runden Stumpf endete. Das Hosenbein war mit Zwirn zu einem Knäuel gebunden. Neben ihm lag eine Krücke im Gras. *Er muss im Krieg verwundet worden sein,* dachte ich, *wie Mr Berry.* Der Gärtner nickte mir zu und tippte zum Gruß an seine Mütze.

»Sitzense mal lieber nicht zu lang hier rum, Miss«, rief er verschmitzt. »Sonst werdense noch aus Versehen eingesperrt!«

Ich lächelte verkrampft.

Was sollte ich tun? Sollte ich aus dem Wagen springen und weglaufen? Es war zu spät. Doktor Hardy kam bereits mit einem Fächer von Unterlagen in der Hand anmarschiert. Ich hielt die Luft an, als er einstieg und – langsam, quälend langsam – den Wagen wendete, und ich atmete erst wieder durch, als wir die Zufahrt verlassen hatten und auf dem Rückweg nach Little Birdham waren.

Die Hardys wohnten am anderen Ende des Dorfes, in einer eng mit neuen Häusern bebauten Sackgasse gleich hinter der Grünanlage. Ihre gute Stube war in Cremefarben eingerichtet und drückend heiß. Es stank nach Veilchen. Mrs Hardy hatte Piglet in ein Tüllkleidchen mit tausend Lagen und Schleifchen gesteckt – das komplette Gegenteil zu den einfachen Kleidern, die Nanny Jane ihr für gewöhnlich anzog. Als wir ankamen, waren das Baby und Mrs Hardy zusammen auf dem Sofa drapiert wie ein viktorianisches Familienporträt. Halb rechnete ich damit, dass Doktor Hardy sich neben sie stellen und gönnerhaft eine Hand auf die Schulter seiner Frau legen würde, um das Bild zu vervollständigen, doch er verschwand stattdessen in einem Nebenraum.

Piglets Gesicht war rot wie eine Tomate. Entweder war ihr zu heiß oder sie hatte gerade einen ihrer Wutanfälle gehabt. Kaum war ich eingetreten, streckte sie mir ihre dicken kleinen Ärmchen entgegen.

»Darf ich sie bitte hochnehmen, Mrs Hardy?«, fragte ich, wütend, dass ich darum bitten musste.

»Selbstverständlich«, sagte sie mit einem schmalen Lächeln und gab mir das Baby. »Allerdings ist es bald Zeit für ihr Nachmittagsschläfchen.« In mir wallte noch mehr Zorn auf. Mrs Hardy genoss dieses Spiel. Nun, dann würde ich es ihr mit gleicher Münze heimzahlen.

»Sie fühlt sich furchtbar heiß an«, sagte ich, legte die Hand an Piglets Wange und pellte sie aus einem Wolljäckchen, das eng über dem Tüllkleid zugeknöpft war. »Ich habe in der Zeitung von einer alten Frau gelesen, die versehentlich ihre Enkelin getötet hat, weil sie die Kleine in dieser schrecklichen Hitze, die wir zurzeit haben, viel zu warm angezogen hatte.«

Ich hatte natürlich nichts dergleichen gelesen, aber ich wollte Mrs Hardy so verunsichern und verletzen, wie sie mich verletzt hatte. Und ich wollte sie wissen lassen, dass ich all ihre gemeinen Bemerkungen gehört hatte, als sie Piglet mitnahmen.

»Ich bin sicher, dass sie vollkommen wohlauf ist«, erwiderte Mrs Hardy. Ihr Ton war kühl wie Porzellan, doch ich glaubte einen Anflug von Besorgnis in ihrem Gesicht zu erkennen.

»Vielleicht hat sie die Grippe«, fuhr ich fort. »Im Augenblick geht ja eine schlimme Grippewelle um.« Ich hatte gehört, dass es im letzten Jahr viele Grippetote gegeben hatte, und ich dachte, damit könnte ich gut Öl ins Feuer gießen. Die Hardys wollten doch sicherlich kein krankes Baby im Haus.

»Sie hat nicht die Grippe«, sagte Doktor Hardy entschieden, während er zurück ins Zimmer schlenderte und sich neben mich aufs Sofa setzte.

»Roberta erfreut sich blühender Gesundheit«, fuhr er fort. »Und sie hat ein neues Lieblingsspiel – nicht wahr, Roberta?« Er schnappte sich Piglet aus meinen Armen und setzte sie auf sein Knie.

»Humpty Dumpty war ein lustiges Ei«, dröhnte er, »fiel von der Mauer und brach entzwei.« Und er ließ Piglet nach hinten plumpsen.

Bitte lach nicht, Piglet, untersteh dich zu lachen.

Ich hätte mich nicht zu sorgen brauchen. Piglet bedachte Doktor Hardy mit einem ihrer strengsten und strafendsten Blicke.

»Der König schickte die Kavallerie« – er schunkelte sie auf und ab, als wäre sie eine widerspenstige Marionette –, »Humpty Dumpty zu kitten war verlorene Müh!« Er setzte sie wieder triumphierend auf sein Knie. »Na, war das nicht ein Spaß, Roberta?«, sagte er mit einer albernen Fistelstimme. Mrs Hardy sah dem Affentheater stolz zu.

Piglet stierte ihn an. Ihr Gesicht war vollkommen versteinert.

Ich liebe dich, kleine Piglet, dachte ich bei mir, *ich liebe dich so sehr.*

Ich ließ nichts unversucht. Ich behauptete, Piglet halte nächtelang alles wach, wenn sie zahnte. »Oh!«, sagte ich. »Bricht da vielleicht ein neuer Zahn durch?«

Ich erfand eine angebliche Tante – »Tante Susan«, die Schwester meines Vaters –, die eine Weile zu uns ziehen würde, um sich um Mama zu kümmern, damit das Baby wieder nach Hause könnte. »Ich freue mich schon darauf, sie kennenzulernen«, brummte Doktor Hardy sarkastisch.

Blieb nur noch, mir Piglet wie einen Rugbyball unter den Arm zu klemmen und mit ihr wegzurennen – alle anderen Möglichkeiten hatte ich ausgeschöpft. Zuletzt beschloss ich in meiner Verzweiflung, es mit Ehrlichkeit zu versuchen. »Ich vermisse sie schrecklich«, sagte ich leise. »Und Nanny Jane auch. Es mangelt ihr bei uns an nichts, das garantiere ich.«

»Ich glaube nicht, dass du das *garantieren* kannst, Henrietta«, sagte Doktor Hardy und äffte meinen ernsten Ton spöttisch nach. »Solange deine Mutter so krank ist, bleibt das Baby besser bei uns.«

Und damit hatte es sich. Ich war gescheitert.

Aber nur für heute, versprach ich mir, als Doktor Hardy mich nach Hause fuhr. Ich gab mich noch nicht geschlagen.

Am Abend schmerzte mein Körper vor Erschöpfung, doch meine Gedanken kreisten ohne Unterlass und ließen mich nicht schlafen. Ich riss ein Streichholz an und entzündete die Kerze an meinem Bett. Ich stülpte das Glas wieder über den Kerzenhalter, blies das Streichholz aus und behielt es im Auge, bis es endgültig verglommen war. Dann legte ich es in die Schale.

Das Kerzenlicht flackerte, und in den schattigen Mustern der Tapete schienen groteske Figuren umherzuspringen. Ich streckte mich wieder aus. Mein Geist folterte mich mit Bildern von Mama, die sich in den dunklen Gängen von Helldon verirrt hatte. Ich suchte sie, ich konnte ihre Schritte hören, doch sie verschwand immer wieder um eine Ecke. Als ich sie endlich fand, saß sie allein in einem weißen Raum. Sie hatte sich in Humpty Dumpty verwandelt. Ihr Schädel war eine zerbrechliche, gesprungene Eierschale. Einzelne Bruchstücke lagen auf dem Boden verstreut und ich versuchte in höchster Eile, sie alle für sie aufzusammeln. Mama sagte mir immer wieder, ich solle die Stücke liegen lassen und machen, dass ich fortkäme, das Haus stehe in Flammen. Aber ich hörte nicht auf sie – bis es zu spät war. Ich spürte die Hitze auf der Haut, den Rauch in meinen Lungen. Ich hörte Mamas

Schreie – oder waren es meine eigenen? Ich zwang mich aufzuwachen.

Ich sah auf die Uhr auf meinem Kaminsims. Mitternacht.

Die Geisterstunde.

29

In der Hoffnung, die vertrauten Rauchschwaden aus dem Wald aufsteigen zu sehen, stellte ich mich ans Fenster und blickte zu den dunklen Umrissen von Nightingale Wood hinaus, doch ich sah keinen Feuerschein. Ich fragte mich, wo Moth wohl sein mochte.

Und dann sah ich sie.

Sie war in unserem Garten.

Es dauerte keine Minute, bis ich draußen war. Ich konnte Moth gerade so erkennen – wie sie neben dem Strauch mit den weißen Rosen stand, eine schemenhafte Gestalt vor dem schwarzen Wald hinter ihr.

»Sie riechen göttlich, nicht wahr?«, sagte sie und hob sacht eine Rose an. Die Blüte hatte sich zur Nacht geschlossen.

»Wie Honig und Orangen«, sagte ich.

»Ja«, pflichtete sie mir bei. Und nach einem kurzen Moment: »Ich habe die Kerze in deinem Fenster brennen sehen, Henrietta. Ich bin gekommen, um nachzusehen, ob alles in Ordnung ist.«

»Ich … Ich konnte nicht schlafen.« Einen Moment lang standen wir stumm voreinander, dann sagte ich: »Moth, sie schicken Mama weg. Sie schicken sie nach Helldon.«

Moth erwiderte meinen Blick, und da sah ich durch alles hindurch, durch ihr schiefes Lächeln und die fremden Lieder, geradewegs in ihr Herz hinein. Ich sah jahrelangen Schmerz. Sie schien etwas sagen zu wollen, schüttelte aber nur den Kopf und nahm meine Hand fest und warm in ihre. Von ihren Fingern baumelte ein Schlüssel an einem weißen Band. Ein Schlüssel, der meinem exakt glich …

Ich dachte an alles, was in den letzten Wochen in Hope House vorgegangen war – die umgeräumten Bücher und Schiffe auf dem Dachboden, Mamas aufgeschlossene Tür … Und ich dachte an die Fotografie, die Moth mir gezeigt hatte, und was Mr Pickersgill mir über die Familie Young erzählt hatte … Ich hatte es nicht laut aussprechen wollen, doch auf einmal fügten sich all diese Gedanken in meinem Kopf zusammen und ehe ich michs versah, platzte die Frage aus mir heraus:

»Du bist Mrs Young, nicht wahr?«

Sie schaute mich einen Augenblick lang an, dann wandte sie sich ab und ging zu der moosbewachsenen Bank am Teich. Ich folgte ihr und setzte mich neben sie.

»Wer?«, fragte sie. Ich sah ihr an, dass sie sich absichtlich unwissend stellte.

»Mrs Young«, wiederholte ich. »Du hast früher in Hope House gewohnt.« Ich war ganz aus dem Häuschen ob dieser Erkenntnis – und vor Erleichterung: Es war kein Gespenst, und es lag nicht an mir, die schlafwandelte oder verrückt wurde …

»Mrs Young? Diesen Namen habe ich seit Jahren nicht gehört«, sagte sie.

»Aber du bist es doch?«

Sie sah in den Nachthimmel hinauf. »Ich war einmal Mrs Young, aber nicht mehr, Henrietta. Jetzt bin ich Moth. Das hast du selbst gesagt, als du die Rückseite der Fotografie gesehen hast. Ich bin Moth, weiter nichts.«

»Ich weiß, dass du Mama helfen kannst, Moth«, sagte ich. »Du weißt, wie man ihr helfen kann, wieder gesund zu werden.«

»Ich weiß nur, dass Doktor Hardy das Falsche tut«, sagte sie. »Mit seinen Pillen und den verschlossenen Türen und seiner ›Ruhekur‹. Er hat keine Ahnung vom menschlichen Geist, und vom menschlichen Herzen ebenso wenig. Ich habe deine Mutter einmal am Abend am Fenster stehen sehen – so einsam und verloren … Ich kenne dieses Gefühl. Ich benutzte meinen Schlüssel und ging zu ihr. Ich setzte mich zu ihr, hielt ihre Hand und sprach mit ihr, um ihr zu zeigen, dass sie nicht allein ist.«

Mir fiel wieder die Fotografie ein. »Du warst früher doch Krankenschwester, Moth? Wenn du Mama helfen kannst, bald wieder gesund zu werden, werden sie sie nicht wegsperren.«

Moth schüttelte den Kopf. »Aber ich bin keine Krankenschwester mehr, Henrietta.«

»Du hast mir geholfen«, sagte ich. »Die Nachtigall, und die Gedichte …«

Sie lächelte wieder ihr schiefes Lächeln. »Gedichte«, sagte sie. »Das ist so gut wie alles, was ich jetzt noch habe. Schau mich doch an. Kein Dichter hat je eine Ode an eine Motte geschrieben …«

»Ein Fehler«, sagte ich. »Motten sind genauso schön wie Schmetterlinge.«

»Nein«, sagte Moth entschieden. »Schmetterlinge erfüllen die Welt mit Farbe und Licht. Die Motte bringt kein Licht – sie sucht nur immerzu danach. Eine Motte ist ein verfluchtes Geschöpf. Das sollte ich wissen.« Nach einer Weile sagte sie: »Im Übrigen hat Keats tatsächlich über eine Motte geschrieben – über den Totenkopfschwärmer … in der *Ode auf die Melancholie*. Schlag in dem Gedichtband nach, den ich dir geschenkt habe.«

Moth hatte mir den Keats gebracht, und auch den geheimen Schlüssel, wie ich jetzt wusste, damit ich mich über die Anweisungen des Doktors hinwegsetzen und Mama besuchen konnte.

»Danke für das Buch«, flüsterte ich, »und den Schlüssel.« Ich schloss meine Finger darum wie um einen Talisman.

Sie nickte. Dann sagte ich: »Ich habe Angst, Moth.«

»Angst?«

»Vater ist so weit weg, Mama ist in ihrer eigenen Welt gefangen, Piglet in Pflege gegeben worden … Ich habe das Gefühl, dass alles von mir abgeschnitten worden und davongetrieben ist. Alles ist fort.«

»Nein«, sagte Moth. »Das darfst du nicht sagen.« Sie dachte einen Moment nach und sah zu den Sternen hinauf. »Es ist nur Neumond, Henrietta.«

Ich verstand nicht.

»Selbst wenn der Mond als schmale weiße Sichel am Himmel steht, ist er doch noch ganz da, in Dunkel gehüllt. Er ist nicht fort – wir können ihn nur nicht sehen. Suche nach dem Teil des Mondes, der im Dunkel verborgen ist, Henrietta. Vertraue darauf, dass er da ist, selbst wenn dein Auge ihn nicht sieht.« Ihr Spiegelbild zitterte wie Quecksilber auf der Wasseroberfläche. »Es muss spät sein«, sagte sie. »Du solltest jetzt wieder zu Bett gehen.«

»Ich kann nicht … Ich fürchte mich vor dem Einschlafen«, sagte ich und dachte an den Albtraum, aus dem ich schweißgebadet erwacht war.

Moth sog tief die Nachtluft ein. »Nun denn«, sagte sie, »dann kommst du wohl besser mit zu mir.«

Ich sah zu, wie Moth ihr Feuer anschürte und Holzscheite nachlegte. Erst als es munter prasselte und ich seine Wärme spürte, merkte ich, wie kalt mir gewesen war. Moth gab mir ein heißes Gebräu, das nach Kräutern schmeckte, und bereitete mir dann ein Nest im Wohnwagen – einen Berg weicher, sauberer Decken, in die ich mich kuscheln konnte.

Auf dem Tisch lag ein Büchlein. Ich hob es auf. Es war eine Soldatenbibel aus dem Krieg – die Bibel mit der alten Fotografie darin, dem Bild von Moth und dem kleinen Jungen.

»Wenn du Mrs Young bist«, sagte ich vorsichtig, »dann muss A. Young – Alfred – dein Sohn sein. Der kleine Junge, der früher bei all seinen Büchern und Modellschiffen auf dem Dachboden geschlafen hat … Der Junge auf dem Bild.«

Moth starrte mich an und nahm mir die Bibel aus der Hand. Sie wirkte verletzt, fast verärgert.

»Verzeihung«, sagte ich. »Ich wollte nicht … Ich habe seinen Namen in einem Buch auf dem Dachboden gesehen. Ich wollte nicht herumschnüffeln.«

Sie setzte sich. Die winzige Bibel hielt sie weiter in den Händen.

»Ja«, sagte sie kaum vernehmlich, »Alfred war mein Sohn.«

»Wo ist er jetzt?«, fragte ich.

»Gefallen«, sagte sie. »In der Seeschlacht vor dem

Skagerrak, 1916. Alfred ging zur Marine, sobald er alt genug für den Wehrdienst war, doch er kehrte nicht mehr nach Hause zurück. Er ertrank, als sein Schiff versenkt wurde. Im Grunde war er noch ein Junge. Ein halbes Kind …«

»Das tut mir so leid«, sagte ich, und mir fiel ein, was sie über Robert gesagt hatte – *ein kürzeres Leben verlischt früh, aber es leuchtet umso heller. Ein heller Stern.* »Bist du in das Zimmer auf dem Dachboden gegangen?«, fragte ich. »Hast du Alfreds Sachen aufgeräumt?«

Moth nickte. »Ich hatte das Bedürfnis, mich ihm nah zu fühlen«, sagte sie. »Als du von deinem Bruder erzählt hast, war das alles wieder da. Ich habe mich nie richtig verabschieden können, weißt du. Es gab kein ordentliches Begräbnis. All diese armen Jungen, die auf dem Meer und im schlammigen Niemandsland verschollen sind …« Draußen vor dem Wohnwagen knackte das Feuer. Moth drückte mir sanft die Hand und flüsterte: »All unsere verlorenen Jungen …«

30

Mr Pickersgill habe zu tun, erklärte seine elegant gekleidete Sekretärin.

»*Bitte*«, sagte ich. »Es ist sehr wichtig. Sagen Sie ihm, es geht um Mrs Young.« Gleich nach dem Frühstück war ich den ganzen Weg bis ins Dorf gerannt, um ihn zu sprechen. Ich musste ihm von Moth erzählen. Mr Pickersgill hatte die Youngs gekannt und musste von Alfreds Tod erfahren haben, doch dass Mrs Young unmittelbar hier lebte, in einem verlassenen Wohnwagen in Nightingale Wood, wusste er gewiss nicht. In meinem Kopf ging es drunter und drüber vor Aufregung. Irgendwie war Moth der Schlüssel für alles in Hope House, das wusste ich.

Die Sekretärin zog die Augenbrauen hoch und verschwand hinter einer Tür. Als sie zurückkam, sagte sie: »Er ist im alten Archiv. Den Flur bis zum Ende durch und die Treppe hinunter. Geben Sie acht, Miss Abbott, es ist recht eng.«

Ich stieg in eine Art Keller hinab, der vom Boden bis zur Decke mit Büchern, Heftern und Ordnern vollgestellt war. Hie und da ragten hohe, staubige Papiertürme auf, um die ich mir behutsam einen Weg bahnen musste, als erkundete ich tief unter der Erde eine Höhle voller Stalagmiten.

Mr Pickersgill saß am anderen Ende des Raums im Schneidersitz auf dem Boden und las bei Kerzenschein in einem alten Register.

»Nehmen Sie Platz, Miss Abbott«, sagte er. »Wenn Sie einen finden.«

Ich nahm vorsichtig einen Bücherstapel von einem Stuhl und stellte ihn neben mir ab. Es waren keine juristischen Bücher, sondern Sherlock-Holmes-Geschichten. Dies war nicht nur ein Archiv, es schien auch Mr Pickersgills private Bibliothek zu sein. Auf einmal hatte ich ihn mächtig gern.

»Na, was kann ich für Sie tun, Miss Abbott?«, fragte er. Seine Augen funkelten hinter der Brille.

Diesmal konnte ich schlecht vom Wetter anfangen. Ich strich meinen Rock glatt und holte tief Luft. »Ich muss mit Ihnen über Mrs Young sprechen«, sagte ich. »Mrs Young von Hope House, meine ich.«

Schlagartig wechselte die Stimmung im Keller. »Was genau möchten Sie …?« Mr Pickersgills Frage verlor sich ebenso wie sein Lächeln.

»Sie kannten doch die Familie Young?«

»Ja. Meine Kanzlei war für den Verkauf von Hope House zuständig, als Mr und Mrs Young nach Little Birdham kamen – ihr Sohn Alfred war damals noch ein kleiner Junge.«

»Was können Sie mir über sie erzählen?«

»Tja, lassen Sie mich nachdenken ... Mr Young war ein wohlhabender Mann – eine Erbschaft, denke ich. Doch er litt an einer Lungenkrankheit und verstarb, kurz nachdem sie hierhergezogen waren. Seine Frau war ausgebildete Krankenschwester und pflegte ihn bis zuletzt. Fast zwanzig Jahre ist das nun her. Mrs Young lebte bis zum Krieg mit ihrem Sohn in Hope House. Eine großartige Frau.«

»Ich weiß«, sagte ich. Ich konnte vor Aufregung nicht länger an mich halten. »Ich habe sie gesehen!«

Mr Pickersgill stand der Mund offen, als hätte er zu einer Antwort angesetzt, wüsste aber nicht, wie er beginnen sollte. Er starrte mich mit skeptisch gerunzelter Stirn an. Diesen Gesichtsausdruck hatte ich in der letzten Zeit nur allzu oft erlebt, bei Nanny Jane und auch bei Doktor Hardy.

»Ich bin sicher, dass es sich um Mrs Young handelt. Sie ist ... Sie ist schön und ausgesprochen sonderbar, und sie ist sehr nett. Sie lebt in einem Wohnwagen in Nightingale Wood – dem Wald hinter Hope House.«

Mr Pickersgills Miene hatte sich wieder verändert, doch ich konnte nicht ergründen, was er dachte, als er mir ins Wort fiel. Seine Augen blitzten gefährlich. »Nein, Miss Abbott.«

»Doch«, sagte ich. »Sie ist es, ganz bestimmt …«

Er unterbrach mich wieder. »Miss Abbott, es tut mir leid …« Er rieb sich das Gesicht und atmete einmal tief durch. »Mrs Young ist vor drei Jahren gestorben«, sagte er. »Sie … Sie hat sich das Leben genommen.«

»Was?« Ich verstand nicht. Der dunkle, staubige Raum begann sich vor meinen Augen zu drehen.

»Sie hinterließ einen Brief, dass sie nicht weiterleben könne«, sagte er mit leiser, fester Stimme. »Dann ruderte sie in einem Sturm aufs Meer hinaus und ertrank. Mrs Young ist tot.«

31

Moth war Mrs Young. Aber Mrs Young war tot. Offenbar hatten Doktor Hardy und Nanny Jane doch recht. Ich wurde verrückt.

Ich vermied es, Mr Pickersgill ins Gesicht zu sehen, als ich mich für die Störung entschuldigte. Was ich beim Verlassen der Kanzlei in seiner Miene – und auch, schien mir, in der Miene seiner Sekretärin – zu lesen glaubte, waren nicht etwa Ungeduld, Verärgerung oder Erstaunen, sondern Mitleid. Ob man im Dorf wohl über uns tratschte? *Die verrückten Abbotts – die irre Mutter, die irre Tochter, der tote Sohn und der Vater, der sich davongemacht hat …*

Nicht lang, dann ist sie auch reif fürs Tollhaus, schienen die Stimmen zu tuscheln, während ich am Postamt vorbei und über die Brücke zurück nach Hope House eilte.

Am liebsten wäre ich tief in den Wald hineingelaufen, zu Moth, um mich an ihrem Feuer wieder in das Nest aus Decken zu kuscheln. Doch ich hatte Angst, dass sie nicht da sein könnte. Und ich hatte Angst, dass sie doch da wäre.

Als ich nach Hause kam, tischte ich Nanny Jane eine Lüge auf, wo ich gewesen war. Entschlossen drückte ich die Haustür hinter mir zu. Mein Herz schlug einen Trommelwirbel. Ich würde, befahl ich mir, alle Gedanken an Moth und Mrs Young aus meinem Kopf verbannen. Ich dachte daran, was Nanny Jane bei unserem Streit ein paar Tage zuvor zu mir gesagt hatte: *Es ist nicht ungewöhnlich, imaginäre Freunde zu haben, wenn die reale Welt so schwierig ist.* Vielleicht hatte sie recht und Moth war tatsächlich auch nur eine Einbildung … Mein Herz sagte mir, dass Moth echt war, aber ich wusste jetzt, dass das nicht sein konnte – Mrs Young war tot. Ich versuchte, nicht an die bizarre Fantasiewelt zu denken, die mich beinahe verschluckt hätte wie ein biblischer Riesenwal. Vielleicht steckte doch ich hinter den seltsamen Vorkommnissen in Hope House …

An jenem Abend dachte ich bis zur Erschöpfung darüber nach, was wohl echt sei und was nicht, doch es war, als müsste ich Spinnweben entwirren. Ein Gutes hatte die Anstrengung aber offenbar, denn ich schlief danach tief und fest. Am nächsten Tag fühlte ich mich klarer im Kopf. Als ich aufwachte, standen mir nur zwei Dinge vor Augen: die leere Babystube nebenan und die verschlossene Tür am Ende des Flurs. Ich musste aufhören, mich in Sorgen, Tagträumen und Geschichten zu suhlen.

Ich musste Piglet zurückholen. Ich musste Mama helfen.

Ich schob gerade meinen geheimen Schlüssel in das Schloss von Mamas Tür, als ich hinter mir eine Diele vernehmlich knarzen hörte. Ich erstarrte. *Nanny Jane? Das würde alles noch tausendmal schlimmer machen.*

»Keine Angst, Miss Henrietta.« Vor Erleichterung gaben mir beinahe die Knie nach – es war Mrs Berry. »Keine Angst«, sagte sie noch einmal. »Jane ist eben runter ins Dorf. Gehen Sie ruhig rein zu Ihrer armen Frau Mama.« Sie lächelte entschlossen. »'s doch ein Unding, dass Sie beide sich nicht sehen dürfen. Sagen Sie bloß dem Doktor nichts davon … Nur zu – ich muss sowieso den Nachttopf leeren und was nicht alles.«

Ich setzte mich zu Mama ans Bett. Sie schlief tief und fest.

»Sie werden sie nach Helldon schicken«, flüsterte ich Mrs Berry zu. »Doktor Hardy will sie in die Anstalt einweisen lassen.«

»Ich weiß«, sagte Mrs Berry leise. Dann, nach ein, zwei Sekunden: »Mein Archie war da auch mal eine Zeit lang.«

Ich erinnerte mich an meine Unterhaltung mit Mr Berry, nachdem ich mich im Wald verlaufen und er mich auf dem Wagen mitgenommen hatte. »Er hat mir erzählt, dass er während des Krieges dort behandelt wurde.«

»Das stimmt. Er war eine Weile auf Heimaturlaub, damit er sich von dem Granatenbeschuss erholen konnte. Sie wollten ihn gerade zurück an die Front schicken, als er das Kriegszittern bekam, von dem Schock durch die Granaten, wissen Sie. Er zitterte, hatte panische Angst, so was alles. Damals fing auch das mit seinem Stottern an. Also haben sie ihn in die Anstalt gesteckt, Gott weiß wie zusammengeflickt und wieder zum Dienst abgestellt. Wie er den Rest überstanden hat, weiß ich nicht. Mein Mann war nicht in guter Verfassung, als er letztes Jahr heimgekehrt ist, Miss Henrietta, aber er ist lebend zurückgekommen, und das ist mehr, als viele arme Seelen von sich sagen können.«

»Ja«, murmelte ich. Am liebsten hätte ich sie umarmt.

»Ein paar von den Jungs sind immer noch in Helldon«, sagte sie, »und werden wegen der Zitterei behandelt. Es gibt einen Arzt dort …«

»Doktor Chilvers?«

»Richtig, Chilvers. Macht sich Hoffnungen auf den Nobelpreis, was man so hört. Stellt da drin alles Mögliche an. Neue Behandlungen – kochend heiße Bäder, Operationen, Infektionen mit tropischen Krankheiten …«

»Tropische Krankheiten?«

Sie nickte. »Da spritzen sie einem ein Fieber. Der Körper wird davon so glühend heiß, dass irgendwas im Gehirn passiert. So stand es jedenfalls in der Zeitung.

Chilvers glaubt, damit könnte man alle möglichen Probleme im Oberstübchen lösen. Doktor Hardy verehrt Chilvers – will sich eine Scheibe vom Ruhm abschneiden, wenn Sie mich fragen.«

Ich war so schockiert und verängstigt, dass ich meine Frage kaum über die Lippen brachte. »Glauben Sie, dass sie das auch mit Mama machen – sie mit einer tropischen Krankheit infizieren?«

»Ach du meine Güte! Nein, das glaube ich nun nicht, Miss«, sagte Mrs Berry. Auf einmal schien ihr klar zu werden, was sie gerade angerichtet hatte. »Oh, Miss! Also … ich wollte Ihnen wirklich keinen Schrecken einjagen. Wahrscheinlich ist gar nichts dran an diesen ganzen Geschichten. Ich bin sicher, dass Ihre Mutter dort gut aufgehoben ist.«

Aber ich hatte gehört, was Doktor Hardy und Nanny Jane geredet hatten. Ich kannte seine Pläne.

»Hier«, sagte da Mrs Berry. Sie schloss eine Schublade auf und gab mir eine volle Pillenflasche. »Davon soll Ihre Frau Mutter bitte schön zwei nehmen. Und vergessen Sie nicht, die Tür abzuschließen, wenn Sie gehen. Ich muss schnell nach unten sausen und das Brot für morgen aus dem Ofen retten.« Und sie verließ das Zimmer.

Ich konnte mein Glück nicht fassen. Unversehens hielt ich eine ganze Flasche der gefürchteten Pillen in Händen. Das war meine Gelegenheit. Ohne die Beruhigungspillen würde Mama endlich richtig wach werden. Vielleicht könnte ich in aller Herrgottsfrühe aufstehen und sie zu dem Wohnwagen im Wald bringen, damit Moth sie gesund pflegte und vor Doktor Hardy beschützte … Ich wog die schwere Flasche in meinen Händen.

Unten ging eine Tür. Der Vordereingang. Nanny Jane war zurück.

»Alles ist gut, Mama«, sagte ich und gab ihr zum Abschied einen flüchtigen Kuss. »Alles wird gut.«

Dann schob ich die Flasche unter meine Strickjacke und ging mit pochendem Herzen hinaus.

Um Mitternacht schlich ich in den Garten und scharrte mit bloßen Händen im Rosenbeet, bis ich ein tiefes, trockenes Grab ausgehoben hatte. Ich versenkte die Pillenflasche in dem Loch, deckte es wieder zu, klopfte die Erde gründlich fest und kaschierte die Stelle zuletzt mit einigen losen Erdkrümeln. Etwas in mir tanzte wie rasend. Es fühlte sich an wie schwarze Magie, wie ein heidnisches Ritual. Ich verspürte den Drang, etwas aufzusagen – einen Zauberspruch oder ein Gebet.

»Wach auf, Mama«, wisperte ich. »Wach auf und werde wieder gesund.«

32

»Ich will mithelfen«, hatte ich beharrt. »Ich will sie suchen helfen!«

Meine Stimme klang fest, aber innerlich war ich völlig aufgelöst. Es war meine Schuld.

Mama war in der Nacht verschwunden, und nun war es fast Mittag. Doktor Hardy hatte einen Suchtrupp aus Little Birdham zusammengetrommelt und die Polizei verständigt.

Nanny Jane befahl mir, im Haus zu bleiben, doch ich weigerte mich. Flugs zog ich mir mein altes, fleckiges Schürzenkleidchen über und rannte die Treppe hinunter.

Ich hatte Mama mit meinem Zauberspruch aufgeweckt. Ich hatte die Beruhigungspillen weggeschafft und vergessen, beim Hinausgehen ihre Tür abzuschließen. Hätte ich ihr wie befohlen die Pillen gegeben, läge sie jetzt wohlbehalten in ihrem Bett und schliefe. Da kam mir noch etwas anderes in den Sinn: Vielleicht hatte Mama meine Unterhaltung mit Mrs Berry gehört – vielleicht hatte sie gar nicht geschlafen –, und war weggelaufen, um nicht nach Helldon zu müssen. Kurz war ich froh darüber: Mama war frei. Doch dann ging mir auf, dass ich sie womöglich nie wiedersehen würde, dass Piglet sie womöglich nie wiedersehen würde. Ich sah sie vor mir, wie sie verängstigt irgendwo umherirrte, mit nichts als ihrem Nachthemd am Leib und zerschnittenen, blutenden Füßen.

Wir müssen sie finden.

»Wir fangen im Wald und auf den Feldern der Umgebung an«, sagte ein junger Polizist mit rosigem Gesicht.

In der Auffahrt von Hope House stand eine Traube von Menschen. Mr Pickersgill war da und einige andere Leute aus dem Dorf, die ich wiedererkannte. Manche, nahm ich an, waren aus Schaulust gekommen. Ein Mann hatte seine zwei Hunde mitgebracht. Sie zerrten an ihren Leinen und schienen ganz wild darauf, die Jagd zu beginnen.

»Wer meldet sich freiwillig zur Suche am Fluss?«, fragte der Polizist.

Am Fluss? Mir wurde übel. Vor meinem geistigen Auge tauchte ein grässliches Bild auf, wie Mama schlaff und mit offenen Augen in den Wasserpflanzen lag.

Ich spürte eine Hand auf der Schulter. »Komm mit, Kleine.« Es war Mr Berry. »Willst du mit mir suchen?«

Bert, das braune Pony, trabte durch Dörfer und über Land. Bei dem steten Klapperdiklapp seiner Hufe beruhigte sich mein rasendes Herz allmählich. Immer wieder erspähte ich etwas Weißes am Rand der Felder oder in den Gärten der Häuser. Ich riss jedes Mal den Kopf herum, nur um einen Pferdeschweif schlagen oder ein Laken an der Wäscheleine flattern zu sehen.

»Wo würdest du schauen?«, fragte Mr Berry. »Was glaubst du, wo sie hin sein könnte?«

Zum hundertsten Mal an diesem Vormittag zermarterte ich mir das Hirn. Wir hatten das Haus von oben bis unten durchsucht. Wir hatten den verwucherten Garten bis in den hintersten Winkel durchkämmt. Mein Gefühl sagte mir, dass sie vielleicht in den Wald oder zu den Wiesen dahinter gegangen war, der Suchtrupp also durchaus fündig werden könnte, doch sie war schon so lang verschwunden. Mittlerweile konnte sie meilenweit weg sein; sie konnte den ganzen Weg bis zum Meer gelaufen sein …

»Mr Berry, wenn man von Hope House immer geradeaus Richtung Meer läuft, wo würde man da rauskommen?«

»Ziemlich in der Nähe der Stelle, zu der ich dich und dein Kindermädchen neulich gefahren hab«, sagte er. »Oder ein bisschen weiter unten an der Küste, in der Nähe der Flussmündung – beim alten Leuchtturm.«

Der alte Leuchtturm. Ich dachte an den zitternden

Streifen Licht, den Mama vom Dachbodenfenster aus gesehen hatte. Ich dachte daran, wie gebannt sie dieses Licht betrachtet hatte, stocksteif vor Ergriffenheit, die Finger wie Seesterne gespreizt. *Sie sind zusammen dort gewesen,* dachte ich plötzlich. *Sie haben im Häuschen des Leuchtturmwärters gewohnt, als Robert ein Baby war ...*

»Können wir es dort versuchen, bitte?«, bat ich. »Am alten Leuchtturm?«

»Von mir aus g-gern. Irgendwo muss man ja anfangen.«

Als Mr Berry den Wagen auf den schmalen Pfad lenkte, der zum Leuchtturm führte, sah ich sie sofort. Sie stand am Rand der Klippen und blickte hinaus aufs Meer.

Ein älterer Mann – vielleicht der Leuchtturmwärter – verharrte einige Schritte hinter ihr und trat nervös von einem Fuß auf den anderen. Er hielt eine graue Decke in die Höhe wie ein Stierkämpfer sein rotes Tuch.

Die Meeresbrise hatte Mamas Nachthemd in ein weißes, im Wind peitschendes Kleid verwandelt. Ihr Haar wogte hinter ihr, wild und herrlich. Sie wirkte wie eine Galionsfigur an einem Schiff, eine mächtige Meeresgöttin – sie wirkte *frei.*

Mr Berry hielt den Wagen an und ich sprang hinunter.

Sie ist unversehrt, sie ist unversehrt. Ich rannte los, zu Mama hinaus, doch auf einmal röhrte hinter mir ein

Motor. Dann kreischten Bremsen, und eine Wagentür knallte.

»Zurückkommen, Henrietta!«

Doktor Hardy. Doktor Hardy war da.

Hinter ihm erschien ein weiteres Automobil – ein großer schwarzer Wagen, aus dem zwei Männer ausstiegen. »Schaffen Sie um Himmels willen das Kind aus dem Weg!«, brüllte Doktor Hardy. Einer der Männer stürzte auf mich zu. Bevor ich Mama erreichen konnte, hatte mich ein Paar kräftiger Pranken gepackt. Fleischige Finger bohrten sich mir grob in die Arme. »In meinen Wagen mit ihr!«, rief Hardy dem Mann zu.

Ich wehrte mich mit aller Kraft. Meine Füße schabten und schlitterten über die losen Steine auf den Klippen, meine Finger versuchten die Hände von meinen Armen zu lösen. Ich hörte, wie hinter mir eine Tür aufgerissen wurde. Der Mann warf mich auf die Rückbank von Hardys Wagen und schlug mit einem lauten Knall die Tür zu. Ich saß in der Falle. »Passen Sie auf, dass sie da drinbleibt!«, brüllte der Doktor draußen. Der Mann tat wie befohlen und stand vor dem Automobil Wache.

»Mama!« Ich spähte durchs Fenster und versuchte, an meinem Häscher vorbeizusehen. Doktor Hardy stapfte mit schweren Schritten zur Felskante vor. Ich hämmerte an die Scheibe, um Mama zu warnen. »MAMA!«

Als er nur noch wenige Schritte entfernt war, ging Hardy langsamer. Er hielt etwas in den Händen. Einen weißen Mantel? Einen Ledergürtel? Es war eine Zwangsjacke.

Von meinem keuchenden Atem beschlug das Fenster, und ich musste es mit der Hand abwischen, um freie Sicht zu haben. Doktor Hardy pirschte sich mit ausgebreiteter Zwangsjacke an Mama heran. Ich sah, dass seine Lippen sich bewegten, konnte aber nicht hören, was er zu ihr sagte. Es war, als sähe ich einen Film in einem Lichtspieltheater – ich konnte nichts tun, um in das Geschehen auf der Leinwand vor mir einzugreifen. Ich hielt es nicht länger aus.

»MAMA!«, schrie ich wieder, lauter diesmal.

Sie musste mich gehört haben. Sie drehte sich um, und genau in diesem Augenblick hechtete der Doktor vor. Mamas Mund öffnete sich zu einem stummen Schrei, als sie ihn sah, und ihr Fuß zuckte rückwärts auf die Felskante zu.

»MAMA!«

Doktor Hardy packte sie und warf sich mit ihr zu Boden. Ich sah schieres Entsetzen in seinem Gesicht aufflackern – *seine Patientin, er durfte seine wertvolle Patientin nicht verlieren.* Nun kamen auch andere Helfer hinzu – der Leuchtturmwärter und der zweite Mann, der in dem schwarzen Wagen vorgefahren war. Gemeinsam zogen sie Mama von der Felskante weg. Der fremde Mann steckte sie in die weiße Jacke, die Doktor Hardy bereitgehalten hatte. Ich sah, wie Mama Widerstand leistete. Ich schaffte es, die Tür einen Spalt zu öffnen, und schrie wieder. Sie sah mich und versuchte, zu mir zu kommen, doch Doktor Hardy führte sie weg. Mein Bewacher stieß mich zurück in den Wagen und knallte die Tür zu. Mama wollte die Arme nach mir ausstrecken, aber die Zwangsjacke verhinderte die Bewegung; sie schluchzte und ich schluchzte ebenfalls, die Hände an die Fensterscheibe gepresst – »Mama!«

»Beruhig dich, Henrietta!«, brüllte Doktor Hardy. »Du machst alles nur noch schlimmer mit diesem Benehmen! Setz dich bitte zu Mr Berry auf den Pferdewagen. Wir sehen dich gleich in Hope House.«

Der Mann, der mich gefangen gehalten hatte, öffnete endlich die Tür. Hilflos sah ich mit an, wie sie Mama auf die Rückbank des großen schwarzen Automobils setzten und davonfuhren.

33

»Alles in Ordnung, Henry? Wie war die Rückfahrt mit Mr Berry?«, fragte Nanny Jane und lächelte über meinen Kopf hinweg. Etwas war komisch an ihr. Ihre Angst um Mama war einer aufgesetzten Munterkeit gewichen.

»*Schön*«, sagte ich. Die schrecklichen Erlebnisse auf den Klippen saßen mir noch in den Knochen. »Ich sehe nach, ob es Mama gut geht.« Und ich marschierte entschlossen Richtung Treppe.

Nanny Jane trat mir in den Weg, und ihr Gesicht bekam rote Flecken. Irgendetwas war hier faul.

»Was?«, fragte ich. Ich versuchte es in ruhigem, erwachsenem Ton zu sagen, obwohl mir das Herz bis zum Hals schlug. »Was ist los?« Dann wiederholte ich es fast schreiend: »Was ist los?«

Nanny Jane streckte beide Hände nach mir aus und ich sah, dass sie zitterte. Sie machte den Mund auf, um etwas zu sagen, doch es kamen keine Worte heraus.

Ich schob sie beiseite und rannte die Treppe hoch.

»Wo IST sie?«, schrie ich.

Mamas Zimmer war leer, das Fenster offen, das Bett abgezogen. Doktor Hardy saß an ihrem Sekretär und unterzeichnete ein Dokument.

»Na, kleines Fräulein«, begann er, drehte sich langsam herum und nahm seine Brille ab.

Er war verschwommen. Mit jedem rasselnden Atemzug lief ein Schauer durch meinen Körper. Mein Hals brannte. Ich konnte kaum sprechen. *Ist sie tot? Ist sie tot?* Ich hörte Nanny Jane auf dem Flur hinter mir. Ich klammerte mich an den Türrahmen.

»Mami ist nicht da, Henrietta«, sagte Doktor Hardy. Besänftigend, beängstigend.

Noch nie in meinem Leben hatte ich einen solchen Drang verspürt, jemanden zu schlagen, wie ich Doktor Hardy in diesem Moment schlagen wollte. Ich spannte den Bauch an. Ballte die Fäuste. Als Nanny Jane mir die Hand auf die Schulter legte, war ich drauf und dran, sie zu beißen.

»Mama ist direkt in die Spezialklinik gebracht worden«, sagte Nanny Jane. »Der Wagen ist abgefahren, kurz bevor du nach Hause gekommen bist.«

Ich rang nach Luft. »Ein Trick!«, keuchte ich. »Sie haben gesagt, wir sehen uns gleich in Hope House, Doktor Hardy – Sie haben mich glauben lassen …« Ich stierte ihn an. »Es war ein Trick! Sie haben sie weggeschickt – nach Helldon.«

»Na, na, kleines Fräulein – du wusstest sehr wohl, dass …«

»Aber ich habe mich nicht verabschiedet – Sie haben mich nicht Auf Wiedersehen sagen lassen …«

»Wir dachten, so wäre es leichter«, sagte Nanny Jane. Ihre Stimme war leise, flehend.

»*Leichter?*«, japste ich mit stockendem Atem.

Doktor Hardy hatte sich wieder seinen Unterlagen zugewandt. Ich konnte mir denken, was er dachte – *Es bringt nichts, einem hysterischen Kind Aufmerksamkeit zu schenken. Besser, wir ignorieren sie.*

»Wir dachten, es sei zu deinem Besten«, sagte Nanny Jane. Ich hörte Zweifel heraus und merkte, dass sie den Tränen nahe war.

Doktor Hardy erhob sich. Sein Stuhl schabte über den Boden, und er raschelte mit den Papieren. »Hier ist ein Formular für Mr Abbott«, sagte er absichtlich laut zu Nanny Jane, wie um mein kindisches Theater mit seinen wichtigen Angelegenheiten beiseitezufegen.

»Ich will Mama sehen, Doktor Hardy«, sagte ich und versuchte, meine Stimme unter Kontrolle zu bringen. »Ich will, dass Sie sie nach Hause bringen, bitte.« Ich sah ihm in die Augen.

»Dafür ist es leider zu spät – die Sache ist schon besiegelt.« Er wedelte mit dem Formular und tippte mit einem lila Finger auf die Unterschrift und das Datum. »Schau!«

Ich starrte das Dokument an und versuchte es ihm zu entreißen, doch er drückte es schnell Nanny Jane in die Hand. »Mr Abbott muss auch noch unterschreiben«, sagte er. »Könnten Sie ihm das bitte in die Post geben, Miss Button?« Dann bückte er sich zu mir herunter, bis unsere Gesichter dicht voreinander waren. »Wir sind nicht mehr im Mittelalter, du dummes Ding – niemand wird deine Mami anketten und den Schlüssel wegwerfen. Sie ist in Helldon gut aufgehoben. Ihre Ärzte sind für die Behandlung solcher Fälle hervorragend qualifiziert.« Mit glänzenden Augen richtete er sich wieder auf. »Was heutzutage alles medizinisch möglich ist! Doktor Chilvers ist hocherfreut, endlich ein weibliches Forschungsobjekt zu haben. Er ist mir unendlich dankbar. Weibliche Neurosen sind natürlich eine ganz andere Geschichte als das Kriegszittern, das eröffnet ihm einen völlig neuen Bereich chirurgischer Forschung. Er ist wirklich sehr optimistisch, was ihre Heilungschancen angeht.« Mit einer kleinen Verbeugung und dem eleganten Armschlenker eines Gentlemans drückte er sich an Nanny Jane vorbei.

Er wirkte wie verwandelt – fröhlich und aufgeregt. Die geistesgestörte Mrs Abbott war endlich in die geschlossene Anstalt eingeliefert. Das Baby war aus den Gefahren gerettet, die ihm in Hope House drohten. Alles war, wie es sein sollte, und *er* war der Held der Stunde! Ich hasste ihn. Er hatte die Fragmente meiner

Familie genommen, sie in noch kleinere Stücke gerissen und sie in alle Himmelsrichtungen verstreut.

Er marschierte Richtung Treppe – »Jetzt ein Tässchen Tee!« – und rief Nanny Jane im Plauderton zu: »Ich habe gehört, dass Chilvers gute Chancen auf einen Preis hat, wenn seine derzeitigen Experimente erfolgreich sind. Welch Freude für mich, meinen kleinen Teil dazu beizutragen! Welch Freude auch für Sie alle!«

Welch Freude, Doktor Hardy.

Ich war wie betäubt.

Ich spürte, wie sehr es Nanny Jane leidtat, doch ich war zu niedergeschmettert, um sie überhaupt ansehen zu können.

Ich ging geradewegs in mein Zimmer, stellte mich ans Fenster und schaute zum Wald hinaus. Da erst fielen mir die unglaublich tief hängenden, dunklen Wolken auf. Winzige glitzernde Tropfen zitterten auf der staubigen Scheibe.

Es begann zu regnen.

34

Gleichmäßig trommelte es ans Fenster. Steter, leiser Regen. Dann, wie aus dem Nichts, ein anschwellendes Rauschen, wie von reißender Seide, und plötzlich strömte das Wasser in einem einzigen heftigen Regenguss vom Himmel. Ich versuchte mich zu erinnern, wann es zum letzten Mal geregnet hatte – es musste Wochen her sein. Die Zeit war so seltsam verstrichen, dass ich gar nicht mehr wusste, welchen Tag wir hatten. Ich dachte an das Datum auf dem ärztlichen Formular, das mir Doktor Hardy unter die Nase gehalten hatte. Die Abfolge von Zahlen kam mir bekannt vor. War das möglich? Die Zahnräder in meinem Kopf ratterten langsam … und dann machte es Klick. *Heute ist mein Geburtstag.* Wie konnte ich vergessen, dass *ich heute Geburtstag hatte?* Und alle anderen hatten es auch vergessen – Nanny Jane ebenso wie Vater. Ich hatte meinen Geburtstag als Gefangene in einem Automobil auf einer Klippe verbracht, wo ich hilflos mit ansehen musste, wie sie Mama abführten und in eine Anstalt sperrten.

Da fiel mir noch etwas ein: Wenn ich heute Geburtstag hatte, dann war es fast auf den Tag genau ein Jahr her, dass Robert gestorben war. Kalte Übelkeit stieg in mir auf. Zum ersten Mal kam mir in den Sinn, dass ich Robert einholte. Ich hatte den Abstand schon um ein Jahr verringert – nicht lang, und ich würde ihn überholen … *Wie seltsam,* dachte ich, *wie furchtbar falsch, älter zu werden als mein großer Bruder.*

Die dunklen Wolken hatten nun den gesamten Himmel überzogen, und der Garten war ein schwarzer, nasser Schemen. Aber da war doch jemand – ein Mensch, die Gestalt einer Frau, die unter den tropfenden Bäumen auf das Haus zukam – *Mama?* War es ihr gelungen, aus Helldon zu fliehen und heimzufinden? Ich zog am Schnappverschluss und stemmte das Fenster hoch. Ich lehnte mich in den Regen hinaus und rief: »Mama! MAMA!« Doch sie konnte mich über das Prasseln nicht hören. Ich würde zu ihr gehen. Ich drehte mich um und tappte auf Zehenspitzen auf den Flur hinaus – niemand durfte mich hören. Eine Diele knarzte vernehmlich, und da wurde ich gewahr, dass etwas im Halbdunkel direkt vor mir stand – ich schrie auf und ein monströses Gesicht blaffte zurück. Mit einem Satz sprang ich zurück in die Tür, während das riesenhafte Geschöpf sich auf mich stürzte.

»Grundgütiger, Kind! WAS treibst du hier?«

Mein Herz schlug so wild, dass mir ganz schlecht wurde. Doktor Hardy donnerte noch einmal: »Was soll das, Henrietta?« Er glotzte mich an – mein Haar, mein Gesicht und die Schultern waren tropfnass. Hatte er mich rufen hören? Glaubte er, dass ich wahnsinnig geworden war?

»Draußen«, hauchte ich, »zu Mama …«

»Mama? Du hattest doch nicht etwa vor, bei diesem Wetter den ganzen Weg bis nach Helldon zu laufen? Deine Mutter ist sicher verwahrt, Henrietta.«

»Nein – sie ist im Garten, sie ist …« Auf einmal wurde mir mein Irrtum klar. Die Frau da draußen im Garten war nicht Mama. Ich schob meine nassen Hände in die Schürzentasche meines alten Kleides und spürte etwas Kleines, Eckiges, Schweres – den Gedichtband. »Moth«, flüsterte ich. »Es ist Moth.«

»Was? Moth – was soll das bedeuten? Miss Button, können Sie sich einen Reim auf dieses Kind machen?«

Nanny Janes Gesicht war eine Maske der Angst.

»Henry …« Ihre Stimme brach – sie war den Tränen nahe. »Nicht schon wieder diese Geschichten von der Hexe im Wald, ich *bitte* dich. Schluss mit den Märchen …« Jetzt weinte sie offen, und ich weinte auch.

»Sie ist *echt*«, sagte ich und umklammerte das Büchlein in meiner Tasche. »Moth ist echt – sie ist Mrs Young.«

Doktor Hardys dunkelrotes Gesicht schwamm noch

dichter an mich heran. Ich fürchtete schon, mich vor Angst zu übergeben. Doch als er wieder die Stimme erhob, war sie kalt und nüchtern. »Mrs Young, die hier in Hope House gelebt hat, Henrietta? Sie ist tot. Sie ist seit drei Jahren tot.« Der letzte Satz war an Nanny Jane gerichtet, nicht an mich. »Ich war ihr Arzt, Miss Button. Ich war zugegen, als der Gerichtsmediziner die Todesurkunde ausgestellt hat.«

»Nein, sie kann nicht tot sein. Sie hat mir das hier geschenkt.« Ich zeigte ihm das Buch.

Er packte mich am Handgelenk. Im ersten Augenblick dachte ich, er würde auch mich die Treppe hinunter nach Helldon schleifen – meine Arme waren noch ganz wund von dem Griff des Mannes auf der Klippe. Ich wollte zurückzucken, zwang mich aber zum Stillhalten.

Doktor Hardy umklammerte mein Handgelenk, während er auf die Uhr sah und vor sich hin zählte. »Faszinierend, faszinierend«, murmelte er. »Rasender Puls, Delirium, Halluzinationen, Somnambulismus ... Ich denke, meine ursprüngliche Diagnose war korrekt: Hier liegt tatsächlich eine erblich bedingte geistige Umnachtung vor. Sehr spannend! Ich werde mit Doktor Chilvers über dich sprechen, kleines Fräulein, und wir werden alles Nötige in die Wege leiten. Einstweilen gehörst du ins Bett. Jetzt wird nicht mehr herumgestreunt.«

Er ließ mein Handgelenk los, holte eine Flasche Beruhigungssaft aus seiner Arzttasche und maß einen großen Löffel der stinkenden schwarzen Flüssigkeit ab. Ich schüttelte den Kopf. *Nein.*

»*Bitte,* Henry«, flehte Nanny Jane.

Ich starrte sie an.

»*Bitte.*«

Ich machte den Mund auf.

Nanny Jane schob mich sanft in mein Zimmer. Sobald sie die Tür hinter mir geschlossen hatte, rannte ich zum Waschtisch und spuckte die grässliche Arznei aus. Sie sammelte sich in einer schwarzen Pfütze auf dem weißen Porzellan wie ein Mundvoll Blut. Dann hörte ich ein Klicken und fuhr herum – der Schlüssel drehte sich im Schloss. Sie sperrten mich ein!

»NEIN!« Ich hämmerte mit der flachen Hand an die Tür, und von draußen hämmerte der Regen mit.

Doktor Hardy sprach, aber nicht mit mir – mit Nanny Jane.

»Auf gar keinen Fall, Miss Button«, sagte er laut. »Es wäre töricht, Mrs Abbott nach Hause zurückzulassen, noch ehe ihre Behandlung überhaupt begonnen hat. Es ist höchste Zeit, Doktor Chilvers seine Arbeit tun zu lassen. Seine Methoden sind wirklich der Gipfel des Fortschritts auf dem Gebiet der Psychiatrie …«

Wieder dieser Ausdruck – *der Gipfel des Fortschritts.* Skalpelle, Operationen …

Nanny Jane protestierte tränenerstickt. »Wenn wir

nur noch ein paar Tage mit den Behandlungen warten könnten, Herr Doktor. Mr Abbott sagt …«

Am liebsten hätte ich gejubelt. Nanny Jane kämpfte für Mama. Einen Moment lang gestattete ich mir, sie wieder ein bisschen gernzuhaben, auch wenn sie mich gerade in meinem Zimmer eingeschlossen hatte.

Doch Doktor Hardy blieb hart. »Nein. Wir haben lang genug gewartet. Es lief bereits all meinen Instinkten und Prinzipien als Arzt zuwider, ihre Behandlung so lange aufzuschieben und sie hier inmitten dieses … *Chaos* zu behalten. Ich spreche von ihrem Leben, Miss Button! Ihrem Leben!« Und seine schweren Schritte donnerten die Treppe hinunter.

35

Ein Blitz zuckte und mein Zimmer leuchtete blau und weiß auf. Dann wurde es wieder dunkel, nur das verschwommene rote Echo von Licht auf meinen Augenlidern blieb zurück. Ich lag vollkommen still im Bett und zählte die Stunden, die auf der Kaminuhr verstrichen. Nun waren Mama und ich beide Gefangene. Ich hatte das Gefühl, dass in mir etwas gerissen war. Das Ticken der Uhr war das Einzige, was mein Herz weiterschlagen ließ.

Wo war Roberts Stimme, wenn ich sie am meisten brauchte? Wo war das schimmernde goldene Licht? Ich presste mein Märchenbuch an die Brust – als könnten Geschichten helfen, als hielten sie irgendwie die Antwort bereit.

Was konnte ich tun? Das Gewitter fegte durch die Bäume im Garten und Donner erschütterte den Himmel wie eine Lawine riesiger Steine. Ich dachte an Wellen, die auf das Meeresufer zurollten, Boote, die auf spitze schwarze Felsen geschleudert wurden … Ich dachte an den Leuchtturm an der Küste und die Lampe, die Grace Maskew in *Moonfleet* entzündete. Und dann fiel mir ein, wie Moth meine Kerze im Fenster gesehen hatte und in der Nacht zu mir in den Garten gekommen war … *Ja, ein Signal.* Ich würde ein Notsignal ausschicken.

Ich brauchte drei Anläufe, um die Kerze anzuzünden, so sehr zitterten mir die Hände. Endlich griff die Flamme auf den Docht über, und fast hätte ein absurder Instinkt mich dazu verleitet, sie wie eine Kerze auf einem Kuchen gleich wieder auszublasen: *Wünsch dir was. Alles Gute zum Geburtstag!* Doch ich besann mich rechtzeitig, stülpte die Glasglocke über die Kerze und stellte den Halter auf die Fensterbank. Und dann wartete ich und wartete …

Ich war wohl eingeschlafen. Mir träumte, das Gewitter tobe unter unserem Dach: Donnerschläge ließen die Wände erbeben, gezackte Blitze fuhren durch die Dunkelheit und setzten die Vorhänge in Brand. Und dann war ich zurück in London, stand vor unserem Haus auf der Straße und sah zu, wie die Flammen hinter dem Dachbodenfenster loderten. Die Scheibe zerbarst, jemand schrie, schwarzer Rauch rülpste in die Nacht hinaus und ich hörte das Feuer genussvoll brüllen.

Da huschten Schritte herbei; ein Schlüssel drehte sich im Schloss; eine warme, starke Hand nahm meine. Und dann war ich wach und wir rannten, rannten fort von

Hope House und meinem Traum von dem Feuer und von unserem Haus in London und von Mama und Vater und Robert. Dem armen Robert. Der Sturm umtoste mich, während wir rannten, und in mir wütete er auch. Der Donner vibrierte in meiner Brust und ich spürte, wie meine spröden Rippen sich zusammenzogen, zarten Fingern gleich, die ein flatterndes Herz umschlossen. Und dennoch rannte ich weiter, die starke Hand zog mich vorwärts, durch nasses Gras, nasse Blätter auf meinem Gesicht, den Geruch nasser Erde und den Regen, der auf mich niederprasselte. Ich hielt ein Bündel in den Armen, etwas Schweres, Festes, das in eine Decke eingeschlagen war. Meine Füße waren nackt und nass, doch sie fanden den Weg. *In Sicherheit.*

In Moths Wagen roch es nach Staub und Kräutern und Büchern. Der Kater lag schnurrend zu meinen Füßen. Auf dem niedrigen Tisch neben dem Bett flackerte eine Laterne. Der Regen trommelte metallisch auf das Dach des Wohnwagens, der Donner grollte in der Ferne – das Knurren eines Tigers, der seine Beute verloren hat.

Ich hielt etwas Schweres, Vertrautes in einer feuchten blauen Decke im Arm. Ich wickelte es aus. Es war meine Märchensammlung.

»Ich habe dein Licht gesehen«, sagte Moth. Sie saß in der Dunkelheit am anderen Ende des Wohnwagens. Sie stand auf und setzte sich zu mir. »Was hast du mitgebracht? Willst du es mir zeigen?« Sie nahm mir das Buch sanft aus den Händen und blätterte behutsam darin. Sie sah sie alle – die fantastischen, unendlichen Welten: verwunschene Wälder, Unterwasserstädte, Königsschlösser … »Wunderschön«, flüsterte sie. »Wunderschön.« Sie schloss das Buch, stellte den Buchrücken auf ihren Schoß und drückte es von beiden Seiten zu. Dann nahm sie mit ihrem schiefen Lächeln die Hände weg und ließ das Buch auffallen. Es war mein Trick. Sie wollte sehen, wo die Seiten sich öffneten. Ich versuchte sie daran zu hindern und streckte die Hand aus – »*Nicht*«, sagte ich. Doch es war zu spät.

Wir waren im Innern des Pfefferkuchenhauses, im Innern des Backofens – einem riesigen Feuerschlund. Ich spürte, was ich jeden Abend spürte, wenn ich mich zwang, das Bild anzusehen: Hitze schlug mir entgegen – die Hitze des Feuers und meiner Schuld. Ich war Gretel. Mein Bruder war für den Ofen gemästet und aus seinem Käfig gezerrt worden. Nun würde er umkommen und ich hatte nichts, gar nichts getan, um ihn zu retten. Es war meine Schuld. Es war alles meine Schuld. Ich hätte sterben sollen, nicht er. Wenn ich die Geschichte nur umschreiben könnte – und die Zeit zurückdrehen – *bitte – kann ich nicht einfach die Zeit zurückdrehen? Und machen, dass es nie geschehen wäre …*

Doch die Flammen des Ofens waren die Gesichter teuflischer Dämonen, so schauderhaft, dass sie vor meinen Augen zappelten und zwinkerten. Die Kohlen glühten wie geschmolzenes Eisen. Das Feuer war so hungrig – ich wusste, dass ich es irgendwie aufhalten musste, aber ich hatte zu viel Angst und es war alles zu spät – ich konnte nichts tun.

»Es ist ein Geschenk von Robert«, sagte ich.

»Du kannst es mir erzählen«, sagte Moth und legte ihre warme Hand auf meine. Sie sah mir forschend ins Gesicht. »Du kannst mir erzählen, was deinem Bruder zugestoßen ist.«

»Das kann ich nicht …«

Sie klappte das Märchenbuch zu und gab es mir zurück. »Geschichten haben große Macht«, sagte sie leise. »Und manchmal brauchen wir all unseren Mut, um sie zu erzählen.«

Ich nickte.

»Erzähl mir, was geschehen ist …«

Und so erzählte ich.

36

Es begann und endete mit dem Mond.

In jener Nacht hing der Mond riesig und tief am Himmel. Ich betrachtete ihn, bis ich das Gefühl hatte, ich könnte die Hand ausstrecken und seine fleckig weiße Oberfläche berühren. Er kam mir wie ein großes Auge vor, das auf mich und auf ganz London herabsah.

Ich hatte Hunger. Ich war ohne Essen ins Bett geschickt worden, nachdem ich mich mit Robert gestritten hatte. Wir zankten uns nun immer öfter. *Aber wir sind ja bald zu dritt,* dachte ich an jenem Abend – *dann bin ich nicht mehr die Kleinste. Das Baby ist unterwegs und ich werde eine große Schwester sein.* Ich schlich nach unten, schnitt ein Stück Brot ab und nahm mir ein Glas Milch. Kurz überlegte ich, ob ich Robert wecken sollte, um mein Festmahl mit ihm zu teilen – als wir kleiner waren, hatten wir so etwas öfter getan –, doch dann erinnerte ich mich, wie er vorhin mit mir gesprochen hatte.

Da ich kein bisschen müde war, beschloss ich nach

meinem kleinen Imbiss, auf den Dachboden zu gehen und in meinem gemütlichen Sessel noch eine Weile zu lesen. Auf Zehenspitzen tappte ich über den Flur zur Treppe, die auf den Dachboden führte.

»Du solltest im Bett sein, *Henrietta*«, zischte eine Stimme hinter mir. Vor Schreck blieb mir fast das Herz stehen. Ich fuhr herum und sah Robert in seinem gestreiften Schlafanzug vor mir, die Arme über der Brust verschränkt und mit dem gleichen Stirnrunzeln wie Vater. Er war immer noch wütend auf mich.

»Du aber auch, *Robert*«, zischte ich zurück und erklomm die Stufen zum Dachboden. Diese gehässigen Worte waren die letzten, die wir in unserem Leben wechselten.

Später erzählten sie mir, das Feuer habe vom Nachbarhaus übergegriffen, wo eine Öllampe in einem Schlafzimmer im Obergeschoss unbeaufsichtigt gelassen worden war. Es war eine sternenklare Sommernacht und ich hatte mich in meinen Sessel am Fenster gekuschelt, um mir mein nagelneues Märchenbuch anzusehen. Einen Tag zuvor hatte ich Geburtstag gehabt und es von Robert geschenkt bekommen. So etwas Schönes hatte ich noch nie besessen. Ich erwog, hinunterzugehen, um mich zu entschuldigen und wieder mit ihm zu versöhnen. *Morgen*, dachte ich. *Ich entschuldige mich morgen …* Ich las den Anfang der *Kleinen Meerjungfrau* und betrachtete die endlosen blaugrünen Türmchen ihres Unterwasserreichs. Dabei wurden mir die Lider schwer, und die Vorhänge, daran erinnerte ich mich noch, flatterten im Nachtwind.

Im Schlaf drang etwas zu mir durch – ein Knistern und Ächzen wie der warme Atem eines Tieres. Dann schrie jemand meinen Namen und ich war wach. Ich atmete einen Schwall Rauch ein, bevor ich erkannte, dass der Dachboden in Flammen stand. Ich wollte zurückschreien, doch der Rauch stach mir wie Nadeln in den Hals. Ich sah nichts. Jemand schrie wieder – näher diesmal. Ich tastete mich durch den Raum. Als ich an eine Tischkante stieß, wusste ich sofort, wo ich war. Mein Fuß fand die oberste Stufe, und ich tastete mich weiter die Treppe hinunter, fort von dem Feuer, fort von dem Rauch, von Husten geschüttelt, blind vor Tränen.

Mama zog mich in die Arme, und ich war in Sicherheit. Nanny Jane war auch da. Sie zerrte uns beide zur Treppe ins Erdgeschoss – »Wir müssen raus – sofort! Raus – sofort!« Doch Mama konnte sich nicht rühren, sie schrie Vater an: »Wo ist er? Such ihn, John, um Gottes willen, such ihn!« Ihre Hand legte sich um ihre Kehle, als bekäme sie selbst keine Luft mehr. Vater rannte von Zimmer zu Zimmer.

»Da droben? War Robert mit dir da droben?« Er brüllte mich an, starrte aber zu dem brennenden Dachboden hinauf.

»Ich weiß es nicht …« Ich konnte nicht aufhören zu husten. Nanny Jane schleifte mich und Mama zur Treppe. Vater schrie uns an, nach draußen zu laufen, und dann hörten wir Robert rufen – über uns – ein ferner, halb erstickter Schrei. In diesem Augenblick erkannte ich die schreckliche Wahrheit. Er hatte gesehen, dass ich auf den Dachboden gegangen war. Er hatte gewusst, dass ich dort oben war. Er musste sich durch den Rauch gekämpft haben, um mich zu holen – ein tapferer Ritter, der einen feuerspuckenden Drachen herausfordert. Ein Held. Und nun war ich, auf welche Weise auch immer, in Sicherheit und er war verloren. *Das dort oben hätte ich sein sollen …*

Von der Straße hörte ich die Glocken der Feuerwehr und des Rettungswagens. Ich hörte Hunderte Stimmen durcheinanderrufen. Nanny Jane hatte Mama hinausgeschoben, doch ich klammerte mich noch an den unteren Treppenpfosten. »ROBERT!«, schrie ich. Vater hechtete die Stufen zum Dachboden hinauf, kehrte aber würgend um und versuchte es wieder, immer wieder, bis die Feuerwehrmänner kamen und uns alle nach draußen schafften.

Vaters Tränen schnitten Flüsse in sein rußverschmiertes Gesicht. Bei seinem Versuch, auf den Dachboden zu kommen, hatte er sich die Hand verbrannt, und jemand hatte sie mit einem großen, nassen Verband umwickelt.

Mama stand neben ihm, mit ihrem großen Bauch, und schluchzte hilflos in ihre Hände. Wir sahen zu, wie die Flammen von innen an das Dachbodenfenster schlugen, bis das Glas sprang und zerbarst und noch mehr dichter Rauch in den Nachthimmel quoll. Flammen züngelten durch das Ziegeldach, etwas stürzte ein, der Schornstein kippte. Wir warteten.

Es fühlte sich an wie Stunden, obwohl es nicht lang gedauert haben konnte. Als die Feuerwehr den Brand endlich gelöscht hatte, waren der Dachboden nebenan, unser Dachboden und ein Großteil des Daches vollständig ausgebrannt. Aus dem Nachbarhaus waren alle unversehrt geborgen worden. Wie ich so von Fremden umringt auf der Straße stand, merkte ich, dass mein Geburtstagsgeschenk, das Märchenbuch, sicher unter meinem Arm steckte. Ich hatte es aus dem Dachboden gerettet. Meine Wahl war auf das Buch gefallen.

Wir warteten auf ihn. Die Spannung unter den Nachbarn, die auf der Straße zusammengelaufen waren, hatte etwas grässlich Jahrmarktartiges an sich; wie die Menge sich teilte, als er auf einer Bahre herausgetragen wurde … Halb rechnete ich damit, dass ein Trommelwirbel für ihn ertönen würde, doch nichts als Schweigen empfing ihn.

Mir blieb im Gedächtnis, wie hell die Streifen auf Roberts Schlafanzug im Licht der Straßenlaterne leuchteten. Ich sah sein Gesicht nur eine Sekunde lang – seine

Haut war fremdartig grau, wie ein Meereswesen, das aus seiner Muschel gekratzt worden ist. Da wusste ich, dass er tot war. Wir wussten es alle.

Alle sahen ihn. Die Nachbarn, die Feuerwehrleute, das Mondauge ... Und alle sahen den Moment, in dem meine Mama zusammenbrach. Sie wand sich wie wild in Vaters Armen. Ich sah, wie er versuchte, ihr Gesicht zur Seite zu drücken, weg von der Bahre, und sie wehrte sich wie ein Tier. Sie riss sich los und rannte, mit wehendem Haar. Sie griff nach ihrem Jungen und küsste und küsste seine weißen Hände, während die Bahre in den Rettungswagen geschoben wurde. Dann schloss der Sanitäter die Tür und sprach leise mit ihr und Vater.

Der Krankenwagen fuhr davon und trug meinen Bruder fort, und ein Stück von Mama mit ihm. Die Glocke blieb stumm.

Wie schnell es alles ging – und wie endgültig es war. Wie eine Operation – der obere Teil des Hauses war entfernt und Robert von unserer Familie amputiert.

*

Ich dachte an den Gärtner, den ich in Helldon gesehen hatte, und die anderen bedauernswerten Männer, die mit Stümpfen anstelle von Armen oder Beinen aus dem Großen Krieg heimgekehrt waren.

Vater hatte mir einmal erzählt, dass Menschen, denen

ein Glied amputiert worden war, bisweilen noch einen Phantomschmerz oder ein Jucken spürten, wo längst nichts mehr war – und ich dachte an all die Male, die ich Robert gesehen oder seine Stimme gehört hatte; meine schmerzliche Sehnsucht nach etwas, das nicht mehr da war. War das das Gleiche? Konnte ein Teil meines Gehirns nur nicht hinnehmen, dass er tot war? Waren es die letzten Zuckungen eines durchtrennten Nervs – oder war es einfach Liebe?

»Vielleicht ist Trauer beides, Henrietta«, sagte Moth leise, als ich die Geschichte zu Ende erzählt hatte. »Trauer ist amputierte Liebe.«

37

Moth stopfte die Decken um mich und blies die Kerze in der Laterne aus. »Jetzt kannst du schlafen«, sagte sie.

Ich lauschte, ob Tropfen auf das Wagendach prasselten, doch der Regen hatte sich gelegt und der ferne Donner war in der Nacht verklungen. Das Gewitter war vorüber.

Im Morgengrauen weckte mich der Geruch von frischem Toast und Rührei. Moth machte Frühstück. Wir setzten uns zusammen ans Feuer. Ich aß und aß. Das Wasser im Kessel kochte und Moth bereitete uns beiden einen süßen Tee. Ich hatte versucht, Moth in Gedanken Mrs Young zu nennen, doch es gelang mir einfach nicht, die Anrede und die Person in meinem Kopf in Verbindung zu bringen. Sie würde ohnehin nicht so genannt werden wollen, da war ich mir sicher. Mrs Young war ein Name für eine gewöhnliche Erwachsene und Moth war – anders.

»Danke, Moth«, sagte ich, als sie mir einen Zinnbecher mit Tee reichte.

Der Kater tauchte aus dem Wohnwagen auf, gähnte und streckte seine Hinterbeine, erst das eine, dann das andere. Moth goss etwas Milch in ein Schälchen und er leckte sie gierig auf, bevor er sich an seine Katzenwäsche machte.

Heute fühlte ich mich anders. Älter. Leichter.

Dann dachte ich an Mama, wie sie allein in der Anstalt aufwachte, und an Piglet in Mrs Hardys Armen, und in mir tat sich eine Leere auf. Ich würde es gutmachen. Ich musste es gutmachen. Ich würde mit Doktor Hardy sprechen und ihn zur Einsicht bringen.

»Doktor Hardy glaubt, dass ich wahnsinnig bin«, sagte ich laut. »Er glaubt, dass du eine Halluzination bist.«

»Ha«, sagte sie und kippte ihren brühend heißen Tee hinunter.

»Würdest du mitkommen und ihn treffen? Würdest du ihm sagen, dass ich nicht wahnsinnig bin? Würdest du mit ihm über Mama sprechen?«

»Wenn er dich für wahnsinnig hält, was wird er dann erst von mir denken?« Sie deutete auf sich – ihr wildes, verfilztes Haar, ihre Lagen aus alten Decken.

»Aber vielleicht mit Nanny Jane oder Mrs Berry?«, fragte ich hoffnungsvoll.

Ihr Blick gab mir die Antwort.

»Dann würden sie wenigstens wissen, dass du echt

bist. Du bist doch echt, oder?«, sagte ich und biss in eine Scheibe Toast.

»Ja, ich bin echt«, sagte sie traurig.

Ich holte tief Luft. »Mr Pickersgill sagte, du hättest dir das Leben genommen. Er sagte, du hättest einen Brief hinterlassen, dass du nicht mehr weiterleben kannst …«

»Hm.« Moth wollte nichts davon hören. Doch ich hatte das Gefühl, dass für uns beide eine Art Frieden zum Greifen nahe war, und ich wollte, ich musste endlich verstehen, wie alles zusammenhing.

Sie machte sich an dem Geschirr zu schaffen und stapelte die leeren Blechnäpfe auf einige andere Teller und den Kochtopf. Sie passten nicht aufeinander. Einen Moment lang schwankte der Turm, dann krachte er um und zerriss mit seinem Scheppern die Stille. Wir zuckten beide zusammen. Der arme Kater fuhr in die Höhe und sauste mit vor Entsetzen schwarzen Augen in den Wald hinein. Aus den Baumwipfeln ringsum stob eine Wolke von Krähen auf und entfesselte einen dunklen, krächzenden Sturm am Himmel. Moth vergrub ihr Gesicht in den Händen und setzte sich. Als sie sprach, war ihre Stimme rau und fremd.

»Ich konnte nicht ohne Alfred weiterleben. Ich konnte nicht in Hope House wohnen. Ich konnte nicht in der realen Welt bleiben. Aber bereit für den Tod war ich offenbar auch nicht. Oder er für mich. Eins von beidem.« Sie atmete tief und langsam durch. »Also bin ich stattdessen hierhergekommen.«

»Und das Boot?«, fragte ich. »Mr Pickersgill sagte, du seist mit einem Boot in ein Unwetter hinausgerudert …«

Ohne den Kopf zu drehen, wies Moth auf das verwitterte alte Ruderboot, das prallvoll mit Kräutern und Blumen vor dem Wohnwagen lag. »Gibt ein hübsches Blumenbeet ab, findest du nicht?«

Ich lächelte.

»Ich glaubte, dass mein Freddie zurückkommen würde«, sagte Moth leise. »Selbst nachdem ich das Telegramm mit der Nachricht von seinem Tod erhalten hatte. Ich dachte immerzu an ihn, wie er da draußen ganz allein im kalten, dunklen Meer liegt. Doktor Hardy gab mir Pillen, damit ich schlafen könnte. Er sagte, ich müsse mich ausruhen, doch da irrte er. Betäubt von den Medikamenten und mutterseelenallein in dem großen Haus wäre ich dem Wahn verfallen, das spürte ich. Ich begann, stattdessen hier draußen im Wald zu übernachten, in dem alten Wohnwagen, in dem Freddie als kleiner Junge gern gespielt hatte. Ich entzündete ein Feuer, um seinem Geist den Weg zu mir zu leuchten. In einer stürmischen Nacht wurde mir klar, dass ich es einfach nicht ertragen könnte, nach Hope House zurückzukehren. Ich wollte verschwinden. Du glaubst, dass ich hier allein bin, doch das stimmt nicht. Ich habe die Bäume und die Füchse und die Rehe – ich habe die Nachtigall und meinen Kater, Bright Star. Es war nicht leicht – es ist nie leicht, Dinge aufzugeben –, aber ich habe mir dieses Leben ausgesucht. Ich bin jetzt hier zu Hause.«

»Alle glaubten – alle glauben, dass du tot bist.«

Moth sah mir in die Augen. »Nun, Mrs Young *ist* tot. Ich bin jetzt Moth. Ich bin frei.«

»Ja.«

Und da dachte ich an Mama – wie sie auf der Klippe gestanden hatte, so frei, wie ein Geist des Meeres … Und ich sah sie in der Zwangsjacke vor mir, eingesperrt in einer Zelle in Helldon.

»Moth, ich muss Mama befreien«, sagte ich, und als ich es aussprach, schien es mir vollkommen hoffnungslos. »Es wäre alles so leicht, wenn ich erwachsen wäre. Dann müssten die Leute auf mich hören.«

»Ha. Die Leute hören auch nicht immer auf dich, wenn du erwachsen bist«, entgegnete Moth mit ihrem schiefen Lächeln. »Aber es gibt andere Mittel und Wege, Henrietta. Manchmal findet man einen Weg, sich Gehör zu verschaffen. Und manchmal kann man etwas erreichen, obwohl einem niemand zuhört.«

Noch während sie sprach, nahm ein Plan in meinem Kopf Gestalt an. Ich würde sehr mutig sein müssen. Ich würde lügen müssen. Und ich würde als Erstes etwas tun, das mir entschieden verboten war …

38

Mittlerweile musste es acht oder neun Uhr sein, doch in Hope House rührte sich nichts. Nanny Jane stand eigentlich immer früh auf. Vielleicht war sie erschöpft von den Ereignissen am Vortag oder hatte von Doktor Hardy ein Mittel bekommen, um besser schlafen zu können.

Auf Zehenspitzen nahm ich Moth durch die Hintertür mit in die Küche. »Da lang«, flüsterte ich. Dann fiel mir wieder ein, dass sie ja früher hier gewohnt hatte, und lächelte entschuldigend. Wir stahlen uns in die Diele. Es kam mir sehr komisch vor, am helllichten Tag mit Moth hier zu sein – ich hatte sie immer als eine Art Nachtgeschöpf betrachtet.

Ich hob die Hörmuschel des Telefonapparats ab, wie ich es Vater so viele Male hatte tun sehen. Mein Herz pochte bang, als ich mir vorstellte, wie entgeistert er über meinen Ungehorsam wäre. Moth sah sich nervös um und zog sich ihre Decken noch höher über die Schultern.

»Hallo? Würden Sie mich bitte mit der Arztpraxis von Little Birdham verbinden«, sagte ich. Wundersamerweise erfüllte mir das Fräulein vom Amt die Bitte sofort. Ich schluckte und holte tief Luft. »Hallo, ja, Henrietta Abbott hier. Könnte ich den Herrn Doktor sprechen?«

In der Leitung klickte es, und nach einer kurzen Pause hörte ich Doktor Hardys klebrige Stimme. »Ja bitte, Miss Abbott?«, schnaubte er. »Wie befinden wir uns denn heute?«

Ich sprach schnell, um ihm keine Gelegenheit zu geben, mir über den Mund zu fahren. »Doktor Hardy, vielen Dank für Ihre Hilfe gestern. Es geht mir viel besser, danke sehr. Ich wollte nur sagen, dass meine Tante Susan – die Tante, die ich neulich erwähnte, als ich bei Ihnen war – soeben aus … aus Amerika eingetroffen ist und gerne mit Ihnen sprechen würde. Ich reiche Sie weiter.«

Ich gab Moth den Telefonapparat und die Hörmuschel.

»Guten Morgen, Doktor Hardy«, nuschelte sie unsicher. »Hier … Hier spricht Susan Abbott.« Doch dann geschah etwas. Als Doktor Hardy antwortete, veränderte sich Moths Gesichtsausdruck. Sie begann, viel langsamer zu sprechen, mit einem Selbstbewusstsein, das ich bei ihr noch nicht erlebt hatte. Aus ihrem Blick sprühte etwas, das wie Rache aussah. »Ja, bin eben aus Übersee angekommen … Nun, ehrlich gesagt bereitet mir so manches hier Sorge. Ich habe meinen eigenen Nervenheilarzt in London verständigt, dass er schleunigst herkommen soll, um meine Schwägerin zu untersuchen.« Sie schielte auf das Skript, das ich vorbereitet hatte. »Er ist ein hoch angesehener Spezialist – hat erst kürzlich ein Mitglied der Königsfamilie behandelt. Er freut sich sehr darauf, Sie kennenzulernen, Doktor Hardy …« Ich hatte Moth erzählt, wie eitel und ehrgeizig Doktor Hardy war. Ich wusste, dass ihm diese versnobte Lobhudelei runtergehen würde wie Butter. Ich sah geradezu vor mir, wie sein rotes Gesicht vor lauter Selbstherrlichkeit noch röter anlief. »Ja, und Ihren Kollegen auch. Wären Sie bitte so lieb, Doktor Chilvers zu sagen, dass er mit seinen Behandlungen noch solange warten soll? Sie tun das doch umgehend? Mein Bekannter wird spätestens heute Abend eintreffen, hoffen wir. Danke vielmals … Ja … Ach, noch eins – bitte richten Sie Ihrer Frau Gemahlin aus, dass ich gleich vorbeikomme, um meine Nichte abzuholen. Besten Dank, Doktor Hardy. Auf Wiederhören.«

Und sie hängte ein.

»Danke, danke«, sagte ich. Sie hatte ihre Rolle hervorragend gespielt. Ich fiel ihr um den Hals. Im ersten Moment versteifte sich Moth, dann entspannte sie sich und erwiderte meine Umarmung herzlich.

»Begleitest du mich?«, fragte ich. »Bitte?«

Aber ich kannte ihre Antwort schon.

»Ich … Ich kann nicht«, sagte sie und sah mit einem rasenden Ausdruck in ihren weit aufgerissenen Augen zur Haustür und zur Welt jenseits von Hope House. »Es tut mir so leid, Henrietta – ich kann einfach nicht.«

*

Ich zog mein feines Sonntagskleid an – nicht das kratzige blaue mit dem Spitzenkragen, sondern ein dunkelgrünes mit langen Ärmeln, in dem ich älter als zwölf Jahre aussah. *Dreizehn*, flüsterte meine innere Stimme. *Du bist jetzt dreizehn.* Dann ging ich ins Dorf.

Als ich das Postamt betrat, um das Telegramm abzuschicken, bemühte ich mich, so erwachsen wie möglich zu wirken. Meine Hand schloss sich fest um die Münze, die Nanny Jane mir bei unserem ersten gemeinsamen Ausflug ins Dorf für Süßigkeiten gegeben hatte. Ich hatte es schon ausgerechnet: Genau vier Wörter bekäme ich dafür. Ich musste sie mit Bedacht wählen …

Als das Telegramm abgeschickt war, lief ich durch Little Birdham und an der Grünfläche vorbei bis zu der von Ulmen gesäumten Sackgasse.

Ich hatte daran gedacht, ein paar Blumen aus dem Garten mitzubringen, die ich mit einem gelben Haarband zu einem Strauß gebunden hatte. »Dankbarkeit kann entwaffnend sein«, hatte Moth gesagt. Kaum hatte Mrs Hardy die Tür geöffnet, hielt ich ihr die Blumen unter die Nase und setzte mein strahlendstes Lächeln auf.

»Guten Morgen, Mrs Hardy«, sagte ich. »Meine Tante und ich sind gekommen, um Pig… die kleine Roberta abzuholen. Wir danken Ihnen von Herzen für Ihre Bereitschaft, sich um sie zu kümmern – das war uns in dieser schwierigen Zeit wirklich eine außerordentliche Hilfe.«

»Deine Tante ist doch sicher auch hier?«, fragte Mrs Hardy und ruckte den Kopf hin und her, um an mir vorbeizusehen.

»Ja, Mrs Hardy, sie wartet gleich um die Ecke in ihrem Wagen.«

Mrs Hardy bewegte sich keinen Millimeter. »Nun, ich hatte eigentlich erwartet, sie würde sich persönlich vorstellen«, sagte sie und verkniff ihr kaltes Echsengesicht.

»Sie lässt sich vielmals entschuldigen, aber wir haben einen eiligen Termin und dürfen uns nicht verspäten.« Ich musste meine Finger ineinander verhaken, um zu verstecken, wie sehr mir die Hände zitterten. Der Plan ging nicht auf … Was sollte ich nur tun? Ich spürte, wie mir kalter Angstschweiß über den Rücken lief. Es war ja gut und schön, als Erwachsene aufzutreten, aber meine schauspielerische Leistung war erbärmlich. Mrs Hardy ließ sich davon jedenfalls nicht beeindrucken. Ich überlegte, ob ich die Flinte ins Korn werfen und zurück nach Hause rennen sollte. Doch dann fing sich ein Sonnenstrahl in der Glasscheibe der Haustür. Er schimmerte wie Gold und ich wusste, dass Robert bei mir war. Seine Hand umschloss meine. *Schau der Dunkelheit direkt ins Gesicht, Hen*, flüsterte er, *und RENN darauf zu.*

»Es tut mir schrecklich leid, Mrs Hardy, aber ich muss darauf bestehen, meine Schwester jetzt mitzunehmen«, sagte ich selbstbewusst. »Meine Tante Susan wartet.«

Ich schenkte ihr ein reizendes Lächeln und marschierte an ihr vorbei ins Haus.

Piglet saß mitten auf dem Wohnzimmerteppich. Sie trug ein albernes Tüllkleidchen mit lauter Spitzen und Rüschen, in dem sie aussah wie ein unglücklicher kleiner Windbeutel. Sobald sie mich sah, strahlte sie und streckte mir die Arme entgegen.

Ich hob sie hoch und küsste sie. »Komm, Piglet«, sagte ich. »Wir gehen.«

»Also … Ich hätte wirklich …« Mrs Hardy plusterte sich auf, als ich wieder an ihr vorbeistürmte. »Was um alles in der Welt soll …« Doch sie reagierte zu spät.

»Machen Sie sich keine Gedanken wegen der Kleider und Spielsachen meiner Schwester«, rief ich über die Schulter zurück. »Sie können sie ein andermal vorbeibringen – wann immer es Ihnen passt. Noch einmal vielen Dank! Wir sind Ihnen alle zutiefst verbunden!« Und ich winkte ihr fröhlich zu, während ich rasch Richtung Straße schritt.

Fühlten sich alle Helden so, wenn sie schöne Jungfrauen befreiten? Vielleicht. Ich fühlte mich zumindest, als sei ich aus Wackelpudding. Ich hielt Piglet ganz fest und vergrub im Weitergehen mein Gesicht an ihrem dicken kleinen Hals, um ihren süßen Piglet-Duft einzuatmen und den kalten Hass zu vergessen, der aus Mrs Hardys Miene geblitzt hatte, als sie sich an ihrer eigenen Schwelle geschlagen geben musste. Würde sie Doktor Hardy anrufen, um ihm zu erzählen, was soeben geschehen war? Wusste sie, dass um die Ecke keine Tante Susan in einem Wagen auf mich wartete? Würde sie die Polizei rufen? Galt es als Kindesentführung, wenn man seine eigene Schwester zurückstahl? Für solche Überlegungen blieb mir keine Zeit.

39

Als wir nach Hause kamen, saß Nanny Jane am Küchentisch und hatte das Gesicht in den Händen vergraben. Bei Piglets Anblick sprang sie auf, und vor Überraschung blieb ihr der Mund offen stehen.

»Henry!«, rief sie, stürzte auf mich zu und fasste mich an den Schultern. »Ich habe mir solche Sorgen gemacht – wo warst du nur? Dein Zimmer war leer und ich habe überall nach dir gesucht!«

»Ich habe Piglet nach Hause geholt«, sagte ich geradeheraus.

»Aber ... Aber deine Tür ... Ich habe sie doch abgeschlossen.«

»Ich kann das jetzt leider nicht erklären«, sagte ich. Dass ich von Mrs Young befreit worden war, hätte Nanny Jane mir ohnehin nicht geglaubt.

»Hier ist jemand, der dich sehr vermisst hat, Nanny Jane«, sagte ich.

Sie war so überwältigt, Piglet zu sehen, und Piglet war

so selig, sie zu sehen, dass Nanny Jane kein Wort mehr herausbrachte. Sie nahm mir das Baby sofort ab und zog ihm das alberne Tüllkleid aus. Darunter trug Piglet ein weißes Leibchen und eine Stoffwindel. Sie sah wieder aus wie unsere Piglet. Ihre Augen waren auf Nanny Jane geheftet und sie brabbelte eifrig, als erzähle sie ihr eine wichtige Geschichte.

Mich drängte es auch danach, mit Nanny Jane zu sprechen, mich mit ihr an den Tisch zu setzen und sie in alles einzuweihen. »Ich habe noch etwas zu erledigen«, sagte ich stattdessen. »Behalte Piglet hier bei dir, Nanny Jane. Ganz gleich, was Doktor Hardy oder wer auch immer sagt.«

»Nein – Henry, warte …«, rief mir Nanny Jane nach, als ich zur Haustür stiefelte. »Henry, du kannst doch nicht einfach …«

Aber ich blieb nicht stehen. Wenn ich jetzt stehen bliebe, wäre alles aus. Ich wusste nicht, ob ich die Kraft hätte, noch länger so mutig zu sein. Also ließ ich mir besser keine Wahl.

Auf dem langen Weg nach Helldon verschwammen die leeren Landstraßen mit meiner eigenen kalten, grauen Angst, die mich in langen, Brechreiz hervorrufenden Wellen erfasste. Der Himmel hatte sich wieder zugezogen und die ganze Welt wirkte, als sei alle Farbe aus ihr ausgewaschen.

Ich musste Mama aus Helldon herausholen, und ich musste es heute tun. Es würde nicht lang dauern, bis Doktor Chilvers erkannte, dass weder meine Tante Susan noch ihr Nervenheilarzt existierten, und mit den Experimenten an Mama begann. Wahrscheinlich würde er sehr wütend darüber sein, dass ich versucht hatte, ihn aufzuhalten. Vielleicht wussten die beiden Ärzte schon Bescheid über meine Lügen. Wenn Mrs Hardy mich durchschaut hatte, war ihr Mann jetzt im Bilde …

Das Problem war, dass mein Plan nur bis hierher reichte. Ich hatte keine Ahnung, was ich eigentlich tun oder sagen wollte, wenn ich in Helldon ankam. Ich hatte mit dem Bau einer Brücke begonnen, ohne genug Holz zu haben, um sie zu vollenden: Gleich würde ich über die ins Leere ragenden Planken hinausspazieren und in das eiskalte Wasser stürzen.

Am Eingangstor hielt ich inne und starrte die lange, kurvige Zufahrt nach Helldon hinab. Mit halbem Ohr hörte ich ein Pony hinter mir herantraben und mir war, als hätte jemand meinen Namen gerufen, doch als ich es schließlich schaffte, meinen Blick von den hypnotischen Windungen der Zufahrt loszureißen und mich umzudrehen, war niemand zu sehen. Die Straße war leer. *Du musst weitergehen, Hen,* befahl ich mir. *Setz einen Fuß vor den anderen.*

Ich konnte die Anstalt noch nicht sehen, aber ich wusste, dass ich mich mit jedem Schritt dem grässlichen

Grabmal von einem Haus näherte. Ich kam mir vor wie auf dem Spielbrett eines Leiterspiels. Die Würfel waren gefallen; ich war auf dem falschen Feld gelandet und rutschte jetzt unaufhaltsam hinab in mein Verderben.

Langsam tauchte Helldon vor mir auf. Wie eine bemalte Kulisse schob es sich zwischen den Bäumen hervor. Jetzt gab es kein Zurück mehr. Das Eingangsportal stand offen. *Dass es die Fischlein lockt herein in seine milden Zähne*, dachte ich.

In der kalten Vorhalle stieß ich auf eine Krankenschwester. Sie hielt einen Schlüsselbund in der Hand. Ihr Käppchen glich einem Schiffssegel, und sie trug eine dicke Brille.

»Kann ich helfen, Miss?«, fragte sie.

»Ich bin hier, um meine Mutter zu besuchen«, sagte ich. »Mrs Abbott.«

Sie ging zu einem Schreibtisch in der Ecke und schlug ein großes Register auf. »Mrs Abbott ... gestern eingeliefert ... Ja, sie ist auf Zimmer vier. Keine Besucher, tut mir leid – zumindest vorerst nicht.«

»Aber ...«, begann ich und kämpfte gegen die Tränen an, die mir bereits in der Kehle brannten. »Wenn ich sie sehen könnte – nur ganz kurz ...«

Die Krankenschwester verdrehte die Augen hinter ihrer dicken Brille. »Warten Sie bitte hier, Miss, ich werde den Arzt fragen.« Und sie verschwand in einem langen, dunklen Korridor. Ich dachte an das Labyrinth des Minotaurus und fragte mich, ob ich wohl eine Fadenrolle hätte mitbringen sollen.

Ich sah mich um. Die Eingangshalle glich einer riesigen Höhle. Eine breite Treppe führte ins Obergeschoss. An ihrem Ende, gleich hinter der obersten Stufe, befand sich ein hohes Eisentor. Ein junger Mann im Pyjama schlurfte brummelnd und zitternd an dem Tor vorbei. Eine Krankenschwester führte ihn in ein Zimmer und schloss die Tür. *Dort müssen die Patienten untergebracht sein. Dort oben.* Ich schaute zu dem Tor hinauf und dachte an Mamas verschlossene Tür in Hope House, und da endlich sprang etwas in meinem Kopf an und ich wusste genau, was ich zu tun hatte. Die Schwester war einen Arzt fragen gegangen, ob ich Mama besuchen könne – wahrscheinlich Chilvers. Ich musste Mama hier herausholen, bevor er mich daran hindern konnte. Mein Blick fiel auf den Schreibtisch in der Ecke. Neben dem Register lag der Schlüsselbund, den die Schwester zurückgelassen hatte.

So leise, wie ich konnte, huschte ich die Treppe hinauf. Mit vor Aufregung zitternden Fingern probierte ich die Schlüssel durch. *Der da – nein – der ist es.* Der größte Schlüssel passte in das Schloss des Eisentors. Es klickte und schwang in den geölten Angeln geräuschlos auf. Hier im Obergeschoss roch es anders als unten. Nach Karbolseife und etwas Scharfem, Beißendem – ein ätzender Geruch, der mich an das Chemielabor in meiner alten Schule erinnerte.

Zimmer vier – Zimmer vier, hat die Schwester gesagt … Ich schaute nach rechts, dann nach links. Die Flure waren leer. *Links*, dachte ich. Der Boden war glatt und frisch gebohnert – in meiner Hast wäre ich fast ausgerutscht. *Zimmer sechs,* las ich, *Zimmer fünf …* Und dann stand ich vor Mamas Tür. Verschlossen. Die kleineren Schlüssel waren mit Zahlen versehen. Nummer vier glitt mir zweimal aus den Fingern, bevor ich ihn zu fassen bekam und im Schloss herumdrehte. Dann war ich in ihrem Zimmer und sah sie sofort. Sie saß in einem niedrigen Bett mit hoher Rückwand. Sie war wach.

»Mama!« Ich rannte zum Bett und schlang die Arme um sie. Sie trug ein langes grünes Nachthemd, das ich nicht kannte, und darüber Doktor Hardys weiße Zwangsjacke, die ihre Arme vor dem Oberkörper verschränkte. Ich nestelte an den Schnallen herum. Mein Daumennagel riss ein.

»Komm, Mama«, sagte ich, wickelte die langen Ärmel auf und legte ihre Arme frei.

Sie sah mich mit angstvoll geweiteten Augen an.

»Komm mit, Mama. Beeil dich.« Ich nahm ihre Hand. Ihre Finger waren kalt, weiß und blutleer. »*Bitte*, Mama …«

Doch sie rührte sich nicht vom Fleck.

40

Was konnte ich nur sagen? Was konnte ich tun? Ich konnte Mama ja nicht den Korridor entlangschleifen oder sie die Treppe hinuntertragen. Ich schaute ihr noch einmal in die Augen und eine fremde, verängstigte Frau starrte zurück. Ich wusste, dass Mama irgendwo da drin war und in dem dunklen Irrgarten ihres Geistes feststeckte, so wie wir beide in den Tiefen von Helldon feststeckten. Ich musste irgendwie zu ihr durchdringen …

»Lass uns ans Meer gehen«, flüsterte ich, als mir ihr Gesichtsausdruck vom Vortag wieder einfiel, als sie an der Felskante gestanden hatte. »Zum Leuchtturm, Mama.«

In ihren Augen flackerte ein Wiedererkennen auf. Sie sah hilflos zu dem winzigen Gitterfenster hinüber.

»Nein, da lang«, sagte ich. »Ich helfe dir.«

Sie nahm meine Hand und erhob sich ganz langsam vom Bett.

Gemeinsam begaben wir uns mit tastenden, schwankenden Schritten zur Treppe. Wir gingen durch das Eisentor, das ich hinter mir verschloss. Den Schlüsselbund ließ ich hängen, damit ich Mama mit beiden Händen helfen konnte. Langsam, quälend langsam stiegen wir die Treppe hinunter. Eine. Stufe. Nach. Der. Anderen. Mamas Augen konnten Entfernungen offenbar nicht richtig wahrnehmen, denn sie vertat sich bei jeder Stufe, wohin sie den Fuß setzen musste. Zweimal musste ich ihren dünnen Arm packen, damit sie nicht stolperte. Ich dachte vage an die Treppe zu unserem Dachboden in London und malte mir aus, wie langfingrige Flammen nach uns griffen, je weiter wir hinabstiegen. Meine Haut prickelte, jeder Zentimeter meines Körpers brannte, während ich auf Stimmen oder Schritte lauschte, doch alles war gespenstisch still. War das etwa eine Falle?

»Gleich geschafft, Mama«, flüsterte ich, und unsere Füße traten endlich auf den Steinboden der Eingangshalle. Mama zitterte. In dem sackartigen grünen Nachthemd sah sie fast kindlich aus. Ich ärgerte mich über mich selbst, dass ich ihr keine Wechselkleidung oder Schuhe mitgebracht hatte. Ich spitzte wieder die Ohren, ob ich Stimmen oder Schritte hörte, vernahm aber nichts als die Grabesstille von Helldon. Die meisten alten Häuser knarzten und seufzten, doch Helldon war ein Gebäude, das den Atem anhielt.

Wir tasteten uns auf das offene Portal zu. Wir hatten

es beinahe erreicht – wir waren beinahe frei –, doch die Angst schnürte mir die Luft ab. Diesmal konnte ich nicht so einfach entwischen wie mit Piglet. Bei den Hardys hatte ich mich zwar schrecklich gefürchtet, aber im Nachhinein kam mir Piglets Befreiung wie ein Kinderspiel vor. Ich konnte Mama nicht auf dem Arm tragen. Wir würden nur so schnell vorankommen, wie sie es schaffte. Und sie war viel, viel schwächer, als ich gedacht hatte.

»Wir gehen noch ein Stück, Mama«, sagte ich. »Glaubst du, du schaffst es noch ein Stück?« Sie nickte und ich glaubte, in ihrer Miene einen Funken meiner alten Mama zu erkennen – klug und entschlossen.

Wir waren jetzt draußen. Der Himmel hatte sich noch mehr verdunkelt, und es nieselte leicht. Wir gingen in Richtung der baumbestandenen Auffahrt. Vor uns wand sich die alte graue Schlange in die Höhe. *Hhhhhier entlang,* zischelte sie. *Hhhhhier entlang …* Aber ich hatte mir etwas anderes überlegt. Wir würden über die Wiese abkürzen. Das ginge schneller und wäre angenehmer für Mamas bloße Füße. Wir hatten es gerade in den Schutz des ersten Baumes geschafft, als sich hinter uns eine Stimme erhob. Sie schnitt durch die feuchte Luft wie ein Messer. Ich erstarrte.

»Miss Abbott«, rief die Stimme. Sie war nicht wütend oder aggressiv, sondern vollkommen ruhig, und das machte sie umso furchteinflößender. Ich sah mich um.

Ein Mann kam über den Rasen auf uns zu. Ein kleiner, gut aussehender, dunkelhaariger Mann in einem teuer wirkenden Anzug. Er sah aus wie ein Schauspieler in einem Film. Er hatte die Hände in den Hosentaschen und schlenderte entspannt dahin, als gehe er nur ein bisschen im Park spazieren.

»Sie führen Ihre Mutter ein bisschen an der frischen Luft herum, wie ich sehe?«

Ich schluckte mühsam und nickte. Ich kehrte ihm den Rücken zu und drängte Mama zu einigen weiteren, erbärmlich langsamen Schritten. Aus dem Nieseln wurde stärkerer, gleichmäßiger Regen. Mamas Füße wurden nass und schmutzig. »Einfach weitergehen, Mama«, hauchte ich. »Geh einfach weiter.« Der Weg zurück zum Haupttor führte über einen regengetränkten, baumbestandenen Hang. Bei unserem Tempo, den Hügel hinauf, mit dem Regen im Gesicht, bräuchten wir mindestens eine Viertelstunde. Ohne jede Anstrengung schloss der Mann zu uns auf.

»Du bist also Henrietta«, sagte er.

Ich sagte nichts. Mein Blick war auf das Tor gerichtet – ein trüber schwarzer Fleck hinter dem schweren Regenschleier. Mama stützte sich jetzt auf meine Schulter. Ich spürte, dass ihre Kraft mit jedem Schritt nachließ.

»Ich bin Doktor Chilvers, vielleicht hast du schon von mir gehört …«

Ich blinzelte verwirrt, blieb aber nicht stehen. *Chilvers?* Meine Gedanken kullerten hin und her wie Figuren auf einem umgestürzten Schachbrett. *Wenn das Doktor Chilvers ist, wer in aller Welt ist dann der hinkende Mann, der in Hope House herumgeschnüffelt hat?* Jetzt begriff ich gar nichts mehr. Nur eins wusste ich: Wenn das Doktor Chilvers war, mussten Mama und ich fort von ihm.

»Doktor Hardy hat mir alles über dich erzählt, Henrietta, und ich war überaus gespannt darauf, dich kennenzulernen. Er sagt, du behauptest, mit einer toten Frau namens Mrs Young befreundet zu sein. Stimmt das? Und du wandelst im Garten umher und sprichst mit dem Geist deines toten Bruders? Es wäre wunderbar, wenn du mir alles über deine Visionen berichten magst, Henrietta. Ich könnte dir helfen, weißt du. Ich könnte es alles verschwinden lassen …«

41

Ich schüttelte den Kopf, und unter die Regentropfen, die mir übers Gesicht liefen, mischten sich Zornestränen. Ich atmete jetzt keuchend – vor Verzweiflung und weil es so anstrengend war, Mama zu stützen und anzutreiben. Da erscholl eine weitere Stimme hinter uns. Doktor Hardy.

»Da bist du also!« Seine Stimme bebte vor Wut. Ich drehte mich nicht um – das war nicht nötig. Ich sah vor mir, wie sein massiger Leib über die Wiese auf uns zuwalzte. »Was zum Teufel ist in dich gefahren, Henrietta?«

»Na, na, Hardy«, sagte Doktor Chilvers. »Wir gehen lediglich ein bisschen zusammen spazieren. Nur keine Aufregung.« Er benutzte Worte wie ein Chirurg sein Skalpell – zielsicher und selbstbewusst.

Ich hörte Hardy schnaufen. Der Boden zitterte schon unter seinen schweren Schritten. »Ein bisschen spazieren?«, japste er empört. Dann prustete er vor Lachen. »Ha! Verstehe. Sehr gut, Chilvers, sehr gut.«

Ich drängte Mama immer noch zum Weitergehen. Es war hoffnungslos, das wusste ich, aber was konnte ich sonst tun? Mittlerweile goss es wie aus Kübeln, und die Wiese verwandelte sich in einen grauen Sumpf. Mamas grünes Nachthemd klebte an ihr wie Wasserpflanzen. Wir ertranken zusammen. Mama rutschte auf dem nassen Gras aus und ihr Fuß knickte um. Sie holte erschrocken Luft und taumelte. Ich fing sie gerade noch auf.

Da schob sich Hardy vor uns – ein mächtiger, tropfender Megalith. »Kannst du mir verraten, wo du hinwillst, Henrietta?«, schnappte er. »Glaubst du, dass du deiner Mutter damit einen Gefallen tust? Sie hat den Aufenthalt hier bitter nötig, Gott noch mal! Wir sind Ärzte! Wir werden sie gesund machen.«

In diesem Moment – trotz allem, was ich über Chilvers' Experimente und Hardys Ambitionen wusste – wollte das brave Kind in mir klein beigeben. Ich hätte diesen Erwachsenen so gern vertraut. Doch ich wusste, dass ich ihnen nicht trauen konnte. Mein Herz sagte mir, dass meine Mutter nie wieder nach Hause käme, wenn ich sie jetzt hierließe.

Chilvers versuchte es mit einer anderen Strategie. »Das Wetter ist aber ungemütlich geworden, finden Sie nicht, Miss Abbott?« Er gluckste und blinzelte in den Regen und den finsteren Himmel hinauf. Er nahm eine Hand aus der Tasche, legte sie mir freundlich auf die Schulter und steuerte uns zurück zum Vorplatz. »Wie wäre es, wenn wir alle reingehen und bei einer schönen Tasse Tee ein wenig plaudern? Und Ihrer Frau Mutter besorgen wir etwas Trockenes zum Anziehen, ja?« Er war gerissener als Hardy, das musste ich ihm lassen. Er war viel gerissener.

Wenn ich mich ihnen weiter widersetzte, würden sie mich ins Haus zurückschleifen, ob ich nun wollte oder nicht. Sie würden Mama zurück in ihr Zimmer sperren und sie wäre wieder ihre Gefangene – und ich ebenso … Meine Gedanken rasten im Kreis wie eine in die Enge getriebene Ratte.

Chilvers bot Mama den Arm wie ein Kavalier. Sie hakte sich unter, und für eine Sekunde fiel seine freundliche Maske. Etwas wie Gier glänzte in seinen Augen.

»Nein!«, schrie ich und zog Mama zu mir. Chilvers lächelte drohend. Dann geschahen mehrere Dinge gleichzeitig. Hardy stürzte sich auf mich, und ich wich zurück. Dabei blieb ich mit der Ferse am Rand der Auffahrt hängen und stolperte rücklings hin. Ein Rattern und Klappern und ein schrilles, erschrockenes Wiehern ertönte. Ich fuhr entsetzt herum. Vier scharfe Hufe tanzten auf dem Kiesweg und die riesigen Räder eines Pferdewagens kamen auf mich zugesaust. Mama schrie auf.

Dann beugte sich Mr Berry mit angstbleichem Gesicht über mich, aber hinter ihm stand noch jemand. Benommen kniff ich die Augen zusammen: Da war auch eine Frau. Sie stand einige Meter entfernt, von einem grauen Regenschleier verhüllt.

»Alles in Ordnung, Kleine?«, fragte Mr Berry und half mir hoch, ohne die Ärzte auch nur eines Blickes zu würdigen. »Ich hab dich am Tor stehen sehen und … Na, ich dachte, ich kehr mal um und schau, ob du Hilfe b-brauchst. *Kannst die Kleene doch nicht einfach so allein nach Helldon reingehen lassen*, hab ich mir gesagt.« Er legte mir eine Decke um. »Hab auf der Straße nach Hawkham deine Tante Susan getroffen – die war wohl auch hierher unterwegs.«

Ich starrte ihn an. *Tante Susan?* Aber ich hatte in Wirklichkeit doch gar keine Tante Susan. Das war eine Lüge gewesen, um den Hardys Piglet abzuluchsen.

Die mysteriöse Gestalt kam durch den Regen auf mich zu. Sie trug einen langen schwarzen Mantel. Erst als sie direkt vor mir stand, konnte ich ihr Gesicht sehen. *Moth!* Ihre wilde Mähne war unter einem breitkrempigen Hut versteckt. Ihre Augen blitzten wie Stahl.

»Los, Henrietta, fahren wir dich und deine Mutter nach Hause«, sagte sie und half uns auf das Fuhrwerk. Mr Berry holte eine weitere Decke von der Pritsche und legte sie um Mamas zitternde Schultern.

Die beiden Ärzte hatten bisher kein Wort gesagt und der Posse mit verschränkten Armen zugesehen. Schließlich trat Chilvers vor und glättete mit einer geschniegelten Pfote sein glattes Haar. »Grundgütiger«, sagte er und spähte durch den Regen. »Ist das Sergeant Berry? Hätte nicht gedacht, dass wir Sie je wiedersehen, S-Sergeant. Also haben Sie den restlichen Krieg überstanden … Wie gehts mit dem St-St-Stottern?« Er und Doktor Hardy glucksten erneut.

Mr Berry holte tief Luft. Er drehte sich zu Chilvers um. Als er sprach, zuckten seine Augen, doch seine Stimme war fest wie ein Fels.

»Ich werde Miss Abbott und ihre Mutter jetzt nach Hause fahren, Doktor Chilvers«, sagte er.

Wir quetschten uns alle zusammen auf den Wagen.

»Tut mir leid, aber Sie können nicht einfach so gehen«, blaffte Doktor Hardy. »Mrs Abbott kann nur entlassen werden, wenn die entsprechenden Papiere unterschrieben werden. Sie ist von Gesetzes wegen unser …«

»Mein Vater ist sicher gern bereit, das alles mit Ihnen zu besprechen, wenn er zurückkommt«, brachte ich über die Lippen.

Chilvers lachte laut auf.

»Wenn er *zurückkommt?*« Hardy feixte. »Du glaubst, dass er zurückkommt? Ich habe über die Jahre schon etliche solcher Fälle erlebt, mein kleines Fräulein. Das ist gang und gäbe – manche Leute knicken ein, laufen vor ihren Problemen davon. Dein Vater ist über alle Berge. Ich fress einen Besen, wenn er je zurückkommt …«

Da ergriff Moth das Wort. Ihre Stimme war kalt wie Stein. »Ich bin sicher, dass mein Bruder bald zurück sein wird«, sagte sie. »Genau wie Henrietta gesagt hat. Und ich werde später noch einmal herkommen, um die nötigen Unterschriften zu leisten. Dann bringe ich den königlichen Nervenheilarzt, den ich am Telefon erwähnt habe, gleich mit. Es kann sich nur noch um wenige Stunden handeln.« Ich bemerkte, dass Moth den Kopf absichtlich so hielt, dass ihre Hutkrempe einen Großteil ihres Gesichts verbarg.

Doktor Hardy war dunkelrot vor Zorn. Doch als er Moth ansah, fiel sein Gesicht in sich zusammen. »Sind wir uns schon einmal begegnet, Madam?«, fragte er. Und trat einen Schritt näher. »Mir scheint, vielleicht …«

»Es gibt Menschen«, sagte Moth zu Hardy, lauter diesmal, »die Ihre Methoden für mittelalterlich halten, Doktor Hardy. Sie sind von Unwissenheit und Ehrgeiz geblendet. Sie sehen nur Symptome. Sie sehen nicht den Menschen dahinter, und Sie sehen nicht, was Sie mit ihm anrichten.«

»Papperlapapp!«, rief Chilvers dazwischen. Er lachte, bebte aber vor Wut. Doktor Hardy starrte Moth jetzt unverhohlen an. Er musste sie erkannt haben. Sie hob den Kopf ein wenig und erwiderte herausfordernd seinen Blick. Ihre Augen funkelten kalt und hart, doch ich sah, dass ihre Lippen blutleer und fest zusammengekniffen waren. Sie hatte Angst.

»Fahren wir, Mr Berry«, zischte ich. »Schnell!« Mit zitternden Händen wendete er das Pony.

Die Ärzte standen Seite an Seite unter einem regentriefenden Baum – ein lila Riese und ein weißer Zwerg – wie eine Karikatur in der Zeitung.

»Mrs Abbott ist in diese Anstalt eingewiesen worden!«, brüllte Doktor Hardy machtlos. »Sie ist geistesgestört! Ich weiß wirklich nicht, was Sie mit dieser lächerlichen Farce bezwecken!« Er zeigte auf Moth. »Und wenn Sie Henriettas Tante Susan sind, dann bin ich der Weihnachtsmann!«

»Rot genug sind Sie ja, Doktor Hardy«, rief ich ihm aus dem sicheren Wagen zu, und da sah ich neben der Wut auch Angst und Verwirrung in seinem Blick flackern. Er war bei der Ausstellung von Mrs Youngs Todesurkunde zugegen gewesen – und nun war sie hier, direkt vor ihm, und quicklebendig!

»Welch ein Vergnügen, Sie wiederzusehen«, rief Moth, während sie triumphierend ihren Hut abnahm und sich umdrehte, um den Ärzten zuzuwinken. »Auf Wiedersehen!«

»Hü, Bert«, rief Mr Berry. Das braune Pony fiel in einen schnellen Trab. Moths Arm lag um meine Schultern. Wir folgten der schlängelnden Auffahrt bis zu dem hohen Eisentor, und Helldon verschwand hinter uns.

42

Ich lag auf Mamas Bett, mit dem Gesicht zu ihr und dem Rücken zum Fenster. Meine Stirn berührte fast die ihre, und wir hatten beide die Knie angezogen. Von oben, stellte ich mir vor, sahen wir aus wie die weißen Flügel eines Schmetterlings. Die ersten Stunden der Nacht war ich hellwach, hielt Mamas Hand und sprach leise mit ihr. Draußen rauschte der Regen. Ein paarmal zerrissen Blitze den Himmel, und in der Ferne donnerte es.

Es musste schon nach Mitternacht gewesen sein, als ich auf dem Flur eine Diele knarzen hörte und die Tür zu Mamas Zimmer aufschwang. Ich drehte mich um und sah eine Gestalt an der Schwelle stehen, eine in ihre wohlvertrauten Decken gehüllte Gestalt mit einem Schlüssel in der Hand. Moth.

»Verzeih, ich wollte dich nicht erschrecken«, flüsterte sie. »Ich musste nachsehen kommen …« Sie trat ans Bett. »Wie geht es ihr?« Sie betrachtete Mama, strich ihr das Haar aus dem Gesicht und fühlte ihr die Stirn.

Da schlug Mama die Augen auf. »Oh!«, sagte sie und lächelte schläfrig. »Oh, ich dachte, ich hätte dich vielleicht nur geträumt …« Und ihr Gesicht begann kindlich zu leuchten. »Meine Nachtigall …«

Vom Flur drangen Geräusche herein. Ein kummervoller Schrei, beruhigendes Gemurmel … Piglet war wach und Nanny Jane sah nach ihr. Vielleicht hatte die Kleine einen bösen Traum von den Hardys gehabt, oder der Donner hatte sie geweckt.

Mamas Gesichtsausdruck änderte sich. Aus ihrer Miene sprach etwas, das ich an ihr noch nicht kannte: Sehnsucht. Ihre Augen füllten sich mit Tränen. Moth lächelte sanft und nahm ihre Hand. »Komm mit«, flüsterte sie. Sie führte sie aus dem Schlafzimmer und durch die Geheimtür auf den Dachboden. Ich nahm die Kerze von Mamas Nachttisch und folgte dicht dahinter. Was für eine seltsame Prozession wir abgaben – vorneweg Moth in ihren zerlumpten Decken, dann Mama und ich in unseren geisterweißen Nachthemden, wie wir bei Kerzenlicht die staubigen Stufen hinaufstiegen. Mir fiel auf, dass dort, wo Moth die Füße hinsetzte, der Teppich besonders abgewetzt war: Sie hatte die Treppe schon unzählige Male benutzt.

Moth stellte sich an das runde Fenster und ließ den Blick über das Meer schweifen. Sie schien ganz selbstverständlich in diesen Raum, in diesen Märchenturm zu gehören – eine Motte zwischen uralten Spinnweben.

Ich drehte mich um und sah Mama an. Sie saß bleich und mit verwirrter Miene auf dem Bett.

»Hier war ich schon einmal«, sagte sie. »Ich dachte – ich träumte, es sei Roberts Zimmer.«

»Es ist nicht Roberts Zimmer, Mama«, sagte ich sanft. »Es ist Alfreds.«

Sie sah sich langsam im Raum um und entdeckte die Modellschiffe auf dem Wandregal.

»Alfred«, wiederholte sie. »Er mag Schiffe, wie Robert früher. Wo ist der kleine Alfred denn?«

Moth setzte sich zu Mama und holte die Fotografie aus einer Tasche unter den Decken.

»Oh«, sagte Mama und berührte das Bild. »Was für ein hübscher kleiner Bursche … Alfred …«

Mama blickte erst Moth und dann wieder die Fotografie an. Ich sah, dass sie die Gesichter der jungen Krankenschwester und des Kindes musterte.

»Dein Junge?«, fragte sie. Ihre Stimme war kaum zu hören.

»Mein Junge«, sagte Moth heiser. »Er … ist im Krieg gefallen.«

Traurig betrachtete Mama das Bild, dann drehte sie es herum. »Hat er das geschrieben – hier auf der Rückseite: *1907, me and Moth?*«

Moths Augen schimmerten. »Ja, das hat Freddie geschrieben, aber … es heißt nicht Moth …« Sie konnte nicht weitersprechen.

Es heißt nicht Moth? Ich schaute mir die Rückseite auch noch einmal an, und mit einem Mal wurde mir mein Irrtum klar.

Moth hieß nicht Moth, hatte nie so geheißen. Die Fotografie war an der Ecke abgerissen, und zwei Buchstaben fehlten. Damals hatte der kleine Alfred geschrieben: *1907, me and Mother.*

Moth steckte das Bild wieder sicher in ihre Tasche zurück. Die beiden Frauen sahen sich in die Augen und hielten ein stummes Zwiegespräch, das ich nicht verstand. Moth legte die Arme um Mama und hüllte sie in eine warme Decke ein. Mama krümmte sich, und ein Zittern durchlief sie.

Dann redete Moth ihr zu. Ihre Stimme war dunkel vor Mitleid. »Es gibt Hoffnung«, sagte sie. »Es gibt so viel Hoffnung. Schau dir dieses Kind doch nur an. Es leuchtet wie ein Stern.«

Sprach sie von mir?

»Das war schon immer so.« Mama versuchte durch ihre Tränen hindurch zu lächeln. »Aber ich kann nicht … Die Ärzte sagten, ich könne mich nicht um die Kinder kümmern …« Ihr Gesicht verkrampfte sich vor Schmerz. »Robert ist gestorben, und dann haben sie mir auch noch die Mädchen weggenommen. Sie sagten, ich sei nicht in der Verfassung, mich um sie zu kümmern – ich habe das Baby nicht ein einziges Mal auf dem Arm gehabt …«

Piglet. *Sie hat Piglet nicht ein einziges Mal auf dem Arm gehabt.* Mama hatte die ganze Zeit über geglaubt, es sei ihre Schuld, dass man ihr das Baby fortgenommen hatte … Ich dachte an die Tränen, die ihr übers Gesicht gerollt waren, als ich *Rumpelstilzchen* vorgelesen hatte.

»Nein«, sagte Moth. »Es ist deins. Die Ärzte hatten unrecht. Es ist deins, und dieses Kind hier auch. Sie brauchen ihre Mutter jetzt. Es ist nicht zu spät für dich. Es ist nicht zu spät …« Moth streichelte Mama über den Rücken, wie ich Piglet streichelte, wenn sie weinte.

»Ich weiß nicht, wie ich zurückfinden soll«, hauchte Mama, und ihre Stimme war rau vor Angst.

»Du kannst zurückfinden«, sagte Moth tränenerstickt. »Du kannst und du wirst zurückfinden.« Und so stand es in Stein gemeißelt.

43

Am nächsten Tag kam Mrs Berry wie immer zur Arbeit. Als ich in die Küche ging, nahm sie mich in die Arme und sagte, Mr Berry lasse mich und Mama herzlich grüßen. »Danke«, murmelte ich in ihre Schulter hinein. »Bitte sagen Sie ihm Danke von mir.« Da ich nichts anderes herausbrachte, drückte ich Mrs Berry nur die mehlverschmierten Hände und half ihr dann beim Teigkneten.

»Archie hat gesagt, Sie hätten gestern Hilfe gehabt«, sagte Mrs Berry mit gesenkter Stimme, während wir kneteten. »Er hätte seinen Augen nicht getraut, meinte er, als er sie im Regen die Straße nach Hawkham langgehen sah – wie eine Geisterdame, hat er gesagt.«

Ich erwiderte nichts. Mr Berry hatte also gewusst, dass sie nicht wirklich meine Tante war – er hatte sie als Mrs Young erkannt. Ich lächelte, dass er so lieb gewesen war, das Spiel mitzuspielen.

»Wo hat sie denn all die Jahre gesteckt?«, fragte Mrs Berry. »Die arme verlorene Seele …«

Ich schaute durch die Hintertür Richtung Nightingale Wood. Was konnte ich sagen? »Nicht verloren, Mrs Berry«, sagte ich. »Sie wollte nur nicht gefunden werden.«

Es war ein ruhiger Tag, windstill und bewölkt, als erhole sich die Natur von dem Unwetter. Mama schlief viel, aber ohne die Pillen schien es eine andere Art Schlaf zu sein – friedlich und heilsam. Ich saß auf dem Bett und las ihr vor, während sie schlief. Ich las *Des Kaisers Nachtigall*, weil es ihre Lieblingsgeschichte war und mich an Moth erinnerte.

Auch Nanny Jane verschlief fast den ganzen Tag. Sie war wohl ähnlich erschöpft wie Mama. Nach außen hin war alles wie eine Woche zuvor, ehe Piglet und Mama fortgeholt worden waren, aber ich wusste, dass der Schein trog. Etwas Entscheidendes hatte sich verändert. Es war, als seien wir alle entzweigebrochen und dann in leicht abgewandelter Form wieder zusammengefügt worden. In besserer Form, dachte ich – stärker, als wir vorher gewesen waren.

Am Nachmittag war Piglet ungewohnt bockig. Sie hatte angefangen, mit gerunzelter Stirn den Kopf zu schütteln und dabei unwirsch »Mm!« zu sagen – ein Tick, den sie sich vielleicht bei den Hardys zugelegt hatte. Zwischen dem Mittagessen und der Teestunde machte sie das gut hundert Mal. Mit einem Kopfschütteln lehnte sie ihr Milchfläschchen ab, den süßen Brei aus Karotten und Hähnchen, den Mrs Berry für sie zubereitete, und überhaupt alles, was man ihr anbot. Als ich versuchte, ihr Wiegenlieder vorzusingen, schüttelte sie so wütend den Kopf, dass es mich fast zum Lachen brachte. »Humpty Dumpty« machte sie besonders ungehalten.

In wenigen Tagen würde sie ein Jahr alt. Ich fragte mich, ob ihr Geburtstag genauso unbemerkt verstreichen würde wie meiner. Ich hatte es nicht angesprochen, und die anderen hatten ebenfalls kein Wort darüber verloren. Ich beschloss, dass Piglet das nicht passieren durfte, und so nahm ich sie kurz vor dem Baden mit in die Küche zu Mrs Berry, um für die nächste Woche eine Teeparty zu ihrem Geburtstag zu planen. Mrs Berry war gleich ganz aus dem Häuschen und machte sich sofort daran, eine Einkaufsliste zu schreiben.

Mittsommer war nun schon lange vorüber. Einen Monat zuvor wäre der Himmel um diese Stunde tiefblau gewesen; jetzt war er bleich und silbern. Die Hintertür und die Küchenfenster standen weit offen, und in dem Apfelbaum bei den Rosensträuchern jubilierte eine Amsel. Bald würde Mrs Berry nach Hause fahren. Während sie die Küche sauber machte und die Einkaufsliste für Piglets Teeparty fertigstellte, stand ich in der Hintertür und wiegte Piglet sachte in den Armen. Sie schmiegte sich an meinen Hals und zappelte unzufrieden hin und her. *Sie muss sehr müde sein,* dachte ich. Ich redete leise auf sie ein und täschelte ihren Rücken. Ich erzählte ihr von den Vögeln im Garten – einer Amsel, einem Rotkehlchen und einem rundlichen kleinen Zaunkönig, der zwischen den Blättern umherflitzte wie eine Feldmaus mit Flügeln.

Allmählich wurde Piglet schwerer. Sie schnüffelte schläfrig und sabberte auf meine Schulter. Ich tätschelte sie weiter. »Horch, Piglet«, flüsterte ich. »Was hörst du? Mrs Berry planscht an der Spüle herum, die Kirchenglocken läuten, die Amsel singt ihr Abendlied, auf der Straße zum Dorf brummt ein Auto …«

Ich brachte Piglet in die Babystube und legte sie in ihr Bettchen. Es kam mir unklug vor, sie zum Baden aufzuwecken. Sie grunzte, drehte sich auf die Seite und war sofort tief und fest eingeschlafen.

Nanny Jane war immer noch in ihrem Zimmer und Mrs Berry hatte Feierabend gemacht. Alles war ruhig im Haus. Ich ging zu Mama hinein und setzte mich ans Fußende ihres Bettes. Die Fenster standen offen. Die Luft war weich und von Abendstille durchtränkt. Mama lächelte im Schlaf.

Auf einmal drangen Geräusche von draußen an mein Ohr. Das Dröhnen eines Automobils, das Knirschen langsam ausrollender Reifen auf dem Kies. Diese Geräusche verhießen nur eins: Doktor Hardy.

Er ist zurück, dachte ich. *Er ist zurück, um Mama wieder nach Helldon zu bringen und mich auch einweisen zu lassen; um uns beide in Zwangsjacken zu stecken …* Es überlief mich heiß und kalt. Meine Hände waren schweißnass und ich spürte mein Herz bis zum Hals und in den Fingerspitzen schlagen. Wie ein Henker saß Doktor Hardy am Schreibtisch hinter mir und füllte in aller Seelenruhe die nötigen Papiere aus, um mich wegzusperren … Eine Wagentür ging. Schritte kamen auf das Haus zu. Ich sah zu den weißen Vorhängen, die vor dem Fenster flatterten, fürchtete mich aber davor, sie aufzuziehen und hinauszuschauen. Mir schien, ich könnte nicht einmal aufstehen – meine Beine fühlten sich an, als sei alles Blut aus ihnen gewichen.

In der Haustür drehte sich ein Schlüssel. *Ein Schlüssel?* Mein Herz verstand das Geräusch, ehe ich es tat, und machte einen Sprung. Ich schnappte nach Luft, stürzte ans Fenster und spähte mit offenem Mund in die Auffahrt hinunter. Es war nicht Doktor Hardys Wagen, der dort vor dem Haus stand; es war ein ganz anderer Wagen – *Oh!* Es war ein Wagen, den ich lange nicht mehr gesehen hatte.

Herzliche Umarmungen waren eigentlich nicht Vaters Sache, doch diesmal ließ ich ihm kaum eine andere Wahl. Ich flog die Treppe hinunter, warf mich an seinen Hals und weinte vor Erleichterung, seine Arme um mich zu spüren. Er roch nach Sommer und Maschinen und Pfeifenrauch und fremden Ländern. Ich presste mein Gesicht an seine Brust und sog ihn mit jedem Schluchzer in mich auf. Er hielt mich einfach nur fest und küsste mich auf die Haare. »Ich bin ja jetzt da, Hen. Ich bin wieder da«, sagte er.

»Du bist wieder da«, schluchzte ich. »Ich wusste, dass du heimkommen würdest. Doktor Hardy wird einen Besen fressen müssen!«

Er hielt mich ein Stück weg und sah mich verwirrt lächelnd an. »*Was* wird er tun müssen?« Dann zog er mich noch einmal an sich. »Es war dein Telegramm, Hen«, sagte er. »Das Telegramm, das du gestern Morgen geschickt hast.«

Ich dachte an die Nachricht, die ich gewählt hatte. Mein Geld hatte ja nur für vier Wörter gereicht. Ich hatte lange mit mir gerungen – wie könnte ich mit gerade einmal vier Wörtern jemals erklären, was alles geschehen war? Schließlich hatte ich mich für diese vier entschieden:

Wir brauchen dich hier.

44

»Es ist ganz und gar nicht wie in Helldon, Hen«, sagte Vater. »Es ist eine spezielle Art von Krankenhaus.«

Wir aßen zusammen in der Küche zu Abend. Vater hatte eine Dose Erbsensuppe mit Schinken geöffnet und in einem Topf auf dem Herd warm gemacht. Ich hatte ein paar dicke Scheiben von Mrs Berrys selbst gebackenem Brot abgeschnitten und mit Butter bestrichen. Wir aßen im gelben Schein der Öllampe, statt die hellen Gaslichter im Speisezimmer anzudrehen. Obwohl wir in unserer eigenen Küche saßen, fühlte es sich an, als seien wir zu einem Abenteuer aufgebrochen und hätten in einer fremden, unberührten Wildnis unser Lager aufgeschlagen.

»Eine spezielle Art von Krankenhaus?« Ich fragte mich, ob mir meine Bestürzung anzuhören war.

»Ja«, sagte Vater. »Deine Mutter wird dort in sehr guten, fachkundigen Händen sein, das verspreche ich.«

Ich dachte an die vergangene Nacht. Während ich neben Mama gelegen und ihr die Hände gehalten hatte, hatte Vater schlaflose, stürmische Stunden verbracht. Zuvor war er den ganzen Tag von Italien zurück nach Frankreich gefahren und hatte über Nacht bei Sturm und Donner den tosenden Ärmelkanal überquert: eben jener Donner, der bis zu uns gedrungen war und Piglet geweckt hatte. Sofort nach seiner Ankunft in London hatte Vater unseren Wagen geholt und war nach Hope House zurückgefahren.

Er sah müde aus, doch es war eine andere Müdigkeit als damals vor seiner Abreise. In seinen Augen sah ich etwas Neues – als hätten sie sich ein wenig aufgehellt. Vielleicht, dachte ich, war es Hoffnung.

Mit seinem Löffel kratzte Vater den letzten Rest Suppe aus seinem Teller. Er stand auf und stellte unser Geschirr neben die Spüle. Da er mit dem Rücken zur Lampe stand, war sein Gesicht im Schatten verborgen.

»Ich habe in den Alpen einen Arzt kennengelernt, Wolfgang Berger – ein Herr aus Österreich, der im gleichen Hotel wohnte wie ich. Ein sehr freundlicher Mensch, und sehr klug. Abends haben wir uns unterhalten. Ich habe ihm erzählt … was alles geschehen ist. Herr Berger ist so etwas wie ein Nervenheilarzt, Hen. Er hat in einem Krankenhaus in der Schweiz gearbeitet. Als ich ihn kennenlernte, bereitete er gerade seine Abreise aus Italien vor, um an einer neuen Klinik in London zu arbeiten. Ich habe ihm von Doktor Hardy und

Doktor Chilvers und Helldon erzählt. Er hatte so einiges Interessante dazu zu sagen …«

Ich stand vom Tisch auf, holte ein Geschirrtuch und trocknete ab, während Vater spülte. Draußen war es fast dunkel. Mir fiel auf, dass wir umso leiser sprachen, je dunkler es wurde. Am Morgen, das wusste ich jetzt schon, würde mir dieses seltsame Gespräch bei Lampenschein vorkommen wie ein Traum.

»Als ich dein Telegramm erhalten habe, sagte ich meinem Vorgesetzten, ich müsse unverzüglich nach Hause zurück. Doktor Berger und ich sind zusammen nach Paris gereist, um die Eisenbahnfähre zu erwischen. Ich werde Mama in seine Klinik in London bringen, Hen.«

Ich musste niedergeschlagen ausgesehen haben. *Noch eine Klinik. Noch ein Arzt. Warum kann Mama nicht einfach zu Hause bleiben?*

»Es ist eine gute Einrichtung, Henry«, sagte er mit Nachdruck. »Dort wird ganz anders gearbeitet. Nicht alle Ärzte sind wie Hardy oder Chilvers. Sie werden sich gut um sie kümmern, versprochen. Sie werden sehr behutsam mit ihr umgehen und ihr mit Gesprächen und der richtigen Art von Medizin helfen, wieder gesund zu werden.«

Ich unterbrach ihn. »Sie werden sie nicht mit einer tropischen Krankheit infizieren?«

Er ließ die Hände im Spülbecken sinken und sah mir in die Augen. »Nein, Henry«, sagte er.

»Oder sie in eiskaltes Wasser stecken oder sie operieren?«

»Nein. Nichts dergleichen.« Er presste die Lippen aufeinander, schluckte mühsam und scheuerte mit dem Spültuch die Innenseite des Topfes, in dem er die Suppe warm gemacht hatte.

»Aber Doktor Hardy hat gesagt …«

Vater schüttelte den Kopf. Es war die gleiche entschiedene Geste, mit der Piglet ihre Ablehnung kundtat: ein unmissverständliches Nein. »Ich habe mit Doktor Hardy und seinem Kollegen in der Anstalt gesprochen«, sagte er. »Ich habe ihnen klipp und klar gesagt, was ich von ihren Behandlungen halte.«

Da begann etwas, das mir den ganzen Sommer über das Herz schwer gemacht hatte, sich aufzulösen: ein Knoten, ein Fels, ein scharfkantiger Eisbrocken, der dahinschmolz. Jetzt hatte ich die Gewissheit, dass Doktor Hardy und seine Anweisungen nicht mehr nach Hope House zurückkehren würden.

Nach kurzem Schweigen sagte Vater: »Es war sehr mutig von dir, Hen, ganz allein nach Helldon zu gehen und Mama nach Hause zu holen. Und Piglet auch. Es … Es tut mir so leid, dass ich nicht hier war, als du mich am meisten brauchtest. Ich hätte nicht wegfahren dürfen.«

»Das ist schon in Ordnung«, murmelte ich und senkte den Blick. Dass er einen Fehler gemacht habe, hatte ich Vater noch nie sagen hören.

Er hob mit seiner seifigen Hand mein Kinn an und sah mich einen Moment lang an. Seine Augen glänzten ganz sonderbar. Dann griff er wieder zum Spültuch.

Als wir mit Aufräumen fertig waren, öffnete Vater die Hintertür und setzte sich auf die Stufe. Ich setzte mich neben ihn. Er nahm seine Pfeife aus der Tasche, stopfte sie mit würzigem Tabak und strich ein Zündholz an. Die Pfeife glühte in einem warmen, orangefarbenen Kreis aus Licht. Pfeifenrauch ringelte sich in die Abendluft hinauf und verströmte den Geruch von Kirschen, Leder und Gewürzwein. Wir saßen stumm nebeneinander. Ich schaute zum Himmel und sah, wie in der zunehmenden Dunkelheit die ersten Sterne aufblinkten. Der Anblick erinnerte mich an unsere erste Nacht in Hope House, als ich die Hintertür geöffnet und der Garten wie eine Unterwasserwelt vor mir gelegen hatte.

»Ich habe versucht, dir zu schreiben«, sagte ich. »Aber ich fand nicht die richtigen Worte. Stattdessen habe ich eine Geschichte über eine Motte und eine Nachtigall geschrieben, und über einen Unmöglichen Berg …« Ich schaute zu Boden und rechnete damit, Vater sagen zu hören, dass ich zu alt für Märchen sei.

Er zögerte kurz. »Das würde ich gern lesen«, sagte er. »Das würde ich sehr gern lesen, Hen.«

Ich spürte etwas Warmes, Frohes in mir aufblühen.

Dann sagte er: »Mama hat etwas von einer Nachtigall gesagt – als ich vor dem Essen mit ihr gesprochen habe.

Jemand, der nach ihr gesehen hat, vielleicht? Jemand, der dir gestern geholfen hat? Sie hat sie eine Nachtigall genannt, da bin ich sicher.«

Ich nickte.

»Ich habe nicht ganz verstanden, ob sie einen echten Menschen meinte oder … etwas anderes. Deine Mama hat gelächelt, Hen«, sagte er. »So habe ich sie nicht mehr lächeln sehen, seit …« Seine Stimme brach. Ich erstarrte. Würde er es aussprechen können?

»Seit dein Bruder gestorben ist«, sagte er schließlich und zog an seiner Pfeife.

Wir saßen so nah beieinander. Am liebsten hätte ich mich zu ihm gelehnt und ihn auf die müde Wange geküsst, doch ich tat es nicht.

»Weißt du, wen sie gemeint hat?«, fragte er. »Mit der Nachtigall?«

»Ja«, sagte ich. »Ja, ich weiß es.«

Er nickte und wartete auf eine Erklärung. Als ich nichts weiter sagte, sah er mich nur an und lächelte. Ich lächelte zurück. Ich glaube, es war der schönste Moment, den wir je zusammen erlebt hatten.

Ich musste ihm nicht von Mama und der Nachtigall erzählen. Es reichte ihm, dass ich es verstand.

45

In jener Nacht schlief und schlief ich, wie ein Geschöpf, das in seiner sicheren, dunklen Höhle in den Winterschlaf gefallen ist. Als ich erwachte, stand die Sonne bereits hoch am Himmel und ich hörte tiefe Männerstimmen aus dem Erdgeschoss.

Ich fand ein sauberes Schürzenkleid, zog mich rasch an und tappte barfuß die Treppe hinunter. Die Diele war leer. Nanny Jane war mit Piglet im Speisezimmer. Sie winkte mir zu, als ich an der Tür vorbeikam. So gut hatte sie schon seit Wochen nicht mehr ausgesehen. Ihr Haar war ordentlich zu ihrem üblichen straffen blonden Dutt frisiert, ihre frisch geschrubbten Wangen schimmerten rosig und weiß.

»Soll ich Mrs Berry bitten, frisches Porridge zu machen, Henry?«, rief sie mir nach.

»Ja, bitte«, rief ich zurück. »Bin gleich da …«

Ich machte kehrt und ging geräuschlos wieder in die Diele. Abermals erklangen die tiefen Stimmen. Ich folgte ihnen zu Vaters Arbeitszimmer und spähte durch die Tür.

»Bitte verzeihen Sie die Unordnung«, sagte Vater, der hinter seinem Schreibtisch saß. »Ich hatte noch keine Gelegenheit, die Kisten fertig auszuräumen.«

Da kam die langbeinige Gestalt von Mr Pickersgill zum Vorschein. Er ließ sich in dem Sessel am Kamin nieder. »Ich bitte Sie!«, sagte er und ließ seine fröhlich funkelnden Augen über die Bücherstapel auf dem Boden wandern. »Dieses System ist mir persönlich sogar am liebsten.«

Ich schob mich leise ins Zimmer, wünschte Vater einen guten Morgen, gab Mr Pickersgill höflich die Hand und setzte mich auf einen Stuhl am Fenster.

Die beiden Männer unterhielten sich über Europa und Italien und das Projekt, an dem Vater arbeitete – dem Simplontunnel durch die Alpen. Sie sprachen über den Versailler Vertrag und die Unruhen in Deutschland – Proteste, Gewalt, Aufstände. Frieden war offenbar nicht einfach nur die Abwesenheit von Krieg – es war komplizierter als das. Schließlich kam das Gespräch darüber unter beiderseitigem resigniertem Kopfschütteln zum Erliegen.

»Es ist schön, Sie wiederzusehen, Mr Pickersgill. Beim letzten Mal haben wir uns gar nicht richtig verabschieden können«, sagte ich und dachte an unsere Unterhaltung im Archiv von Solomon & Pickersgill.

Vater hob fragend die Augenbrauen.

»Ja«, erwiderte Mr Pickersgill mit einem Schmunzeln. »Ich entschuldige mich vielmals, Miss Abbott.« Er wandte sich an Vater. »Ihre Tochter kam zu mir, um mir etwas zu sagen, und ich fürchte, ich habe recht unverblümt reagiert. Es waren – schockierende Neuigkeiten, verstehen Sie, und ich war überzeugt, dass sie sich irrte. Doch nun hat sich herausgestellt, dass sie recht hatte.« Er sah zurück zu mir und lächelte wieder. »Mrs Berry hat mich gleich heute Morgen damit überfallen. Diese Neuigkeiten sind es auch, um es rundheraus zu sagen, die mich heute hergeführt haben.«

Ich hielt den Atem an. Würde er Vater alles erzählen? Dass ich mich mit jemandem angefreundet hatte, den alle für tot hielten. Dass die verstorbene Mrs Young in Wirklichkeit noch lebte – und in unserem Wald wohnte?

»Ich wollte mit Ihnen über die Verlängerung des Mietvertrags sprechen, um die Sie gebeten haben, Mr Abbott. Ich fühle mich verpflichtet, Sie darauf hinzuweisen, dass Hope House in Zukunft möglicherweise nicht mehr zur Miete steht.«

Vater runzelte die Stirn.

»Die rechtmäßige Eigentümerin ist vor Kurzem … in Erscheinung getreten, wenn wir es mal so nennen wollen, und es ist nicht auszuschließen, dass sie zu gegebener Zeit wieder selbst hier wohnen möchte.«

Moth. Er sprach von Moth. Wie herrlich es wäre, wenn sie nach Hope House zurückkehrte – und wie schrecklich, wenn wir ausziehen müssten.

»Ich dachte, Sie hätten gesagt, das Haus gehöre jemandem in Irland?«, sagte Vater.

»Ja. Nun, dem war auch so, bis – ich meine, rechtlich gesehen ist das noch der Fall … Herrje, ich fürchte, das ist alles höchst kompliziert. Die rechtmäßige Eigentümerin war für tot erklärt worden, wissen Sie. Sie verschwand 1916, nachdem ihr Sohn im Krieg umgekommen war, doch wie es scheint …« Er hob die Schultern und lächelte ratlos, aber unbestreitbar glücklich. »Wie es scheint, ist sie immer noch am Leben.«

»Sie verschwand nach dem Tod ihres Sohnes?« Vaters Frage klang düster. Vielleicht dachte er an Mama.

»Ja. Sie sagte, ohne ihn sei die Sonne für immer untergegangen.«

Vater spannte den Kiefer an und zu meiner Bestürzung sah ich, dass er mit den Tränen kämpfte.

Mit leicht schuldbewusster Miene nahm sich Mr Pickersgill rasch eins der Dokumente vor, die er mitgebracht hatte. Er brummte etwas über das vertrackte Vermögensrecht und studierte das Papier dabei eingehend. Vater sah schwer atmend und blinzelnd aus dem Fenster.

Ich ließ mich von Mr Pickersgills Gemurmel einlullen, und meine Gedanken schweiften zu Mama. Am Nachmittag würde Vater sie in Doktor Bergers Klinik fahren. Ich versuchte die Bilder von Helldon zu verdrängen, die mir im Kopf herumspukten: verschlossene Türen, vergitterte Fenster, dunkle Flure. Ich versuchte, diese Gräuel mit dem zu übertünchen, was Vater mir von der neuen Klinik seines Freundes in Bloomsbury erzählt hatte: offene Fenster, Bücher, sanfte Stimmen …

Nach einer Minute spähte Mr Pickersgill kurz zu Vater hinüber und beendete seinen Monolog. Er raschelte mit seinen Unterlagen, erhob sich und schenkte uns beiden ein herzliches Lächeln. Augenzwinkernd sagte er: »Die Wünsche der Eigentümerin sind noch unbekannt, Mr Abbott, doch ich werde Sie über etwaige Änderungen auf dem Laufenden halten. Selbstverständlich behält der ursprüngliche Mietvertrag seine Gültigkeit bis Ende Oktober. Sollte es sich ergeben, dass Sie sich danach ein anderes Domizil in der Umgebung suchen müssen, werde ich alles in meiner Macht Stehende tun, um Ihnen und Ihrer Familie behilflich zu sein.«

Vater dankte ihm. Ich sah, wie dankbar er Mr Pickersgill für seine taktvolle, freundliche Art war. Ich sah, dass sie vielleicht gute Freunde werden könnten.

»Und nun«, schloss Mr Pickersgill an, »muss ich mit Ihrer Tochter über … eine gemeinsame Bekannte sprechen. Wollen wir eine Runde durch den Garten drehen, Miss Abbott?«

Vater lächelte freundlich-verwirrt und sah mich voller Erstaunen und Stolz an. Er schüttelte Mr Pickersgill die Hand, wandte sich wieder seinem Schreibtisch zu und begann, einen Stapel Briefe zu öffnen.

46

»Also glauben Sie mir jetzt?«, fragte ich, als wir durch die Hintertür auf die Terrasse hinausgingen. »Glauben Sie mir, dass Moth Mrs Young ist?« Es war ein sonniger Morgen, und ein frischer Wind wehte. Über den weiten blauen Himmel segelte ein Geschwader weißer Wolken. Wir spazierten Seite an Seite über den Rasen.

»Ja«, gab Mr Pickersgill zu, ohne den Blick von seinen Füßen zu heben. Dann lächelte er trocken. »Mrs Berry hat mir alles über Ihre mysteriöse Tante Susan erzählt.«

Ich errötete und versuchte, mit ihm Schritt zu halten, als wir Richtung Teich liefen. Unter meinen bloßen Füßen fühlte sich der Rasen herrlich kühl an. Ich fuhr mit den Zehen durch das taunasse Gras. Wir setzten uns auf die moosbewachsene Bank.

»Ich war nicht nur der Anwalt der Familie, wissen Sie. Ich habe auch ihrem Sohn Alfred Privatunterricht gegeben«, sagte Mr Pickersgill. »Habe ich Ihnen das schon erzählt, als Sie …? Nein, wohl nicht.«

»Nein, das haben Sie nicht erwähnt«, sagte ich.

»Freddie war ein ehrgeiziger Junge – mit etwa zwölf Jahren beschloss er, Admiral der Marine zu werden. Seine Mutter bat mich, ihm in den Ferien bei seinen Schularbeiten zu helfen. Nach unseren Stunden saßen Niamh und ich meist in der Bibliothek beisammen und unterhielten uns … Wir wurden sehr gute Freunde.«

»Niamh?« Den Namen hatte ich noch nie gehört.

»Niamh.« Er wiederholte es, damit ich mir die Aussprache merken konnte: ›Nie-ehv‹. Es war ein fremdartiges und wunderschönes Wort. *Niamh. Nicht Moth. Niamh Young.*

»Es ist ein irischer Name«, sagte Mr Pickersgill. »Er bedeutet hell. Strahlend.«

Das passte perfekt zu ihr.

Mr Pickersgill schüttelte den Kopf, sprach aber dennoch weiter. Vielleicht verspürte er den gleichen Drang wie ich: den Wunsch, zu verstehen, wie alles zusammenhing.

»Unser Verhältnis wurde sehr eng. Wir waren ein bisschen wie eine Familie. Die Familie, die ich nie hatte. Doch als ich letzten Winter aus dem Krieg zurückkehrte, waren sie beide fort. Beide.«

Während er sprach, spielte Mr Pickersgill mit einem braunen Briefumschlag herum, der schon ganz verknittert war und Eselsohren bekam. Ich nahm ihn ihm behutsam aus der Hand und glättete die Ecken.

Er holte tief Luft.

»Innerhalb weniger Jahre – während ich in der Hölle festsaß – wurde Freddie erwachsen und zog in den Krieg, und Niamh verschwand vom Antlitz der Erde.«

»Als sie fortging«, sagte ich, »hat sie doch einen Brief hinterlassen?«

Mr Pickersgill nickte. »In dem Brief stand, dass sie so nicht weiterleben könne und ich mich um Hope House kümmern solle. Nach der Ausstellung des Totenscheins ging das Haus in den Besitz entfernter Verwandter über – sie hat noch Vettern in Irland –, aber ich habe die Verwaltung übernommen und sorge für die Instandhaltung. Die Erben wollten es verkaufen, doch ich habe es ihnen ausgeredet. Albern eigentlich … Ein Teil von mir weigerte sich zu glauben, dass sie tot war. Mit der Hoffnung ist es so eine Sache, Miss Abbott. Wenn man sich zu lang daran klammert, kann sie sehr grausam werden.«

»Aber Sie hatten doch recht«, sagte ich. »Sie hatten recht mit Ihrer Hoffnung.«

»Wenn ich bedenke, dass sie die ganze Zeit …« Er schüttelte langsam den Kopf. »Sie war so nah … Hätte ich das nur gewusst …«

Eine Weile schwiegen wir und ließen den Blick von dem trüben Teich über die farbenfrohen, üppig wuchernden Blumenbeete und die verfallene Laube schweifen, bis wir zuletzt Hope House selbst betrachteten, das windschiefe, schöne Haus, das sich leicht zu uns neigte, als spitze es neugierig die Ohren.

»Freddie war mein Ersatzsohn«, sagte Mr Pickersgill mit einem Lächeln. »Und ich – nun ja, sein Vater war früh gestorben, und so schloss er mich auch sehr ins Herz. Er nannte mich immer Oncle Fidèle.«

»*Fidèle?* Das bedeutet treu, nicht wahr? Verlässlich?«

»Oncle Fidèle war ein kleiner Scherz von Freddie. Nur ein kleiner Scherz, aber irgendwie blieb der Name hängen. Fidèle war seine Schulfranzösisch-Übersetzung meines Vornamens.«

Truman Pickersgill: True man. Ich lächelte. Freddie und Robert hätten sich gut verstanden.

Mr Pickersgill hatte mir den Umschlag wieder abgenommmen und musterte ihn eingehend. Er wirkte nervös. Ich spürte, dass er mir noch etwas verschwieg.

»Ich hatte gehofft, dass Sie mich zu ihr bringen würden«, sagte er. »Es gibt so einige Formalitäten bezüglich Hope House zu regeln.« Er sah mir in die Augen. »Und da wäre noch etwas ...«

Als wir den Wald betraten, sah ich, dass an dem Spindelstrauch am Waldrand bereits die ersten roten Früchte heranreiften, und ich fragte mich, wie lang es wohl noch dauern würde, bis der ganze Baum in den schönsten Herbstfarben leuchtete. Vielleicht schon bald. Der Sommer neigte sich dem Ende zu.

Im Schatten der Bäume war es kühl und still. Ich zog mir meine Strickjacke enger um den Leib und achtete darauf, wohin ich meine bloßen Füße setzte. Als eine Brise durch die Baumwipfel fuhr, begannen die Blätter »Pssst, pssst« zu säuseln, und alles gehorchte. Die Vögel schwiegen. Nichts war zu hören als das Rascheln unserer recht unterschiedlichen Schritte. Ich stellte fest, dass ich keine Sekunde gezögert hatte, in die Dunkelheit des Waldes einzutauchen. Offenbar fürchtete ich mich nicht mehr davor.

Mr Pickersgill hingegen benahm sich sehr sonderbar. Immer wieder zog er seine Uhr hervor und schaute über die Schulter zurück, als wolle er nachsehen, ob uns jemand folgte. Was hatte er mit »da wäre noch etwas« gemeint? Er hatte sich geweigert, es zu verraten.

»Ist alles in Ordnung, Mr Pickersgill?«, fragte ich.

»Ja, ja, alles bestens«, sagte er und räusperte sich nervös. »Es ist nur – etwas befremdlich. Ich weiß nicht, was ich zu ihr sagen soll.«

»Das wird sich schon ergeben, wenn Sie sie sehen«, sagte ich. »Sie waren doch gute Freunde. Sie ist immer noch dieselbe wie früher.«

»Aber wie ist es möglich, dass sie noch dieselbe ist?«, fragte er und sah sich im Wald um. »Man stelle sich vor: drei Jahre ganz allein … Drei Winter hier draußen … Das muss einen doch zu einem ganz anderen Menschen machen.«

Ich verstand ihn. Aber für mich war es umgekehrt: Ich kannte nur Moth; das fremde Geschöpf war Niamh Young.

»Haben Sie sich denn so sehr verändert?«, fragte ich, während ich einen dornigen Ast vorsichtig mit zwei Fingern anfasste und von uns wegbog.

»Der Krieg verändert die Menschen«, sagte er nach kurzem Schweigen. »Der Krieg und die Einsamkeit …« Ich warf einen Blick zu ihm hinüber und sah seine Mundwinkel nach oben zucken. »Aber jetzt, wo Sie es sagen, Miss Abbott, scheint mir durchaus, dass ich mich in meinem tiefsten Innern immer noch genauso fühle wie damals, als ich so alt war wie Sie. Vielleicht gibt es einen Teil von uns, der sich immer treu bleibt.«

47

Moth saß an ihrem Feuer und sang vor sich hin, während sie Löcher in einer besonders verschlissenen Decke stopfte.

»Dein Vater ist zurück, Henrietta«, sagte sie.

»Ja«, sagte ich. »Er ist zurück.« Bei dem Gedanken an seine Heimkehr spürte ich Freude in mir aufsteigen.

»Und deine Mutter?«

»Kommt zu Kräften«, sagte ich.

Sie lächelte ihr schiefes Lächeln und streckte mir ihre Hände hin. Da bemerkte sie, dass ich nicht allein war.

Mr Pickersgill ging bis zur Mitte der Lichtung vor und blieb abwartend stehen. Moth sprach kein Wort, und ich ebenfalls nicht. Ich setzte mich ans Feuer. Mr Pickersgill trat unschlüssig von einem Fuß auf den anderen, beugte dann seine langen Beine und nahm neben mir Platz. Seine Hose rutschte hoch und gab den Blick auf seine knochigen Schienbeine frei, die in bunt gemusterten Strümpfen steckten. Ich sah, dass er zitterte, und er umklammerte seine Knie. Moths Augen verfolgten jede seiner Bewegungen.

Wir schwiegen alle drei.

Irgendwo tief im Wald hämmerte ein Specht an einen hohlen Baum.

Mr Pickersgill schaute auf den Briefumschlag, der in seiner Hand zitterte. Er nickte und räusperte sich. Als er sprach, war seine Stimme so leise, dass sie beinahe von dem knackenden Feuer übertönt wurde.

»Hallo, Niamh«, sagte er.

»Hallo, Truman«, erwiderte Moth leise.

»Als Miss Abbott mir erzählt hat, dass Mrs Young hier im Wald lebt, habe ich geantwortet: Nein, Mrs Young ist vor drei Jahren gestorben. Sie ist tot. Ihr Name steht auf einem Grabstein. Ich habe Blumen niedergelegt …« Die Stimme versagte ihm, und er brach ab. Zum ersten Mal sah er Moth in die Augen.

Mein Herz zog sich zusammen, und ich hielt den Atem an.

»Ich habe *Blumen* niedergelegt …«, sagte er noch einmal heiser.

»Es tut mir leid«, sagte Moth. »Es tut mir so leid, Truman. Nach Freddie … konnte ich einfach nicht …«

Sie starrten sich einen Moment lang an, und in ihrer beider Augen stand bodenloser Kummer.

»Ich weiß«, sagte Mr Pickersgill schließlich. »Das verstehe ich.« Er beugte sich vor, gab ihr den Umschlag und nahm dabei kurz ihre Hand. »Es gibt Geld, das dir gehört, Niamh«, sagte er. »Ein Haus, das dir gehört. Du kannst jetzt heimkommen.«

Sie schüttelte den Kopf. »Ich kann mit dem Haus nichts anfangen.«

»Du kannst nicht noch einen Winter allein im Wald verbringen«, sagte ich. »Mr Pickersgill will nur …«

»Meine Antwort lautet Nein, Henrietta. Es ist hart im Winter, sehr hart, aber wie könnte ich einfach so zurückgehen? Ich bin seit drei Jahren tot – ich kann nicht zurück.«

Ich begriff nicht, was sie meinte. Sie war so mutig gewesen. Sie hatte den Wald verlassen, um nach Helldon zu laufen. Sie war Doktor Hardy gegenübergetreten …

»In Helldon war es anders«, sagte sie, als habe sie meine Gedanken gelesen. »Ich bin in eine Rolle geschlüpft. Um dir zu helfen, Henrietta. Das war ja nicht das echte Leben, nicht wahr? Das ist der Unterschied. Und als Hardy mich erkannt hat, da …« Sie atmete tief durch. »Ich kann es nicht. Ich kann nicht einfach wieder Mrs Young sein, die in Hope House wohnt, den Metzger bezahlt und mit dem Postboten plaudert, als sei nichts gewesen. Ich habe verlernt, dieser Mensch zu sein. Ich bin frei. Ich bin ein Teil des Waldes geworden.«

»Aber …«

»Hope House ist meine Vergangenheit, Henrietta. Meine letzten Erinnerungen an dieses Haus sind schrecklich – einsam, gespenstisch. Doch deine Familie hat eine Zukunft darin. Ihr könnt glücklich sein – du, deine Eltern und deine kleine Schwester.«

»Bitte, Niamh«, sagte Mr Pickersgill. »Lass es dir noch einmal durch den Kopf gehen.«

Moth seufzte und öffnete dann den braunen Umschlag.

Es war ein Bündel Unterlagen: Kopien von Grundbucheinträgen und Sparbüchern, Briefe einer Bank.

»Ich kann mich um alles kümmern«, sagte Mr Pickersgill behutsam, sichtlich bemüht, sie nicht zu verärgern. »Ich verspreche, ich werde diskret vorgehen. Kein Wirbel, kein Tamtam.«

Moth blätterte die Dokumente kopfschüttelnd durch.

»Das alles gehört mir?«, fragte sie, und mir war, als spürte ich ein Entgegenkommen.

»Ja – alles.«

»Dann kann ich damit schalten und walten, wie ich will.«

Mr Pickersgill blinzelte verwirrt.

Moth sagte fest: »Ich ziehe nicht dorthin zurück, Truman.«

Sie legte die Unterlagen auf die Erde und nahm ihre Stopfnadel wieder zur Hand.

Ich warf einen Blick auf den Stapel. Ganz oben lag der Grundbucheintrag für Hope House, doch daran waren noch weitere Besitzurkunden geheftet. Ich griff danach und studierte sie genauer: *Forsthaus, Am Grünen Grund.*

»Dir gehört das alte Försterhäuschen?«, fragte ich. »Das am Waldrand?« Es war das verfallene Haus, auf das ich gestoßen war, als ich mich verirrt hatte.

»Es gehörte zum Anwesen«, sagte Moth. »Eine alte Ruine – wie ich.« Und sie lächelte wieder.

»Aber da könntest du doch wohnen«, sagte ich. »Wenn du möchtest, meine ich. Du wärst bei den Vögeln und den Tieren, immer noch Teil des Waldes, immer noch meilenweit von anderen Menschen entfernt, aber du hättest es warm und geschützt. Es wäre ein richtiges Zuhause.«

Mr Pickersgill nickte ermunternd. »Eine großartige Idee! Ich könnte es für dich herrichten lassen, sodass du einziehen kannst, bevor der Winter kommt.«

Moth blickte auf den baufälligen Wagen mit seinem morschen Dach und den schmutzigen, gesprungenen Fenstern. Dann nickte sie ganz langsam. »Na schön«, sagte sie schließlich. »Danke.«

Mr Pickersgill nahm mir zufrieden die Unterlagen aus der Hand. »Und es gibt noch etwas, Niamh«, sagte er. Seine Stimme hatte sich leicht verändert.

Moth sah ihn argwöhnisch an. »Noch etwas?« Dann wandte sie ruckartig den Kopf und starrte in den Wald hinter mir. Ihre Miene erstarrte. Ich hörte welkes Laub rascheln und Zweige knacken.

Jemand näherte sich.

Hinter uns gab es ein dumpfes Geräusch, als Moths Kater verängstigt auf das Dach des Wohnwagens sprang. Er machte einen Buckel, fauchte und starrte etwas an, das ich noch nicht erkennen konnte; etwas, das durch die Bäume auf uns zukam …

Dann sah ich es. Eine dunkle Gestalt schob sich durch die Schatten. Ein Stock, ein schwarzer Stiefel, ein hochgeschlagener schwarzer Kragen unter einem weißen Gesicht.

Es war der hinkende Mann.

48

Eine Gänsehaut überlief mich. Er hatte uns nachgestellt – der hinkende Mann hatte uns gefunden. Ich hatte ihn für Doktor Chilvers gehalten, doch das war ein Irrtum gewesen. Wer war er dann? Ich wollte wegrennen; ich wollte ihn anschreien, er solle uns in Ruhe lassen; ich wollte mit Steinen werfen.

Ehe ich mich auch nur rühren konnte, stand der hinkende Mann bereits auf der Lichtung. Mr Pickersgill erhob sich, ging zu ihm und schüttelte ihm die Hand. Dann kamen sie auf uns zu und Moth erhob sich ebenfalls, leicht geduckt, wie ein Tier, das gleich mit einem Satz im Unterholz verschwinden würde.

»Mrs Young?«, fragte der hinkende Mann.

Moths Mund zuckte, als wolle sie es abstreiten. Sie zögerte, sah zu Mr Pickersgill und nickte dann.

Zum ersten Mal hatte ich das Gesicht des Mannes klar und deutlich vor mir – die unter Schlupflidern lauernden Augen, die fehlenden Augenbrauen, die wie eine

Maske über die Wangen gespannte Haut. Und da begriff ich. Sein Gesicht war vernarbt. Er hatte schwere Verbrennungen erlitten.

»Ich fürchte, ich weiß nicht recht, wie ich beginnen soll«, sagte er. Seine Stimme klang ganz und gar nicht nach einem besessenen Arzt oder einem grausamen Raubtier – sie war viel sanfter, als ich erwartet hatte. »Mein Name ist David Stark. Bitte verzeihen Sie die Störung, Mrs Young. Ich suche Sie schon seit geraumer Zeit. Aber mir wurde gesagt, dass Sie … verstorben seien.«

»Ah. Ja«, sagte Moth wenig hilfreich.

David Stark fuhr fort: »Mr Pickersgill rief mich in meinem Hotel an …«

»Ein kleines Hotel am Meer?«, fiel ich ihm ins Wort. »Mit Kiefern und Dünen und blaugrünem Gras?« Er nickte verwirrt.

»Ich habe Sie dort gesehen«, sagte ich eine Spur vorwurfsvoll. »Und in Hope House auch.«

Er nickte wieder, schien sich aber nicht daran zu erinnern, mich gesehen zu haben. Ich war nicht einmal sicher, ob er mich jetzt sah. Er wandte sich wieder an Moth.

»Vielleicht sollten wir uns setzen«, meinte er. Er wartete, bis wir uns alle um das Feuer niedergelassen hatten. Dann holte er tief Luft. »Ich bin wegen Freddie hier, Mrs Young. Ich habe mit Ihrem Sohn bei der Marine gedient.«

Moths bleiches Gesicht wurde noch bleicher. »Sie … kannten meinen Freddie?«, flüsterte sie.

»Durch die Marine, ja«, sagte er. »Wir waren sehr gute Freunde.«

»Freunde.« Moth nickte mit offenem Mund.

»Ich wollte Sie finden. Ich war bis Kriegsende in einem Gefangenenlager in Deutschland und danach lange im Krankenhaus …« Bitter lächelnd tippte er auf sein Bein. »Ich war ziemlich lädiert, als sie mich nach Hause schickten.«

Der hinkende Mann war nicht so, wie ich ihn mir vorgestellt hatte. Er hatte nichts Finsteres oder Furchteinflößendes an sich. Seine Stimme war die eines formvollendeten Gentlemans und klang so schutzlos, wie ich es noch nie erlebt hatte. Im Stillen tadelte ich meine Fantasie. Ich hatte sein entstelltes Gesicht, den hinkenden Gang, die dunklen Kleider und den Stock gesehen und ihn in einen stummen Bösewicht verwandelt. Ich schämte mich. Zum ersten Mal erkannte ich eine Gefahr darin, Geschichten zu tief in die Wirklichkeit einsickern zu lassen. Echte Menschen passten nicht in das klare Schwarz-Weiß-Gefüge der Märchen.

Moth schien nicht zu wissen, was sie sagen sollte. »Es tut mir sehr leid, das zu hören«, murmelte sie.

Mr Pickersgill sah zwischen beiden hin und her. »Mr Stark hat mich in der Kanzlei aufgesucht, Niamh«, sagte er behutsam. »Er war so gut mit Freddie befreundet und wollte dich unbedingt treffen. Zunächst habe ich ihn natürlich weggeschickt, ich glaubte ja – wie wir alle –, dass du … Doch dann konnte ich ihm heute Morgen die gute Nachricht übermitteln.«

»Gleich nach meiner Entlassung aus dem Krankenhaus bin ich hierhergekommen, um Sie zu finden«, fuhr David Stark fort. »Freddie war ein Held, müssen Sie wissen.«

Moths Gesicht nahm einen Ausdruck an, den ich noch nicht an ihr gesehen hatte. Ihre Miene blieb vollkommen ruhig und beherrscht, doch ihre Augen waren wie Diamanten.

»Wir wurden zusammen ausgebildet«, erzählte er weiter. »Am Anfang hatte ich großes Heimweh. Wie Freddie war ich vorher noch nie von meiner Familie getrennt gewesen. Abend für Abend unterhielten wir uns über unsere Heimat, unsere Familien, Bücher … Wir schrieben zusammen unsere Briefe. Er war glücklich in der Marine. Ich wollte Ihnen sagen, wie glücklich er war, Mrs Young, wie oft und wie liebevoll er von Ihnen gesprochen hat.«

Moth konnte nur lächeln. Ihre Augen leuchteten. Ich sah, dass sie seinen Bericht gierig aufsaugte. Mit jedem Wort bekam sie ein Stück von ihrem Sohn wieder.

»Hat man Ihnen seine Sachen aus der Kaserne zugeschickt?«, fragte David Stark.

»Nur seine Soldatenbibel«, sagte Moth mit matter

Stimme. »Nur einige Kleidungsstücke, seine Bibel und eine alte Fotografie.«

»Aber nicht das hier …« David Stark zog einen silbernen Federhalter aus der Tasche und gab ihn mir, damit ich ihn an Moth weiterreichte. Es war ein hübscher alter Füllfederhalter, in den die Worte »Auf in See!« eingraviert waren.

Moth schnappte nach Luft, als ich ihn in ihre Hände legte: »Sein Federhalter!«

»Er lag bei meinen Sachen in der Kaserne, deshalb wurde er versehentlich an meine Familie geschickt. Freddie hatte ihn mir geborgt, und am Tag danach stachen wir in See.«

»Danke«, hauchte Moth. »Ich habe die Inschrift für ihn eingravieren lassen, als er zur Marine ging. Sie ist ein Zitat …«

»Aus der *Schatzinsel.*«

»Ja.« Sie betrachtete den Füllfederhalter, als habe sie noch nie etwas so Bemerkenswertes und Schönes gesehen. Nach einer Pause sagte Moth gedämpft: »Können Sie mir erzählen …? Man hat uns so wenig erzählt. Wissen Sie, wie er …?«

David Stark konnte sie nicht ansehen. Stattdessen blickte er auf die glimmenden Holzscheite. »In meiner Erinnerung verschwimmt alles«, sagte er. »Nach vielen quälenden Wochen, in denen nichts geschah, kam das Ende so schnell.«

Wir schwiegen.

Mit seiner wohlklingenden Stimme fuhr er fort: »Es gab nicht viele Seeschlachten im Großen Krieg. Und die Marine verlor nicht annähernd so viele Männer, wie auf den Feldern Frankreichs und Flanderns gefallen sind, aber dennoch ... sind Tausende umgekommen. Monatelang war alles ruhig. Angespannt ruhig. Wir dienten auf der *HMS Invincible.* Wir hielten eine Seeblockade aufrecht, die den Feind von Nachschub abschneiden sollte. Dann, eines Nachts, verfolgten wir eine deutsche Flotte. Die Deutschen eröffneten das Feuer und unser Schiff wurde getroffen. Freddie – Freddie starb mit tausend weiteren Männern im Wasser. Das Meer nahm ihn mit.«

Ich sah einen Feuerregen über dunkler See. Ich sah ein Schiff – eine titanische Stadt aus Metall – in den kalten, majestätischen Wogen versinken. Ich sah, wie das graue Wasser tausend brennende Männer verschlang. Und ich sah es jetzt – die Sonne hoch über dem glitzernden, friedlichen Meer. Das Schiff ein dunkles Skelett auf dem tiefen Grund, dahindämmernd, dahinschwindend, meilenweit von der Sonne entfernt, vergessen. Tausend verlorene Jungen waren nun Teil der herrlichen blauen See, waren Gischt an den Kämmen der Wellen.

Eine Weile saßen wir stumm da. Moth atmete ein und aus, ein und aus. Ich verstand diesen Moment. Nun hatte sie es gesehen. Nun wusste sie es. Dann: »Aber Sie haben überlebt.« Sie war stolz.

David Stark nickte steif. »Beim ersten Beschuss explodierte das Magazin – ich war in den Flammen gefangen. Freddie hat mich herausgeholt und an Deck gezerrt. Dann begann das Schiff zu sinken, und ich habe ihn in dem Chaos aus den Augen verloren. Ich sprang ins Wasser und brach mir beide Beine. Ich wäre sofort ertrunken, doch ein deutsches Torpedoboot hat mich aufgelesen. Eine Zeit lang wusste niemand, dass einige von uns gefangen genommen worden waren – meine Familie hielt mich bis Weihnachten jenes Jahres für tot. So schrecklich es auch im Lager war, wir sagten uns jeden Tag, welches Glück wir gehabt hatten. Wir waren noch am Leben.«

Moth nickte. Sie hatte die Hände an die Wangen gepresst, und Tränen rannen ihr durch die bleichen Finger.

»Ich lebe noch, weil Ihr Sohn mich gerettet hat«, sagte David Stark leise. »Freddie war wie ein Bruder für mich. Wenn Sie je etwas brauchen – ganz gleich was –, können Sie auf mich zählen.«

Moth versuchte, mit den Lippen ein »Danke« zu formen, doch kein Ton kam heraus. Sie versuchte es noch einmal. »Danke.« Dann blickte sie auf den silbernen Federhalter in ihren Händen. »Ich möchte, dass Sie ihn behalten, David«, flüsterte sie. Sie drückte ihm den Federhalter in die Hand und schloss sanft seine vernarbten Finger darum. »Er gehört jetzt Ihnen.«

49

An jenem Nachmittag brachte Vater Mama in die Londoner Klinik, und dreieinhalb Wochen später kam sie wieder zu uns nach Hause. Doktor Berger hatte ihr geraten, noch mindestens einen weiteren Monat in der Klinik zu bleiben, doch sie ließ sich nicht davon abbringen, zu uns zurückzukehren. Also hatte er nachgegeben, unter der Bedingung, dass sie nach seinen Empfehlungen gepflegt würde. Ich hatte noch nicht nachgefragt, doch insgeheim hoffte ich auf Moths Hilfe. Schließlich war sie eine ausgebildete Krankenschwester.

Der Sommer war nun beinahe vorüber. Die Nachmittage wurden immer kürzer; die Sonne, wenn sie denn schien, war fahler und stand tiefer am Himmel. Eigentlich hätte ich in dieser Woche an meiner neuen Schule in Norwich anfangen sollen, aber Vater hatte vereinbart, dass ich noch bis nach den Herbstferien zu Hause bleiben durfte. Er mahnte, ich müsse den Stoff selbst nacharbeiten, und war bass erstaunt, als ich vorschlug, ich könne doch bei Mr Pickersgill Lateinstunden nehmen.

»Ich dachte, du hasst Latein«, sagte er.

Ich zuckte nur mit den Schultern.

»Du bist ein Buch mit sieben Siegeln, Henry!« Er lachte kopfschüttelnd.

Vater brachte Mama an einem kühlen, stürmischen Abend nach Hause. Sie saß in die karierte Reisedecke gehüllt auf dem Beifahrersitz. Vater hakte sie unter und führte sie zur Haustür, wo ich wartete. Nanny Jane war oben, um Piglet schlafen zu legen. Sie hatte gesagt, dass Mama sicher kein großes Empfangskomitee wolle, und so hieß nur ich sie willkommen, nachdem ich mir fast eine Stunde lang die Beine in den Bauch gestanden und nach dem Automobil Ausschau gehalten hatte. Nanny Jane hatte vorgeschlagen, ich solle im Arbeitszimmer warten und aus dem Fenster gucken, aber ich wollte, dass Mama mich an der Tür stehen sah, wenn sie ankam.

Sie wirkte immer noch dünn und zerbrechlich wie ein Vogel, doch ihre Wangen hatten etwas Farbe und ihre schönen Augen waren nicht länger glasig, sondern so, wie ich sie in Erinnerung hatte – klar und weise. Sie schlang die Arme um mich und drückte mich fest. Meine Befürchtung, sie würde nach Krankenhaus und Ärzten riechen, war unbegründet: Mama roch nach Rosenwasser und einem tröstlichen, heimeligen Duft, den ich nicht genau benennen konnte. Sie roch wie meine Mama.

*

Am nächsten Morgen saßen wir zu einem verträumten, ruhigen, sonnenbeschienenen Frühstück beisammen – Mama, Vater, Nanny Jane, Piglet und ich. Das weiße Tischtuch schimmerte im Morgenlicht; Teelöffel klimperten beim Umrühren munter in den Tassen; Vaters Zeitung knisterte und raschelte, knisterte und raschelte. Es war, als gäben wir alle vor, mit schöner Regelmäßigkeit so einträchtig im Kreis der Familie zu frühstücken. Ich saugte jede einzelne herrliche Sekunde in mich auf.

Ich konnte sehen, dass Mama bei ihrem Krankenhausaufenthalt Kraft gesammelt hatte oder zumindest entschlossen war, zu Kräften zu kommen. Sie schenkte den heißen Tee mit ruhiger Hand aus. Sie bestrich ihren Toast mit gleichmäßigen, ausholenden Bewegungen. *Mit Moths Hilfe,* dachte ich, *wird sie bald noch kräftiger werden.*

Da läutete das Telefon, und ich stand auf. »Ich gehe ran, ja, Vater?«, sagte ich. Er hob stirnrunzelnd eine Augenbraue, hielt mich aber nicht davon ab.

Es war Mr Pickersgill.

»Henrietta!«, sagte er. »Ich habe gute Neuigkeiten,

was das Försterhäuschen anbelangt. Es dürfte bald bezugsfertig sein. Die Substanz ist noch vollkommen in Ordnung. Das Dach ist bereits repariert und die Fenster sind erneuert worden – David Stark hat wirklich unbezahlbare Hilfe geleistet!«

Ich war dennoch besorgt. »Aber sind Sie vollkommen sicher, dass Moth – Mrs Young – nicht doch wieder in Hope House einziehen will?« Ich sprach leise. Mir war bewusst, dass Vater und Mama sich sehr über meine Worte wundern würden, wenn sie mich hörten.

»Nein«, sagte er. »Sie meinte, sie wolle einen Neubeginn, ungestört und friedlich.«

»Also wenn sie sicher ist …«

»Ganz sicher. Und wenn sie sich einmal etwas in den Kopf gesetzt hat – du weißt ja, wie sie ist.«

Ich lächelte.

»Und … nun habe ich noch etwas recht Kniffliges mit deinem Vater zu besprechen. Könntest du ihn vielleicht an den Apparat holen?«

Da trat Vater aus dem Speisezimmer, und ich reichte ihm das Telefon und die Hörmuschel.

»Du bist heute aber früh auf den Beinen, Truman«, sagte Vater herzlich. Ich freute mich, dass auch sie zum Du übergegangen waren. Aus irgendeinem Grund machte mich das stolz.

»Aha«, sagte Vater. »Nun, ich bin natürlich sehr froh, dass wir in Hope House wohnen bleiben können, aber … Ja, sprich weiter …« Es folgte eine lange Pause, in der mein Vater sich langsam umdrehte und mich mit völlig entgeisterter Miene ansah. »Eine *Schenkung?*«, sagte er in den Apparat. »An Henrietta? Das *Haus?* Was um alles in der Welt …?« Eine weitere lange Pause. »Aber – ist das denn … rechtmäßig?« Vater schüttelte den Kopf und setzte sich auf die Bank neben dem Telefontischchen. »Wer …?«, begann er. »Warum …?« Und dann lachte er. »Na gut, na gut! Nein, ich werde nicht mit dir streiten, Truman.« Er lachte wieder, schüttelte dabei den Kopf und sah mich noch einmal mit der gleichen verdatterten Miene an. »Nun, ja – es ist nur … Es passiert ja nicht jeden Tag, dass die eigene Tochter von einem unbekannten Wohltäter ein Haus geschenkt bekommt … Nun, das wäre wunderbar. Ja, warum isst du nicht irgendwann diese Woche mit uns zu Abend? Dann kannst du uns alles genauer erklären.«

Ich ging in den Wald, um Moth zu besuchen. Halb hoffte ich, Robert auftauchen zu sehen, doch insgeheim wusste ich, dass er nicht kommen würde. Ich hatte ihn seit Wochen nicht mehr gesehen – seit dem Tag, an dem ich Piglet aus den Klauen der Hardys befreit und Mama von Helldon nach Hause geholt hatte. Unterwegs war mir, als erhaschte ich eine Bewegung zwischen den Bäumen, den Schimmer honiggelber Haare, aber jedes Mal, wenn ich mich danach umdrehte, verschwand er. Ich lächelte.

Ich war ganz zufrieden damit, den tanzenden, flirrenden Sonnenfleck in meiner Nähe zu wissen, ohne ihn zu sehen.

Ich fand Moth, und gemeinsam gingen wir durch den Wald zum *Grünen Grund*. Dort blieben wir eine Weile stehen und betrachteten das Försterhäuschen. Ich spähte durch das neue Küchenfenster und stellte mir vor, wie Moth da drinnen am Küchentisch saß. Anstelle ihrer zerlumpten Decken trug sie ein grünes Kleid. David Stark saß neben ihr. Sie tranken Tee, und er las ihr aus einem Buch vor.

Moth und ich liefen über die Felder weiter zum Meer. Sie sagte, sie wolle etwas für all die Jungen auf Alfreds Schiff tun. Eine Art Gedenkfeier, meinte sie.

Ich sah zu ihr hinüber, während wir dahinspazierten. *Einst war Moth eine Hexe,* dachte ich, und die Erinnerung an unsere erste Begegnung kam mir ganz sonderbar vor. *Sie war eine Figur aus einem Märchen, verirrt im Wald.* Doch nun verstand ich, wer sie wirklich war. Sie war eine Mutter, eine Freundin, jemand, der entzweigebrochen war und sich selbst langsam wieder zusammenfügte. Sie war echt.

Es war ein herrlicher Nachmittag – der letzte richtig warme Tag des Jahres. Der Himmel war wie ein riesiger Bogen blauen Papiers mit Fingerabdrücken aus Kreide.

Wir gingen über Felder, auf denen goldenes Getreide wogte, auf Ackerwegen und Saumpfaden und über alte Brücken. Wir folgten dem Fluss, bis er gähnend ins Meer mündete, und blieben nebeneinander auf einer schmalen Landspitze stehen. Es war eine kleine Halbinsel, geformt von den vereinten Streitmächten des Flusses und der See.

Moth hatte etwas mitgebracht: einen Kranz aus Beeren, Hagebutten und den letzten Mohnblumen. Nun warf sie ihn dorthin, wo der silbrig grüne Fluss sich in das graublaue Meer ergoss. Wir sahen zu, wie der Kranz einer bunten Boje gleich im Wasser schaukelte. Er tanzte in den Wellen auf und ab, und ich dachte an Schiffe und Stürme und Abenteuer – *Die Schatzinsel, Die kleine Meerjungfrau, Peter Pan, Moonfleet* … Ich schmiegte mich an Moth.

Der Kranz wurde aufs Meer hinausgeschwemmt und wir standen zusammen da und sahen ihm nach, bis er verschwand.

»Für all unsere verlorenen Jungen«, flüsterte Moth.

Ich hoffte, dass die Wellen Moths Andenken weit, weit übers Meer tragen würden, dorthin, wo Alfreds Schiff gesunken war, und noch weiter – durch die lange Nacht, durch die unendlichen Gefilde der See und der Sterne und den ganzen Weg bis nach Nimmerland.

50

Am selben Nachmittag organisierten Nanny Jane und Mrs Berry ein Picknick im Garten, um Mamas Rückkehr zu feiern. Sie breiteten allerlei Köstlichkeiten aus – Sandwiches, Kuchen, Würstchen in Blätterteig und die letzten Erdbeeren des Jahres. Es war sogar noch festlicher als bei Piglets Teeparty einige Wochen zuvor, weil wir jetzt alle zusammen waren. Während wir auf Mama und Vater warteten, schaukelte ich Piglet auf dem Schoß und sang ihr ein munteres Lied über Hoppe-Pferdchen vor.

Wir aßen gerade Sandwiches mit Dosenfleisch, als Nanny Jane über den Rasen auf uns zukam. Sie trug eine hübsch verzierte Biskuittorte mit einer rosa Kerze in der Mitte.

»Alles Gute zum Nichtgeburtstag, Henry!«, sagte sie und überreichte mir die Torte. Und dann, ernsthafter: »Es tut mir so leid, dass ich es vergessen habe.«

»Das macht nichts«, sagte ich und bestaunte die entzückende Überraschung.

»Doch«, sagte sie.

»Ja«, stimmte ich zu. »Es macht schon was.« Und ich grinste.

Nanny Jane zwinkerte mir zu. »Vielleicht gibt es später sogar ein, zwei Geschenke …«

Piglet streckte ihre verschmierten Händchen nach der Torte aus.

»Nein, Piglet«, sagte ich sanft und hielt die Torte weg von ihr. »Noch nicht.«

»Mm!«, machte sie böse. Dann stopfte sie sich ein zerquetschtes Stück Sandwich in den Mund.

Ich lachte und küsste ihr flaumiges Köpfchen.

Endlich kamen Mama und Vater in den Garten. Mama war warm angezogen und hatte sich einen pfauenblauen Schal um die Schultern gelegt. Ihr Haar hing offen herab. Ich fand sie schöner als je zuvor. Ohne nachzudenken, hob ich Piglet zu ihr hinauf. Erst dann fiel mir mit Schrecken ein, was Mama damals auf dem Dachboden gesagt hatte: Sie hatte das Baby noch nie auf dem Arm gehabt.

Mama zögerte einen Moment, bevor sie mir Piglet abnahm. Vater sah mit etwas verkrampftem Lächeln zu.

Weine nicht, Piglet, betete ich stumm. *Bitte weine nicht.*

Aber Piglet war eine treue kleine Seele.

»Ba!«, rief sie fröhlich und patschte mit ihrem klebrigen Händchen an Mamas Wange.

Mamas Gesicht leuchtete. Es war, als halte sie die ganze Welt in den Armen. Ihre Augen glänzten, und sie drückte Piglet fest an sich, während sie ihr zwei, drei, vier Küsschen gab.

»Hallo«, sagte sie, blinzelte die Tränen weg und küsste ihr Baby noch einmal. »Hallo, mein Kleines.«

»Ba!«, sagte Piglet begeistert.

Die gute alte Piglet.

Mrs Berry brachte Lachs-Sandwiches auf dem guten Geschirr – dem rosenverzierten Service, das wir fast nie benutzten. Für mich gab es ein Glas Limonade und für Mama, Vater und Nanny Jane Champagner in Kelchen aus Kristall.

»Was für eine Verschwendung, diese ganzen hübschen Sachen im Schrank verstauben zu lassen«, sagte Mrs Berry bestimmt. »Willkommen zu Hause, Mrs Abbott – und alles Gute zum Nichtgeburtstag, Miss Henrietta!«

Und darauf tranken wir.

Etwas später, als wir auf der Decke lagen und das Festmahl verdauten, sagte Vater: »Wir können die Kleine aber nicht ewig Piglet nennen. Stellt euch nur vor, wie sie in der Schule gehänselt würde.«

Ich lachte.

»Aber auch nicht Roberta«, sagte ich.

Einen Moment lang blieb es vollkommen still.

»Nein, auch nicht Roberta«, pflichtete Vater mir bei.
»Ich finde«, sagte ich, »sie sieht einfach nicht wie eine Roberta aus.«

Ich schaute Mama in die Augen, und hinter all ihrem Kummer und all ihrer Traurigkeit erkannte ich eine neue Stärke. Unbeirrt betrachtete sie das kleine Geschöpf auf ihrem Schoß. »Nein, sie ist keine Roberta«, sagte sie leise.

Vater nahm meine Schwester, hielt sie vor sich und sah sehr ernst in ihre großen Augen. »Wie heißt du, Baby?«

Piglet gluckste und griff nach Vaters Nase. »Babby!«, sagte sie, und wir lachten.

»Bobbie«, sagte ich unvermittelt. Sogar für mich kam es überraschend.

Vater schaute erst mich und dann Piglet an. »Bist du das, ja? Bist du Bobbie?«

Piglet wedelte mit ihrem Löffel. »Ba!«, sagte sie.

»Ja«, sagte Mama. »Ja, ja, ja. Unsere Bobbie.«

Bobbie strahlte sie an und streckte ihre pummeligen Ärmchen aus.

Lang nachdem alle anderen ins Haus gegangen waren, blieb ich noch mit Mama auf der Decke. Wir lagen nebeneinander da, lauschten dem Gesang der Amsel und spürten die Luft auf unserer Haut kühler werden. Im Dorf läuteten die Kirchenglocken.

Es war jener vollkommene Moment der Abenddämmerung – der volle, rosarote Moment zwischen Tag und Nacht. Ich wartete auf die Nachtigall. Ich erzählte Mama, dass Moth mir beigebracht hatte, sie herbeizupfeifen.

»Ich fürchte, sie ist inzwischen schon fort, Hen«, sagte Mama behutsam.

»Fort?«

»Weggezogen – zum Überwintern. Die Nachtigall ist nur ein Sommergast. Vermutlich breitet sie in diesem Augenblick ihre Flügelchen in einem warmen afrikanischen Sonnenuntergang aus.«

Ich versuchte, mir unsere Nachtigall in einem so fernen Land vorzustellen. Der Gedanke, dass sie noch eine andere Heimat, ein anderes Zuhause hatte, das nichts mit mir oder Moth oder dem Wald von Hope House zu tun hatte, machte mich traurig.

»Nächsten Sommer«, sagte ich. »Sie wird nächsten Sommer wiederkommen, und dann gehen wir zusammen in den Nachtigallenwald und hören sie singen.«

»Nächsten Sommer«, versprach Mama.

»Es ist magisch, Mama«, flüsterte ich. »Der ganze Wald wird von silbernem Licht erfüllt, und dann schwebst du auf einmal mit dem Gesang der Nachtigall in den Sternen.«

Nach kurzem Schweigen sagte Mama: »Was für ein herrlicher Ort die Welt wäre, Hen, wenn jeder deine Vorstellungskraft hätte.«

Die Sonne sank tiefer, und ich glaubte den ersten Stern des Abends zu erkennen – ein Licht direkt über uns, winzig wie ein Nadelstich. Da flatterte etwas neben mir im Gras und ich schaute hin. Es war eine Motte. Ihre zarten Flügel waren von unfassbarer Farbe – einem staubigen, gesprenkelten Gold. Sie war so schön. Ich drehte mich zu Mama um, ob sie sie auch gesehen hatte. Doch Mama blickte nicht die Motte an, sondern mich, und ihre Augen glänzten vor Tränen. »Ich habe noch keinen festen Boden unter den Füßen, Hen«, wisperte sie. »Ich bin immer noch – ein bisschen verloren.«

»Ich weiß. Aber das wird schon, Mama«, sagte ich. »Wir haben dich jetzt gefunden.« Und ich dachte an den kleinen Spruch, den Mr Berry mir beigebracht hatte – das Motto der Stadt Paris: *»Fluctuat nec mergitur.«*

Sie blinzelte.

»Das ist Latein, Mama«, sagte ich, und in meiner Brust zog sich etwas zusammen.

Sie lachte aufschluchzend – »Ja …«

»Sie wird von den Wellen umhergeworfen, doch sie geht nicht unter.«

Im ersten Moment brachte Mama kein Wort heraus. Sie nahm nur meine Hand und drückte sie fest. Vielleicht würde ich nie wieder loslassen, dachte ich.

»Sie geht nicht unter, Hen«, flüsterte Mama schließlich. »Sie geht nicht unter.«

Die Motte flatterte wieder, und diesmal sah Mama sie

auch. Die Motte verharrte einen Moment, als sammle sie Kraft, und dann flog sie los. Wir sahen ihr nach, als sie höher und höher stieg. In ihren Flügeln fingen sich die letzten Sonnenstrahlen und auf einmal – eine Sekunde nur – war sie eine Flamme, ein winziges goldenes Flimmern im Widerstand gegen das sterbende Licht.

Danksagung

Mein herzlichster Dank geht an meine Lektorin Rachel Leyshon für ihre Weisheit, ihren Weitblick, ihre Geduld und ihre Inspiration. Ich bin ihr und Verlegerlegende Barry Cunningham unendlich dankbar, dass sie von Anfang an an mich (und wichtiger noch, an Hen) geglaubt haben. Ich danke auch allen anderen im wunderbaren Team von Chicken House – insbesondere Laura Myers, Rachel Hickman, Elinor Bagenal, Jazz Bartlett und Kesia Lupo. Dank an meine großartigen Korrektorinnen für ihre Adleraugen und an Studio Helen für das wunderschöne Cover: Ich musste weinen, als ich den ersten Entwurf gesehen habe, so perfekt war er.

Der Gesang der Nachtigall begann mit Luigi und Alison Bonomi und dem Montegrappa First Fiction Prize. Hätten sie mein Manuskript nicht aus dem Stapel ausgesucht, gäbe es dieses Buch nicht. Ein großes Dankeschön an beide für ihre Herzlichkeit, ihre harte Arbeit und unbeirrte Unterstützung. Ich danke außerdem Yvette Judge und Isobel Abulhoul vom Emirates Festival of Literature, dass sie mir von Anfang an das Gefühl gaben, eine richtige Schriftstellerin zu sein.

Ich stehe für immer in Rachel Hamiltons Schuld, dass sie mir in mehreren Kürzungskrisen mit ihrer Einsicht und Bestärkung den Hintern gerettet hat, und ich danke Emily Steel und Paul Skinner für den ehrlichen schriftstellerischen Austausch, wenn ich vor lauter Bäumen den Nachtigallenwald nicht mehr gesehen habe.

Ich danke meinem Mann und besten Freund Iain Martin, dass er ein so ermunternder früher Leser war, dass er mir immer sagt, wenn ich zu viel nachdenke, und sich bemüht, nicht zu laut Guns N' Roses zu singen, wenn ich an Überarbeitungen sitze. Dank an die wunderbare Stacy Donne, ohne die ich mehr als einmal völlig aufgeschmissen gewesen wäre. Ich bin zutiefst und ewig dankbar für die Freundschaft der schönen und weisen Louise Milner-Moore. Ein Riesendankeschön und dicke Umarmungen für Bronwen, Tom, Jeannine, Jen und all meine anderen lieben, lieben Freunde, Lehrerkollegen, frühen Leser, Schriftstellerweggefährten und Schüler – es sind zu viele, um sie hier alle zu nennen –, dass sie so gut zu mir waren und mich beim Schreiben unterstützt haben.

Ganz fest drücke ich Mum und Dad für so vieles; unter anderem dafür, dass sie mir vorgelesen haben, als ich klein war, und mich in einem Haus voller Bücher großgezogen haben. Danke, dass ihr euch mit der Erschöpfung und schlechten Laune einer erwachsenen Tochter abfindet, die es sich gern im Hotel Mama bequem macht und immer zu viel auf einmal tun will. Ooh – und ein spätes Dankeschön für die Kassetten von *Alice im Wunderland, Der geheime Garten* und *Das Dschungelbuch* – ich habe sie mir als Kind so oft angehört, dass sich die Geschichten im Schlaf in meinem Gehirn festgesetzt haben müssen; *Der Gesang der Nachtigall* verdankt diesen schönen, klassischen Erzählungen so viel. Dank an meine Brüder Will und Pete Strange dafür, dass sie stolz auf mich sind und mich in all der Zeit klug beraten und mit mir gelacht haben.

Zuletzt danke ich unserem dusseligen kleinen Fellknäuel, Maddy Cat, und unserem eigenen hellen Stern, Axl.

*

In Großbritannien erscheint *Der Gesang der Nachtigall* im Jahr 2016, in dem sich die Schlacht an der Somme und die Schlacht im Skagerrak zum 100. Mal jährt. Es scheint mir nur passend, am Ende dieses Buchs an all jene zu erinnern, die im Ersten Weltkrieg ihr Leben gelassen haben.